I0664337

L'OMBRA D'ALÍ BEI

MALEÏT CRISTIÀ!
(TERCERA PART)

Albert Salvadó

A Albert Dumortier. Gràcies per la seva inestimable amistat i per tot allò que em va ensenyar en el món de l'escriptura.

ISBN: 978-99920-1-912-2
Depósito legal: AND.186-2012

© **Albert Salvadó** ®
www.albertsalvado.com

Disseny de coberta: Sarabia Photo

Tots els drets queden reservats.
No es poden fer còpies ni de la totalitat ni de cap part d'aquest escrit per mitjançà de cap sistema manual, mecànic, tècnic, electrònic, òptic, digital..., ja sigui passat, actual o futur, sense el consentiment explícit de l'autor.

ÍNDEX

PRINCIPALS PERSONATGES HISTÒRICS

Amorós, Francisco	Coronel espanyol. Enviat per Godoy a Tànger
Badia, Domènec	1766-1818. Aventurer, viatger i escriptor nascut a Barcelona.
Barbier	Bibliotecari
Baró Portal	Director de Colònies francès
Carles IV	1748-1819. Rei d'Espanya.
Claude Baptiste Izouard de Lisle de Sales	Marit de Maria Asunción Catalina Badia i Burruezo
Duc de Decazes i Glüksberg, Elie	1780-1860. Ministre de la Policia francès
Comte Molé	Ministre de Marina francès
Cuvier	Membre de l'Institut de França
Delambre	Membre de l'Institut de França
Duc de Richelieu, Armand Emmanuel Sophie Septemanie du Plessis	1766-1822. Primer ministre francès, successor de Tayllerand
Ferdinand-Marie de Lesseps	1806-1894. Diplomàtic i administrador francès
Ferran VII	1784-1833. Fill del rei Carles IV d'Espanya i successor seu.
François de Chateaubriand	1768-1848. Escriptor, militar, ambaixador, viatger i polític francès
George III	1738-1820. Rei d'Anglaterra

Godoy, Manuel de	1767-1851. Estadista extremeny. Primer ministre de Carles IV.
Goerge Bryan Brummel	1778-1844. Anomenat Beau Brummel, va ser l'àrbitre de la moda a Londres durant els primers anys del segle XIX
Goudinot	Governador militar d'Andalusia
Henrik Rzewuski, comte	Viatger polonès
Josep Badia i Burruezo	Fill petit de Domènec Badia
Josep I Bonaparte	1768-1844. Germà de Napoleó i rei d'Espanya
Lady Lucy Esther Stanhope	Aventurera anglesa neboda de William Pitt.
Linant de Bellefonds	Viatger i explorador francès
Lluís XVIII	1755-1824. Rei de França
Maria Asunción Catalina Badia i Burruezo	Filla de Domènec Badia
Maria Lluïsa Burruezo i Campoy	Esposa de Domènec Badia
Marquès d'Almenara	Ministre espanyol
Marquès de la Rivière	Ambaixador francès a Cosntantinople
Mohanna	Esposa blanca d'Ali-Bey
Muley Adb-as-Salam	Germà del sultà del Marroc. Era cec.
Muley Sulayman	Sultà del Marroc.
Napoleó Bonaparte	1769-1821. Emperador dels francesos.
Pablo Arribas	Ministre de la Policia espanyol
Pere Badia i Burruezo	Fill gran de Domènec Badia
Pitt, William	1759-1806. Nomenat Pitt el Jove. Cap de govern anglès el 1783 fins al 1801.
Regnault	Ambaixador francès a Trípoli

Richard Chaboceau	Metge francès a Damasc
Rojas Clemente, Simón de	Company de Domènec Badia en el seu viatge a París i Londres.
Rossel	Membre de l'Institut de França
Talleyrand-Périgord, Charles Maurice de	1754-1838. Polític i diplomàtic francès. Príncep de Benevento i duc de Tayllerand. Bisbe d'Autum. Excomunicat per Roma.

MALEÏT CRISTIÀ

Què va tenir d'especial el 18 d'octubre de 1818? Doncs, tal vegada que en aquesta data hi ha tres divuits. I què té d'especial el número 18? Que, si sumen les dues xifres d'aquest número, l'u i el vuit, ens dóna nou, que en numerologia representa la fi, la culminació i la conclusió de tot. I és clar que, quan una cosa s'acaba, significa que en comença una altra. I en aquesta data també tenim el mes d'octubre, que numèricament és el mes 10. És a dir: un u i un zero, que sumen u. En numerologia, l'u és l'inici de tot. Tres nous, tres finals, un u, un inici. De manera que a ningú hauria d'estranyar que, si havia de passar alguna cosa especial, el més normal és que ocorregués en un dia tan assenyalat. Però, com ja és habitual, els grans fenòmens, aquells que els pobles antics sempre han atribuït a la intervenció dels déus, i que escapen a tota comprensió, sovint passen completament desapercebuts perquè tenen lloc quan ningú no para prou atenció, perquè ningú no té ni l'habilitat ni prou coneixements ni el poder de descobrir-los. Només la història, i en tot cas força temps després, ens permet adonar-nos-en i restar bocabadats davant el que tots plegats acabem per qualificar d'atzar, de coincidències, de casualitats... I aquell dia estava a punt de tenir lloc una d'aquestes coincidències temporals.

A París, Charles Duvalier va trucar la porta del duc de Decazes, Ministre de la Policia francès, al mateix temps que, a Londres, James Barrow entrava en el despatx de Lord Parry, Secretari d'Estat del Ministeri d'Afers Exteriors britànic. El fet que la taula del secretari d'estat britànic es trobés més allunyada de la porta que la del ministre francès va permetre que la petita diferència de temps entre els dos homes, situats en dues ciutats diferents de dos països diferents i en dues terres diferents, quedés anul·lada i que Duvalier i Barrow allarguessin la mà en el mateix instant per donar els seus respectius documents als seus respectius superiors i que encetessin les seves respectives frases al mateix temps, tot pronunciant idèntiques paraules. L'única cosa que canviava era l'idioma.

—Hem perdut Alí Bei.

Tant Lord Parry com el duc de Decazes, tot i la distància que els separava, van reaccionar de la mateixa manera: amb cara de babau.

I a partir d'aquest moment les coincidències es van esvair, l'atzar es va truncar i tot reprengué la normalitat. És a dir: cadascú va seguir un camí diferent.

—Què vol dir que l'hem perdut? —va fer Decazes, a París.

—Que no sabem on és —contestà Duvalier, mentre assentia amb el cap i assenyalava l'informe que acabava de lliurar-li.

—Això és un desastre! —exclamà el ministre.

A Londres, el secretari d'estat va llençar una ullada a l'informe.

—Què significa aquesta disbauxa? Una nova maniobra d'aquest malparit? —va fer Lord Parry, després de llegir les primeres línies.

—No ho sabem, senyor. Segons el nostre ambaixador a Constantinoble, hi ha un europeu que diu que el va veure morir, però no sabem on és el seu cos ni ningú ha reportat la seva mort ni ningú l'ha vist des fa una bona colla de dies —Barrow va assenyalar el document que li acabava de lliurar, tot indicant-li que aquesta informació es trobava més avall—. Sembla que un tal comte Rzewuski, un polonès, hauria explicat al marquès de la Rivière, l'ambaixador francès a Constantinoble, que va ser al costat d'Alí Bei fins unes hores abans de morir.

—Segur? —exclamà Lord Parry.

—No ben bé —respongué Barrow—. Tenim altres notícies que apuntarien que va camí de l'Índia.

—En què quedem?

—Bé, aquest comte polonès, segons sembla, aporta força detalls. De manera que podria ser mort.

—Si fos mort, ja podríem tancar definitivament l'afer Badia i felicitar-nos. França hauria perdut el seu home i nosaltres guanyaríem temps. No podem demanar res més —medità Lord Parry.

—Perdoneu que us contradigui, però l'afer Badia, si hagués mort i tenint en compte les circumstàncies, no s'hauria acabat —va fer Barrow, mentre aixecava les celles i inclinava el cap lleugerament—. Segons el nostre ambaixador a Constantinoble, els francesos han començat a fer córrer el rumor que hem estat nosaltres —afegí, i es quedà esperant la reacció del seu superior.

—I ho hem fet nosaltres? —demanà Lord Parry, amb un posat incrèdul.

—No, evidentment! —replicà Barrow amb energia—. La consigna era que els nostres homes només informarien dels seus moviments i, naturalment, ningú no tenia instruccions de matar-lo. Ni tan sols de tocar-li un cabell.

—Llavors...? —Lord Parry mudà el seu posat de la incredulitat a la innocència.

—Ja sé que em direu que no cal amoïnar-s'hi, perquè encara que sigui mort, ningú no podrà demostrar res, però sembla que el comte Rzewuski, que es trobava allà per comprar cavalls per ordre de Guillem I de Württemberg... bé, més aviat per ordre de la reina que no pas del rei... i... doncs... hauria explicat que Alí Bei hauria insinuat que la pèrfida Albió podria trobar-se darrere d'una conxorxa que...

—Qui és aquesta senyora tan dolenta?

—Albió és com els romans anomenaven el sud d'Anglaterra, tot i que van ser els grecs que van posar el nom a aquestes terres —explicà Barrow. Lord Parry va fer que sí amb el cap i ell prosseguí—: El fet és que aquest comte hauria...

—Hauria, hauria, hauria... Us repetiu constantment. No creieu que tot plegat és massa circumstancial? —el va tallar Lord Parry.

—Sí, però hauríem d'afegir que Lady Stanhope també ho pensa. I perdoneu que em repeteixi.

—Lady Stanhope? —va fer Lord Parry, i Barrow es va adonar que la pregunta no anava en el sentit d'estranyar-se perquè aquella senyora pensés allò, sinó que el seu superior no sabia ben bé de qui li parlava.

—Lady Lucy Esther Stanhope, neboda de William Pitt, qui va ser primer ministre de la corona —Barrow es va aturar per veure si Lord Parry la situava o si havia de continuar amb les explicacions.

—Oh, sí! —va fer el secretari d'estat, i somrigué divertit—. Lucy la boja! ¿Qui podria oblidar una dona que ha estat capaç de presentar-se al Líban, fer-se l'ama d'un poble, vestir-se com un home, muntar la seva guàrdia personal i tenir espantades les autoritats otomanes? —tanmateix, va esborrar el somriure. Acabava d'adonar-se del que podia representar—. Lady Lucy sí que pot esdevenir un bon mal de cap, si els francesos se la creuen. No podem oblidar que és anglesa i que està emparentada amb els Pitt. Seria tan com tenir un escurçó a casa nostra —va fer un curt silenci. Hi havia alguna cosa que no acabava d'entendre—. Quin lligam mantenia amb Alí Bei?

—Segons els nostres informes, Alí Bei va demanar a Regnault, cònsol francès a Trípoli, que mirés de concertar-li una entrevista, perquè tenia molt d'interès a conèixer la que allà es considera una llegenda. De fet tothom l'anomena reina i és ella qui dicta totes les lleis dins d'un petit territori difícilment accessible que envolta el poble de Yunin i que esdevé gairebé una fortalesa. Regnault va fer totes les gestions, la dama en qüestió va acceptar rebre'l, però finalment no es van poder veure. La caravana marxava i Alí Bei no podia perdre-la —explicà Barrow, tot d'una tirada.

—Llavors, què hi té a veure ella en tota aquesta història?

—Sembla que guarda al seu poder uns sobres de ruibarbre torrefacte que podrien estar enverinats. Els va rebre del mateix Alí Bei, amb una carta en la qual li manifestava les seves sospites sobre certs agents britànics, sense especificar, i li demanava que, si a ell li passava alguna desgràcia, els fes arribar a París.

—Per què l'hi havia d'enviar? I de qui tenia por?

—Aquest és el misteri.

—Barrow, tenim un problema —Lord Parry va assentir diverses vegades amb el cap, ben convençut—. Ens hem de fer amb aquests sobres i analitzar-los nosaltres mateixos. No em refio dels francesos. Són capaços de fer qualsevulla barbaritat per carregar-nos el mort i no vull que hi hagi manipulacions indegudes. Ja fa dies que mantenim relacions cordials amb França i no seria bo tornar als temps passats. Com tampoc seria gens bo que es desencadenés un conflicte i que nosaltres en fóssim els responsables. M'he explicat amb claredat?

—Sí, senyor —assentí Barrow amb un bon cop de cap—. I si, en analitzar-los, trobem alguna cosa estranya?

—Si és així, ja prendrem decisions. Però, pel moment, l'única cosa que ens ha de preocupar és que els francesos no se'ns avancin una altra vegada.

—Molt bé, senyor —Barrow tornà a assentir i abandonà el despatx.

Li havia caigut al damunt un bon pastís. Enviaria una carta a l'agregat comercial de l'ambaixada de Damasc perquè s'encarregués de l'afer dels sobres. Sí, era el més ràpid i el més segur. Des de Damasc, Voigt podria viatjar a Yunin, entrevistar-se amb Lady Stanhope i convèncer-la perquè li donés els sobres. Si més no, així ho esperava.

Per la seva banda, a París, i al mateix temps, tenia lloc una conversa similar.

—Sabem amb exactitud què ha passat? —preguntà Decazes.

—El missatge del nostre ambaixador a Constantinoble no és del tot clar —respongué Duvalier, i assenyalà el document que li acabava de lliurar—. Hi ha un comte polonès, enviat a aquelles terres per la reina de Württemberg per comprar cavalls, que diu que Alí Bei hauria mort emmetzinat.

—Emmetzinat? Per qui? —va fer Decazes.

—Hi ha versions contradictòries —replicà Duvalier.

—En quin sentit?

—En tots. Per una banda encara no podem assegurar si és viu o mort, perquè ningú no ha confirmat el relat d'aquest polonès, i, per l'altra, si fos mort, no sabem qui ha estat, perquè cadascú explica la seva història.

—Ah, sí?

—Aquest comte Rzewuski diu que els marroquins que seguien Alí Bei, quan el van veure mort, es van llençar damunt del seu cadàver i li van prendre tot, mentre no paraven de cridar «maleït cristià!». Això ens fa pensar que, potser, van ser ells, els marroquins. No és cap mala pensada, si tenim en compte que fa anys va ser expulsat del Marroc i que podien haver-lo reconegut. A això s'hi hauria d'afegir que també expliquen que, quan van arribar a Qala't al-Balqà, a Jordània, el van voler enterrar. De manera que van procedir a rentar el seu cos, seguint el ritual musulmà, i li van trobar una creu penjada del coll. El cap de la caravana es va quedar perplex. Algú va cridar «maleït cristià!», però el cap de la caravana va arrencar la creu, va dir que cristià o musulmà aquell home mereixia una sepultura i va ordenar que l'enterressin segons el ritu musulmà. Un cop acabada la cerimònia van seguir el seu camí i tothom s'oblidà de l'incident. Però, en arribar a destinació, malgrat que el cap de la caravana està obligat per llei a donar comptes, ningú no va exposar el fet i per tant no consta enlloc la seva mort —explicà Duvalier—. Tanmateix, el comte Rzewuski insinua que podria haver estat el paixà de Damasc o un *molah*, possiblement per ordre dels anglesos. Fins i tot parla de la pèrfida Albió.

—La pèrfida Albió... Una manera prou elegant i subtil de dir el que vol dir sense anomenar directament ningú. Hem d'esbrinar què ha passat —va fer Decazes, i mirà Duvalier directament als ulls—. Hem de saber de totes totes si la missió segueix endavant i si Anglaterra s'ha empassat la nostra història i si hem aconseguit despistar-los. I l'única manera de saber-ho és esbrinar on és Alí Bei. I si és mort, vull veure el seu cadàver o les seves pertinences. Però vull una prova tangible. M'heu entès?

—Sí, senyor —assentí Duvalier amb un bon cop de cap i sortí.

No hi havia cap dubte que a partir d'aquell moment tindria molta feina. La primera cosa que havia de fer era escriure un bon plec de cartes: a Constantinoble, Alep, Trípoli, Damasc, Jerusalem... Algú en devia de tenir alguna notícia.

El duc de Decazes, per la seva banda, es quedà força pensarós. Amb allò no hi comptava. Sants del cel! Richelieu es pujaria per les parets!

—Ja ho deia jo, que no havíem de confiar en aquest home! —cridaria com un foll.

Tanmateix, si tot acabava aquí, tranquils, però si començava a tallar caps... Malament!

Fos com fos, el problema era que Alí Bei havia desaparegut i l'havien de trobar. Viu o mort!

1.- UNA BODA INNOCENT

Aquell 26 de novembre de 1814 París s'havia llevat amb un sol que feia predir que cap al migdia les temperatures s'enfilarien i permetrien que els habitants de la capital de França poguessin sortir a passejar i gaudir d'una calor excepcional per l'època de l'any.

El cotxer va aturar el carruatge ben guarnit de flors blanques just davant del número 25 de la Rue de Grands-Augustins. La casa, malgrat que no arribava a la categoria de les mansions dels nobles, guardava un bon equilibri de formes, mentre que l'escala, que pujava des del carrer fins a la porta d'entrada, i que en aquell instant havia estat presa pel grup de familiars i amics que esperaven impacients la sortida de la núvia i del pare que l'acompanyaria fins a l'altar, afegia un toc d'elegància al conjunt i li atorgava un cert aire senyorívol.

Des de l'altre costat del carrer uns curiosos observaven l'escena. Entre ells hi havia un home d'uns quaranta anys, un xic grassonet, que lluïa un generós bigoti, vestia correctament i duia barret i bastó. Qualsevol que el mirés el qualificaria com un home normal, que no despertava cap mena d'interès, i menys encara entre els que romanien pendents de la núvia.

Van arribar tres cotxes més, no pas tan guarnits com el primer, i es van aturar darrere del que estava farcit de flors blanques. L'home va fer un gest amb el cap i va torçar lleugerament els llavis. Aconseguir aquella quantitat de flors blanques a finals de novembre resultava un pèl difícil. A més s'havien de pagar amb escreix. Ell, Jean Cobbett, ho sabia prou bé. I és clar, que ho sabia! La seva tasca consistia precisament a saber-ho tot.

En el moment que s'obrí la porta de la casa i aparegué la núvia, Cobbett va somriure en veure la reacció de tots els que s'esperaven. N'hi havia per això i per a molt més. Aquella jove estava molt maca amb el vestit blanc i el vel que li cobria el rostre i que, en rebre la forta llum del sol, encara es transparentà més i permeté descobrir el nas petit i eixerit entre dos pòmuls lleugerament sortits que suportaven un parell d'ulls que s'endevinaven foscos i en consonància amb el cabell negre, mentre que els llavis, vermells i ben dibuixats, eren el més semblant a una rosa que neix enmig d'un camp immaculat.

La dona que sortia immediatament després d'ella i que anava pendent de la cua del vestit, es va avançar una passa per retocar el vel de la jove núvia. Ai, les mares! Sempre atentes al més petit detall, nervioses i amb el darrer consell als llavis.

Després, Cobbett desvià la seva mirada de la noia per centrar-la en l'home que acabava d'aparèixer. Era més aviat menut i prim, amb bigoti i vestia molt elegant. Cobbett no li va dedicar gaire atenció i va tornar a mirar la noia. Ja coneixia a bastament aquell home. Es deia Domènec Badia i era el pare de la núvia. Però avui no seria el protagonista de l'obra que s'estava representant. Bé, si més no, no ho hauria de ser, malgrat que Cobbett ja l'havia vist en moltes altres ocasions i, la veritat, sempre acabava sent el centre de tota celebració.

L'església es trobava al carrer del darrere, a poc més de dos-cents metres, i amb el dia tan clar i tan bonic la núvia i els convidats bé podien haver-s'hi arribat caminant. Tanmateix, Cobbett sabia que a Badia li agradava la pompa i li resultava més que evident que els cotxes no es dirigirien directament a la seva destinació, sinó que segurament seguirien carrer avall, donarien el tomb a la plaça i pujarien pel carrer de l'església fins atrapar l'escalinata. No calia ser cap llumenera per adonar-se que això permetria que tothom al barri pogués contemplar l'espectacle. Detall ben ajustat al tarannà de Badia.

Fins i tot aquell jove que s'amagava darrere d'un arbre i que mirava furtivament la núvia, també presenciaria la desfilada. I llavors Cobbett es gratà el clatell. La cara d'aquell jove li era familiar. On l'havia vista? Oh, sí! Ja se'n recordava. Era Jean-Paul Casel i freqüentava el cafè de Matillon, terrassa que també rebia la visita de Domènec Badia. I, si molt l'apuraven, li semblava recordar que els havia vist compartir la mateixa taula i riure com si fossin els millors amics del món. Per què, llavors, no estava entre els convidats a la boda? I per què s'amagava? Potser no volia ser vist? Tal vegada ja no eren amics? Tant és!, va fer, i tornà a centrar-se en l'espectacle.

La núvia baixà les escales i es dirigí al cotxe. L'esperava el cotxer amb la porta oberta i el barret a la mà. La mare la seguí i l'ajudà a pujar-hi, mentre deixava anar un devessall de paraules i s'afanyava per recollir tota la roba sobrera i disposar-la adientment dins del carruatge per tal que no patis gaire abans d'arribar a l'església.

—No li trepitgis la cua —va advertir al seu marit.

Domènec Badia va fer un gest de desesperació amb el cap i va pujar per l'altre costat. Se'l veia orgullós i digne, però no podia suportar tantes consignes, indicacions, consells...

La resta del seguici ocupà el seu lloc en els altres cotxes i el pare de la núvia va donar l'ordre de marxar.

Cobbett va esperar fins que els quatre cotxes s'havien posat en moviment. Llavors respirà fondo i s'endinsà en el carrer del darrere. Arribaria abans, caminant, que no pas els carruatges.

Però, això ja formava part de la cerimònia que segurament havia dissenyat el mateix Badia.

Evidentment Cobbett no era un convidat, però això no li impediria fer d'espectador i prendre bona nota de tots els que hi assistirien, malgrat que això de fer de tafaner social no li feia gaire el pes, però inexplicablement, després d'un temps en el qual Badia formava part d'una llarga llista de temes, el senyor Piech, dels Serveis d'Informació del Ministeri d'Afers Exteriors de Sa Majestat el rei George III d'Anglaterra, li havia donat ordre escrita de comunicar-li qualsevol esdeveniment relacionat amb tan curiós personatge. Fins i tot especificava que *qualsevol* vol dir *qualsevol*. És a dir: tots. I una boda era tot un esdeveniment. Més encara tenint en compte qui seria el futur marit.

Tal com havia previst Cobbett, el carruatge va baixar fins la plaça per fer-hi el tomb, va enfilar el carrer de l'església i va desfilar majestuosament fins aturar-se al peu de l'escalinata, on ja s'havien congregat bona part dels convidats. I, ara que ho recordava, on era Jean-Paul Casel? El va cercar amb la mirada, però havia desaparegut. Bé, tant és!

Un jove elegantment vestit baixà l'escalinata, obrí la porta del cotxe i allargà la seva mà per prendre la de la núvia i ajudar-la.

—Què bonica que estàs, Asun! Sembles una deessa —va dir el jove amb admiració.

—Gràcies, Pere —respongué la núvia.

Domènec Badia va baixar per l'altre costat i va venir fins a ells.

—Sent el germà i el padrí de boda, bé podies haver vingut a buscar-la a casa —va fer.

—No em volia perdre l'espectacle de la seva arribada i ahir ja li vaig dur el pom de flors —replicà Pere.

—Entesos. No fem esperar el nuvi —Domènec tallà la conversa i va oferir el seu braç a la núvia. No era el moment més adient per encetar una discussió.

Pere es va endarrerir lleugerament, va oferir el braç a la seva mare i començaren a pujar cap a l'església.

Dins la nau, els convidats s'havien tombat d'esquenes a l'altar per no perdre's cap detall de l'arribada de la núvia. Una dona va tocar la màniga del seu marit i atansant-se a la seva oïda va fer:

—Quina edat té ell?

—Setanta-tres —xiuxiuejà el marit.

—I ella encara no ha fet els vint. Quin tros de xaruc que s'emporta la pobra! Si gairebé ja no li queda cap dent i només pot menjar sopes i purés —rigué.

—Calla, que algú et pot sentir —va fer ell en veu baixa, però amb energia, i va mirar de cua d'ull cap a l'altar.

Sí que ho era, un bon tros de xaruc!, assentí l'home amb un cop de cap. Encara que fos amic seu, bé ho havia de reconèixer. I també havia de reconèixer que ella era una nina. Què devia estar pensant aquell vell esdentegat?, es demanà amb una espurna d'enveja als ulls, tot contemplant el que d'aquí unes poques hores l'ancià tindria al seu llit: carn ben tendra i ben fresca!

—Déu dóna pa a qui no té dents —va fer en veu baixa, i negà amb el cap.

Claude Baptiste Izouard tenia setanta-tres anys fets i, malgrat que ho havia intentat amb el vestit, amb la perruca i amb el maquillatge, no se n'havia sortit i no en podia amagar ni un, d'any, amb la seva pell arrugada i la cara afilada que mostraven uns ulls que volien sortir-se de les cassoletes. Pel que feia al somriure que en aquells moments exhibia, procurava mantenir els llavis ben tancats per tal de no ensenyar les dues dents, una a baix i l'altra a dalt, que li quedaven. I quan reia, exercici que no sovintejava, també mirava de no ensenyar-les i acabava fent ganyotes amb la boca oberta i els llavis que tapaven les dues perles ennegrides pel temps i pel tabac que durant força anys havia mastegat. Més avall, el coll era prim i arrugat. De manera que el seu cap recordava el d'una tortuga que surt de la closca, comparança que adquiria ple sentit perquè el seu cos era poc més que un esquelet.

Tot aquell conjunt de pelleringues es feia dir senyor de Lisle de Sales, tot i què ningú mai no havia vist cap títol ni cap document que ho acreditessin. Pertanyia a la classe mitjana, tirant cap a alta, de la societat francesa, era membre de l'Institut de França, es movia en cercles científics i passava per ser un home de notable cultura, amant dels llibres, curiós per tota mena de ciència o de tècnica o de literatura o del que fos, sempre que li permetés desplegar els seus coneixements i fer ostentació d'un bagatge que deixava tothom bocabadat.

Quan el senyor de Lisle de Sales va conèixer Domènec Badia va imaginar que havia trobat una ànima bessona, algú amb tant d'amor per la ciència com ell, però que havia anat molt més lluny i que havia estat capaç de fer realitat el somni que ell duia dintre seu des que era ben petit: viatjar i viure aventures. De seguida es va sentir fascinat pel relat d'aquells fets i van fer amistat, fins al punt que Domènec Badia esdevingué una persona molt coneguda a casa del senyor de Lisle de Sales. El visitava gairebé cada dia i amb cada nova revelació el vell Claude refermava més l'opinió que tenia davant seu un home d'una talla extraordinària. Tan gran era la seva admiració que no va trigar a presentar-lo als seus col·legues de l'Institut de França, la major part dels quals van escoltar amb interès de llavis del mateix protagonista el que més tard podrien llegir en l'obra en tres volums titulada *Voyages d'Ali-Bey en Afrique et en Asie pendant les années 1803, 1804, 1805, 1806 et 1807*, seguida d'un atlas amb vuitanta-tres làmines perfectament explicades i cinc mapes que, gràcies a les observacions i a les mesures preses pel seu autor, havien permès corregir certes errades geogràfiques i cartogràfics del nord d'Àfrica. Detalls com aquest van aconseguir que se'l mirés com un gran explorador i un notable científic, mentre que el prestigi del senyor de Lisle de Sales guanyava enters per haver descobert un talent de tan grans dimensions.

L'amistat va anar creixent, Domènec el va convidar a casa seva i Claude va poder conèixer la família del seu heroi.

Oh, quan va veure Asun! Quina flor tan bonica! Se'n va enamorar al primer cop d'ull. Era tan delicada, amb un rostre tan angelical, una pell tan suau, unes mans de dits llargs i prims, uns ulls foscos i enormes, un nas petit, uns llavis ben dibuixats... Oh! Tornava a sentir-se jove i somiava. Oh! I això que ell gairebé havia acceptat amb resignació que aquella part del seu cor ja estava morta i enterrada, però escoltar el relat de les aventures del seu amic havia desvetllat en ell una energia inesperada i amb ella van arribar les passions adormides.

Els dies van anar passant i aquell sentiment es rebel·là ben real. No era pas un somni, sinó un desig tan intens que de vegades el cor li feia mal. I és clar que també havia de tenir en compte que els metges ja l'havien advertit que no disposava d'un cor de vint anys i que aquells dolors... No obstant això, el vell Claude caminava amb més agilitat, somreia més sovint, respirava amb major energia i brandava el bastó com si fos un sabre.

La seva il·lusió augmentà considerablement i cada dia oferia més i més coses al seu amic Domènec. Li presentà totes les seves amistats, omplí la seva família d'atencions i, finalment, va creure que havia arribat l'hora d'obrir el seu cor i abocar-li els sentiments que li despertava la seva filla.

Una tarda va convidar Domènec a casa seva i van estar parlant i parlant. Claude se sentia tens, perquè el tema era en extrem delicat i no sabia com plantejar-li. I és clar! Demanar a un pare que prescindeixi de la seva filla no és una tasca fàcil. Va mirar de fer-ho durant una bona estona i finalment va gosar-hi. Com ho va aconseguir? Doncs... si ara fes memòria, no sabria explicar qui va acabar per encetar el tema, perquè tot va anar d'una manera tan natural que, quan acomiadava Domènec a la porta de casa, era incapaç de recordar com havia començat. Només tenia present que era molt feliç i que el seu amic li havia dit que parlaria amb la seva esposa i que prendrien una decisió.

—Encara no puc aventurar quina serà la decisió, però us puc dir que per mi és un gran honor que hagueu pensat en la nostra filla com a futura esposa —havia fet Domènec.

—Donades les circumstàncies, potser seria més adient que ens tutegéssim —havia suggerit Claude.

—També seria un gran honor, però m'estimaria més no precipitar-me i esperar a saber quina és l'opinió de la meva esposa —respongué Domènec.

—Naturalment! —va fer Claude, un xic espantat. Potser havia comès un error?

Els temors i els dubtes s'esvaïren pocs dies després. Domènec li va comunicar que fins i tot Asun s'havia emocionat en imaginar les seves intencions.

—Tan sols se les ha imaginat, perquè, evidentment, no li hem comunicat tot. Només ha estat una insinuació per part de la meva esposa. Heu d'entendre que és molt jove i tímida i que cal anar a petites passes —li va dir Domènec—. Tanmateix, la meva esposa m'ha explicat que s'ha ruboritzat en escoltar el vostre nom. I això, en una dona, ja podeu pensar el que significa! No obstant això, us repeteixo que cal anar a poc a poc.

—No faré ni una sola passa sense que vós m'ho aconselleu —respongué Claude, visiblement commogut i emocionat per aquelles paraules.

—Crec que ja ens podem tutejar, amic meu —somrigué Domènec.

Tal com havia promès, el vell home no va fer cap passa sense consultar-la amb el seu amic, no va deixar anar una sola paraula sense demanar-li permís i va viure en silenci un amor que el feia imaginar que tornava a ser jove.

Ara Asun era allà, venint cap a ell. Què bonica que estava! Aquella nit podria despullar-la i mirar-la, tocar-la i abraçar-la. Ai, què llarg que se li faria el dia! Ja feia dies i setmanes i mesos i, si havia de fer memòria, algun any que... bé... que... doncs... allò. L'últim cop va ser... va ser... amb una meuca! I no havia resultat gaire agradable. Ho recordava prou bé. El va tractar com si fos idiota i li va treure un bon pessic per no fer gairebé res. Però aquella nit tot seria diferent.

I tant que se li faria llarg el dia!

Asun va mirar cap a l'altar. El seu futur marit l'esperava. Déu meu! Sempre l'havia tractat de vós i seguiria fent-ho quan fossin casats.

—Mare, és un home molt gran! —havia exclamat, gairebé esgarrifada, quan s'havia quedat sola amb la seva mare, just després que el pare li hagués comunicat la decisió que havia pres. No havia dit *ancià* ni *vell arrugat*, tot i que de ganes no li'n van faltar.

—És un home assenyat, amb bona posició i amb experiència —havia respost Maria Lluïsa amb to comprensiu i un somriure bondadós—. Serà un bon marit. Pensa que el teu pare ha buscat el bo i millor per a tu. Moltes noies sentiran enveja de la teva sort.

Com podia dir allò? Enveja...? De què? Setanta-tres anys! Uf! El seu pare en tenia quaranta-set i ja li semblava un senyor molt gran...

Què passarà aquesta nit?, es demanava mentre caminava cap a l'altar. Un avi al llit. Això és el que tindria. Una pell arrugada que fregaria la seva i una boca sense dents que voldria besar-la. Només de pensar-hi s'esborronava.

—Tu no t'has de preocupar per res —li havia dit la mare, ja feia dies—. Et fiques al llit i que ell faci. Comprens?

—Però, mare...

—Totes hem passat per aquest moment i totes hem sobreviscut —Maria Lluïsa la va tallar amb un altre somriure de comprensió—. Dura poc i no és tan greu. I la segona vegada ja t'hi has acostumat. Obres les cames, tanques els ulls, aguantes la respiració i ja està.

—I l'amor i l'enamorament que expliquen els llibres? —havia insistit ella.

—L'enamorament, com molt bé dius, és cosa dels llibres i l'amor... ja vindrà amb el temps. Al final descobriràs que la major satisfacció són els fills. El teu pare ha estat anys i panys fora de casa, ben lluny, lluitant per nosaltres, i jo he tingut cura de vosaltres, que sou el seu orgull.

Què podia respondre? No disposava d'arguments per replicar al fet que el pare havia marxat lluny de casa per lluitar per ells, per la seva felicitat i pel seu futur. Era ben cert que la mare s'havia passat una bona colla d'anys sense marit i que havia quedat embarassada un any després del seu retorn. I també era cert que Pere i Asun havien viscut una bona colla d'anys sense progenitor, fins a l'extrem que per a ella va ser tota una sorpresa descobrir als tretze anys que apareixia un senyor que deia que era el seu pare. Ho recordava com si fos ara mateix. Era el mes de juny de 1808. Aquell home, amb una generosa barba, prim, molt prim, demacrat i amb la roba que li anava gran, va arribar malalt. Els va saludar i se'n va anar directament al llit, que no va abandonar en gairebé quinze dies. La mare va cridar el metge i es va estar al costat del pare durant totes aquelles nits, fins que el perill va passar. Pocs temps després de recuperar la salut, el pare els va dir que s'havien de traslladar a Madrid. Recordava que la mare es va amoïnar. Deixar Còrdova després de tant de temps, abandonar parents i amics... Però el pare deia que el centre de tot era Madrid i que calia anar-hi perquè, després de tot el que havia fet per Espanya, l'esperava un gran futur.

Es va tallar la barba i només es va deixar el bigoti. Afirmava que la barba era un salconduit per viatjar per terres musulmanes, però que a Europa i amb els temps que corrien millor un bon bigoti. Et fa respectable i seriós, afirmava mentre se l'acariciava.

En arribar a Madrid les coses no van ser ben bé com el pare els havia pronosticat amb eufòria continguda, sinó que es passava el dia amunt i avall, als ministeris, cercant un bon lloc de treball. No parava de repetir que, després de tot el que havia fet per Espanya, prou que se'l mereixia, però que els inútils del nou govern del rei Josep I eren una colla d'envejosos. Això li explicava la mare, mentre Pere, dos anys més petit que ella, escoltava embadalit.

Finalment, el dia 25 de setembre de 1809, gairebé un any després d'haver abandonat Còrdova, el pare va ser destinat a Segòvia. Hi anava d'intendent. Un càrrec important, els havia comunicat amb orgull. I en vista de com els van rebre i de la casa que els van assignar havia de ser ben cert, pensà ella en arribar a la ciutat de Segòvia.

A partir d'aquí la seva vida va canviar. Els tractaven amb respecte i tot va anar bé fins al dia que va escoltar que els criats murmuraven que el seu pare era un jueu renegat que s'havia fet musulmà, que ara era un afrancesat i que estava circumcidat. I ho deien amb un deix de fàstic.

—Què vol dir *circumcidat*, mare? —havia demanat un dia.

—Aquesta paraula, a casa nostra, no la vull ni sentir —li havia contestat la mare amb vehemència—. I menys encara no se t'acudeixi pronunciar-la davant del pare.

D'amagat, Asun va trobar el significat d'aquella paraula en un diccionari. *Circumcís* o *circumcidat*: que ha sofert la circumcisió. Ben poca ajuda era allò. I va seguir buscant. *Circumcisió*: excisió total de prepuci. Quines paraules més difícils! I va continuar. *Prepuci*: replec mucocutani a la part més distal del penis.

Oh, penis! Llavors es va esgarrifar, va tancar el diccionari, el va desar, pronuncià una jaculatòria per demanar perdó i amb les galtes ben enceses va anar a rentar-se les mans. Una estona després es demanava què significava mucocutani i on era la part més distal, però no va gosar agafar de nou el diccionari. Ja n'hi havia prou de saber que tenia alguna cosa a veure amb el penis.

De sobte, Asun va deixar de banda aquells records i retornà a la realitat. Al seu costat, pel passadís central de la nau de l'església, el seu pare caminava amb l'esquena ben dreta i de tant en tant inclinava lleugerament el cap per saludar algú important.

Déu meu, quanta gent que hi ha vingut!, pensà la noia. I és clar que una bona colla dels convidats venien de part del nuvi, perquè ells, de parents, a París, no en tenien gairebé cap i, tot i que el seu pare gaudia d'una especial habilitat per fer coneixences, no disposaven de cap exèrcit d'amistats. La capital de França no era Còrdova, la gent era més reservada i més tancada i tot resultava diferent.

Asun mirà cap a l'altar. Sants del cel! Aquell home que l'esperava bé podia passar pel seu avi!

Ara li venia al cap que durant tota l'estona que la van estar vestint, tot eren crits, corredisses i nervis i ningú no es demanava què sentia ella, què pensava, què desitjava, de què tenia por... No. Cap d'aquelles preguntes hi comptava. Res d'allò no amoïnava ningú. La celebració era l'important: el vestit, les flors, el vel, la cua... que tot fos perfecte. Tanmateix, ella, malgrat que li havien dit i repetit fins afartar-se que seria la protagonista i el centre de tot, s'adonava que era una peça més, simplement un element decoratiu en una festa on tothom riuria, cantaria, ballaria i no pensaria.

Verge Santa! Durant tot el temps que va transcórrer entre el dia que s'assabentà de la decisió del pare i l'instant present havia mirat de parlar amb la mare i fer-li veure que... Però les respostes sempre eren les mateixes.

—Encara ets massa jove per saber què et convé. Has de confiar en els teus pares, que tenen més experiència que tu —li deia a tota hora Maria Lluïsa.

La mare havia canviat. I tant que sí! Ja no era la dona que es comportava com una amiga, que, quan van arribar a París, es va recolzar en la seva filla estimada, perquè no parlava ni una paraula de francès. Situació que va durar uns bons mesos, fins que un dia el reduït i minúscul cercle d'amistats de la mare s'eixamplà amb una velocitat de vertigen i de sobte el pare la va dur a l'òpera i al teatre. No hi havia setmana que el matrimoni Badia no tingués algun compromís important. Després ella començà a acompanyar-los i en totes aquelles sortides el rostre del senyor de Lisle de Sales, un amic que el pare ja havia convidat a casa, figurava en un lloc destacat. Tan destacat que ella es va assabentar que era qui pagava la llotja de l'òpera des d'on podia veure aquell jove que no parava de mirar-la i al que havia vist algun cop a casa, tot acompanyant algun amic del pare. Ella es va interessar pel nom d'aquell home.

—Jean-Paul Casel —la va informar Pere, que es deia aquell jove.

—El coneixes?

—És amic del senyor de Lisle de Sales i he parlat amb ell algun cop.

Eren a la llotja i Asun va esperar fins arribar a casa per parlar amb el seu germà.

—Tu no podries fer que el pare me'l presentés? —insinuà ella—. Sense que ningú no se n'adoni —afegí de seguida.

—Ja m'ho manegaré —somrigué Pere.

Pere va complir la seva promesa i va fer algun comentari al pare, que va respondre que ja parlaria amb Claude. Tanmateix, aquell jove de sobte va desaparèixer de París i el senyor de Lisle de Sales s'assegué per sempre més al costat d'Asun.

La noia mai no va imaginar quines eren les intencions de l'ancià amic del seu pare. Com podia pensar que un avi...? Però la mare, segur que ho sabia tot de bon començament. Per què no li va dir res? Per què l'havia lliurada a un vell?

Maria Lluïsa Burruezo i Campoy caminava darrere de la núvia, penjada del braç del seu fill Pere. Davant seu lliscava la llarga cua del vestit de la seva filla Asun. Una filla casada... Oh, Verge Maria!, sospirà. I què bonica que estava! Tothom la contemplava i ella copsava les mirades de simpatia barrejades amb altres que qualificava d'envejoses, mentre caminava pel llarg passadís que conduïa a l'altar. Somreia, però només per fora. Per

31

dintre, el seu cor no es manifestava gaire alegre, tot i que intentava impedir que un bon plec de records i de pensaments li vinguessin al cap.

—Vigileu, mare —va fer Pere, quan van arribar al primer banc de l'església.

Maria Lluïsa es va apartar lleugerament per tal que la seva faldilla no s'enganxés al seient que li havien reservat. Llavors va aixecar els ulls i va veure que el seu marit deixava Asun a l'altar i venia cap a ella amb aquell tarannà que li era tan personal, amb el cap ben dret i la mirada dominadora, per seure's al seu costat. Se'l veia tan orgullós!

El sacerdot inicià la missa i els pensaments de Maria Lluïsa van fer un salt en el temps i van anar a petar al dia que van abandonar Segòvia, lloc d'hiverns freds, per retornar a les terres càlides d'Andalusia, a la seva terra estimada, on havien nascut Asun i Pere i on després havia de néixer Josep, el petit, que ara tenia cinc anys. Llàstima que aquell retorn durés poc més d'un any i que de nou van haver de marxar cap a Madrid, per, dos anys després, patir els estralls de la gran davallada, quan les tropes del general Marmont foren derrotades a Arapiles per les forces angleses i espanyoles sota el comandament de Wellington. Els exèrcits napoleònics van haver d'abandonar Andalusia i començaren a recular, i a finals de 1812 el rei Josep I fugia d'Espanya i tot els que havien estat titllats d'afrancesats marxaven darrere seu. Domènec en va ser un. Però, com podien titllar-lo d'afrancesat?, s'esparverava el seu marit, terriblement enfadat. A ell, a Domènec Badia, l'home que només vivia per servir el seu país? Quanta injustícia!, no parava de cridar.

Arribar a París, a un país estrany, amb una llengua estranya i gent estranya, va significar un daltabaix important. No pas en el terreny econòmic, perquè Domènec havia aconseguit fer força diners durant els darrers mesos, però un any després de ser a París la pobra encara anava ben perduda. Li costava aprendre el francès i sort en tenia de la filla que li feia companyia. Per contra, el seu marit no parava ni un moment a casa. Fins i tot moltes nits no sopava amb ells. Deia que havia de fer coneixences, aconseguir tornar a Espanya, dur a terme tots els projectes que havia imaginat, parlar amb tothom, fer-los partícips de les seves idees...

Uns mesos després Domènec ja havia escrit un bon plec de cartes al rei Ferran VII d'Espanya tot explicant-li el que havia fet al Marroc, recordant-li que va servir fidelment el seu pare Carles IV i dibuixant-li el gloriós futur que ell podia bastir per a la corona espanyola. Tanmateix, el temps passava i no rebia cap resposta. Llavors va cercar altres que com ell havien patit el desterrament, però que havien aconseguit retornar a la pàtria. Finalment es va assabentar per conducte d'un vell conegut, el coronel Amorós, que el nou rei d'Espanya tenia massa problemes i que no respondria les seves cartes. Era una manera suau i subtil de fer-li veure que aquella via estava esgotada, perquè Amorós també havia caigut en desgràcia i havia estat tatxat d'afrancesat, mentre que Godoy, també establert a París, vivia una vida còmoda i retirada de la política i no en volia saber res de res.

Completament perdut, va mirar de parlar amb el govern francès, amb Napoleó, però tot va ser inútil.

—Buscarem un altre lloc —havia fet una tarda—. Algú, en algun racó d'Europa, m'ha d'escoltar.

Maria Lluïsa ja no va poder més. Havia de respectar el seu marit, li havien ensenyat de ben petita, però allò era esclavatge. Sempre amunt i avall, d'una ciutat a l'altra, i sempre escoltant els mateixos planys. No deia el seu marit que tenien prou diners? Doncs que fes com Godoy, que es retirés i que visqués tranquil·lament, sense aquell afany de voler rebre honors i glòria.

—Estic cansada de viatjar amunt i avall, de no tenir casa fixa, de no saber què passarà ni on seré demà. Primer Madrid, després Segòvia, després Còrdova, de nou Madrid, ara París... Carreguem amb els nostres fills com si fossin farcells —es va queixar Maria Lluïsa, incapaç de seguir les passes del seu marit i temorosa que tornessin a fer les maletes. I els seus ulls suplicaven, més que no pas demanaven.

De sobte es va fer un silenci que li va semblar etern. Domènec s'havia quedat quiet i mut, amb els ulls clavats al terra.

—No t'amoïnis. Ens quedarem aquí —va sentenciar ell—. Buscarem una casa, farem arrels i aquesta terra ens acollirà.

Aquelles paraules la van deixar més tranquil·la. Si més no, no havia de tornar a fer les maletes. No obstant això, encara quedaven molts dubtes per resoldre.

—Com? —havia demanat ella en una altra ocasió, després de veure que res no canviava, que el seu marit seguia lluitant per fer-se un lloc en la societat francesa, però que tot eren entrebancs —. ¿Que no te n'adones que som estrangers en terra estranya, que hem perdut totes les amistats, que fa un any que som aquí, que ningú no ens visita, que...?

—Casarem aquí els nostres fills i ells seran el nostre salconduit —replicà Domènec amb la vehemència que li era habitual quan havia pres una decisió ferma.

Convertir els fills en salconduit. Què volia dir allò?

Durant els dies següents Domènec arribava a casa i guardava silenci, gairebé no sopava i es tancava en un petit despatx durant hores i més hores. Tal vegada havia parlat massa, va pensar Maria Lluïsa, però de sobte, la seva vida va canviar.

—Aquest vespre anem a l'òpera —va dir Domènec, una tarda.

I a partir d'aquell dia Domènec la treia a l'òpera i al teatre i ella va descobrir amb vertadera sorpresa que el seu marit era un home molt conegut i amb moltes amistats. Després van arribar els dinars i els sopars i no hi havia setmana que el matrimoni Badia no tingués un mínim de tres compromisos.

—La nostra filla ens hauria d'acompanyar. Ja té divuit anys i ha de començar a fer-se veure —li va dir un dia el seu marit.

Déu meu! El seus precs havien estat escoltats i Domènec havia entès que havia arribat l'hora de descansar, imaginà Maria Lluïsa, i va ser feliç.

Quan va parlar amb Asun i li va comunicar que els acompanyaria, la noia no tocava vores. Era la més feliç del món. Sortir, alternar, conèixer homes joves...

—Tot arribarà —sentencià el seu pare—. Pel moment ens acompanyaràs i espero que no ens haguem de penedir.

Va ser un canvi important, però no el que la seva filla havia imaginat. Curiosament, tot eren homes madurs o grans, com el seu pare o més. I n'hi havia un, el senyor de Lisle de Sales, que sempre mirava de seure's al seu costat i donar-li conversa. Maria Lluïsa prou que s'hi va fixar.

—No trobes que el senyor de Lisle de Sales està massa pendent d'Asun? —va comentar un dia al seu marit.

—Ho fa perquè ella no s'avorreixi —Domènec va treure importància al fet.

Tanmateix, unes setmanes després, el seu marit va entrar a la sala on ella estava asseguda fent mitja i li va comunicar, amb vertadera eufòria, que Claude Baptiste Izouard de Lisle de Sales s'havia interessat per la seva filla Asun i que volia demanar la seva mà.

—El senyor de Lisle de Sales? —va fer ella, astorada—. La nostra filla té dinou anys i ell és un ancià.

—És membre de l'Institut de França, ric i influent —Domènec aixecà el dit ben enlaire, tot apuntant cap al sostre, i alçà les celles.

—Ella sent inclinació pel jove Jean-Paul Casel i jo diria que aquest jove...

—Casel! —Domènec va fer un gest despectiu—. Fill no primogènit d'una prolífica família que no té res de res. Què en traurà? Res —negà amb forts cops de cap—. Pensa: si la nostra família aconsegueix un parentiu de tanta categoria com el senyor de Lisle de Sales, ¿qui no ens obrirà les seves portes? No és això el que volies? —va somriure i s'assegué a la butaca de davant.

—Sí, però no sacrificant la nostra filla... —Maria Lluïsa mirà de replicar.

—Sacrificar? —Domènec s'alçà ofès i començà a gesticular amb grandiloqüència, tot aixecant les mans com si fos un orador enmig d'una arenga política—. Em vas demanar que ens quedéssim aquí i que féssim arrels, i ho estic fent. Pensa que al món musulmà les dones es venen i es compren sense més ni més i jo, per contra, li he buscat un marit. Com pots gosar dir que la sacrifico? Claude disposa de tota una mansió per a ell. l'Hôtel de Lorges del 95 de la Rue de Sèvres li pertany. Quina noia que encara no ha fet vint anys pot somiar amb una posició tan alta? I tingues present que és el mateix Claude que està intentant fer entrar el nostre fill Pere a l'exèrcit francès. Li devem molt i només demano una mica de col·laboració per part de tothom. Si vols parlar de sacrificis, jo sí que he sacrificat els millors anys de la meva vida lluny de casa per fer-vos feliços a tots. Vaig estar viatjant per terres desconegudes, entre salvatges i guardant-te fidelitat, i he retornat per dur-vos a París, al centre de la cultura, de la ciència i de la vida d'Europa —va concloure el seu discurs deixant caure els braços en una actitud pròpia d'un actor consumat a la fi d'un dramàtic monòleg.

—Ja sé tot el que has hagut de passar per nosaltres i no em queixo. Al contrari. No volia dir ben bé que la sacrifiquem... —es disculpà Maria Lluïsa, abaixant els ulls, atordida i avergonyida.

—Doncs no ho diguis —la tallà Domènec, s'agenollà als peus de la butaca i li agafà les mans amb força mentre la seva veu baixava de to i cercava la dolçor—. Si jo t'expliqués el que vaig haver de patir enmig del desert, amb risc de la meva vida, i com pensava en tu, la meva Mariquita...

Mariquita era el nom que Domènec emprava quan es posava tendre i, per a ella, escoltar-lo significava que havia de plegar-se al seu desig i callar, perquè llavors encetava el devessall de records i retrets: ell lluny de casa, patint i lluitant; ella a casa, amb tota la vida arreglada, perquè ell ho havia deixat tot lligat i ben lligat abans de marxar, per tal que no li faltés res; tot ho havia fet per ells...

Maria Lluïsa, com sempre, no va ser capaç de replicar. El seu marit posseïa tots els arguments i jugava amb ells amb tanta facilitat que bé podia capgirar-los, si les circumstàncies ho requerien, per tal de tapar-li la boca. Ella recordava que quan Domènec va tornar d'aquell viatge a l'Orient que no s'acabava mai, el va notar força canviat. Era més reservat, tenia una mirada especial, com si s'hagués descuidat alguna cosa enrere i dubtés si anar a buscar-la. Després, un cop es recuperà de la malaltia i van tornar a fer vida marital, Maria Lluïsa també va descobrir que en aquest punt els canvis eren més que sorprenents. Li feia coses que mai no li havia fet, la tocava com mai no l'havia tocada i li demanava... Déu meu, el que li demanava de fer! Durant mesos sencers, fins que no es va acostumar, només de pensar-hi enrogia. ¿Les altres dones espanyoles feien tot allò o eren costums de les musulmanes, que tenien un altre déu?, s'havia demanat. Fins i tot, un dia, en una reunió d'amigues, a Madrid, va insinuar que havia sentir dir que hi havia dones i homes que feien anar la llengua més que no pas altra cosa i que practicaven postures ben estranyes.

—Déu mos en guard de fer-ho! —exclamà una d'elles, gairebé esgarrifada—. Una dona com cal sempre es queda quieta. Ja sabem que els homes aprenen moltes coses amb altres dones que no es queden precisament quietes, però si nosaltres ens belluguéssim, què en pensarien ells? Que també tenim les nostres experiències particulars?

—Tens raó, estimada —somrigué una altra—. Amb el marit s'ha d'anar amb molt de compte i no introduir cap novetat que ell no hagi demanat. D'aquesta manera no aixequem ni sospites ni gelosia.

—I amb el que no és el marit? —demanà una altra, amb picardia, i les dirigí una mirada prou significativa.

Totes van riure divertides.

Maria Lluïsa va treure de seguida la conclusió: el vincle sagrat del matrimoni obliga a mantenir relacions pures, mentre que la inexistència del vincle es tradueix en manca de fre. Evidentment també acabava de descobrir que a Madrid els costums eren més permissius que no pas a Andalusia. I és que, a Andalusia, hi havia massa mostres de saviesa popular. Sense anar-hi més lluny, recordava que la seva mare li havia dit: «Els homes són com són i tenen més necessitats que no pas les dones. Que facin el que vulguin, perquè si no els ho permets, se'n buscaran una altra». Maria Lluïsa sospitava, i acceptava, que el seu marit potser no li havia estat tan fidel com jurava i perjurava tothora. Hi ha detalls que cauen pel seu pes. Però també tenia ben present que més valia que trobés en ella tot el que buscava i que practiqués tot el que havia après i tot allò que li passés pel magí. De manera que si calia es tombava d'esquenes o s'agenollava o obria les cames o la boca o el que calgués. En algun moment amb por, algun cop amb recança i finalment amb resignació. Ell quedava satisfet i això era el més important. Una dona ha d'estar preparada per suportar el que calgui.

—Procura que la llavor sempre quedi dins teu, perquè doni el fruit que és grat a Déu —li havia dit el seu confessor—. Això és el que importa de debò.

—Però és que de vegades el meu marit diposita la llavor en el lloc equivocat —insistia ella—. M'hi haig de negar, llavors?

—Filla, la dona ha nascut per obeir, encara que de vegades l'home esdevé diable. Resa a la Verge i ella il·luminarà el teu marit.

Ja ho va fer, però la il·luminació no arribava. Paciència, li demanava aquell sacerdot, i Maria Lluïsa va acabar guardant silenci i fent tot el que Domènec li proposava. De la mateixa manera que el va obeir en tot i van marxar cap a Segòvia i, malgrat que aquella terra era ben diferent de Còrdova, i la gent també, va fer el cor fort i s'hi va adaptar amb rapidesa.

Ai! Tot havia anat correctament fins al dia que li arribà a l'oïda que hi havia qui murmurava que el seu marit era un jueu o un musulmà i que estava circumcidat. Fins i tot la seva filla ho havia escoltat i li havia demanat què volia dir allò de la circumcisió. Maria Lluïsa, quan Asun li va posar la pregunta, prou que sabia el significat d'aquest mot, perquè se n'havia preocupat d'esbrinar-ho i al contrari que Asun, no s'havia aturat en trobar la paraula *penis* al diccionari, sinó que seguí més enllà fins que va descobrir que el que murmuraven era cert. Si més no, la part que feia referència a la circumcisió. Podia jurar-ho, perquè havia tingut allò entre les mans, entre les cames i més tard a... En fi, que bé podia dir que l'havia tastat de debò. I el que també podia explicar era que, malgrat que havien passat anys entre que Domènec va sortir de Còrdova per anar-se'n a Londres i el seu retorn després del gran viatge per tot el nord d'Àfrica, el dia que el va tornar a veure despullat es va quedar bocabadada davant d'aquell penis que ella recordava diferent i que ara semblava un pebrot mig escalivat.

—Ho vaig haver de fer per passar per un d'ells. Si no, ara seria mort —li va explicar el seu marit—. No t'amoïnis, però. Segueix tan valent com sempre.

I tant que seguia ben valent! La prova és que la va deixar embarassada.

El problema era que... En fi, que tothom sabia que estava circumcidat! Però, com ho podien saber?, es demanà. Allò només ho podia saber qui l'hagués vist despullat. Llavors... Bé! Si havia estat amb alguna meuca musulmana, que segur que hi havia estat, doncs... senyal que tenia necessitats que ella no podia cobrir perquè era lluny, però que seguís freqüentant aquells plaers, ja formava part d'una altra història i no ho podia permetre, perquè ella no li havia negat res. Hi parlaria, va concloure. Tanmateix, després de rumiar-s'ho de valent, va recordar la seva mare i no va gosar parlar-ne amb el seu marit. No calia donar-hi més voltes. Els homes són com són i de tant en tant necessiten... Sí, com deia la seva mare, que també havia patit amb el seu pare: «*Bendita la aceitera que tiene para los de casa y para los de fuera*». I no se'n parli més.

Durant aquells anys, i des que es van casar, si sumés tots els dies que havien viscut plegats, només havia tingut marit la cinquena part del temps, si és que hi arribava. La resta havia viscut tota sola, pujant els fills. «La més gran satisfacció d'una dona són els fills», li havia dit la seva mare, argument que ella traspassava a la seva filla, perquè per a ella havia estat real. Domènec mai no parava quiet. Quan eren a Còrdova, ell anava i venia de Madrid; va viatjar per tot Europa i durant cinc anys va desaparèixer i va viure amb els musulmans; més tard, quan vivien a Segòvia, es passava més temps a Madrid que a casa; i quan eren a Madrid, se'n pescava alguna per anar a València o vés a saber on. Què feia durant tots aquests viatges? També li era fidel?, va pensar amb sorna. Segur que només li era fidel quan estava malalt, que ho estava sovint. La seva mare, quan s'anaven a casar, li va dir: «Hauràs d'estar molt al seu costat, perquè no el veig gaire valent». Fins i tot el pare de Domènec ho deia...

Maria Lluïsa va mirar Asun, allà dreta, davant l'altar. N'estava molt, de bonica, amb aquell vestit blanc! Llavors somrigué. Tanmateix, el seu somriure s'escapçà. Què seria de la seva vida al costat d'aquell ancià?, va pensar un cop més.

—No se n'ha de preocupar gens ni mica —havia respost Domènec el dia que ella va gosar fer un comentari—. Tal com està durarà ben poc i serà viuda aviat. Una viuda rica. I pel que fa a ara, Claude no és un home fort i no crec que Asun hagi de suportar gaire pes damunt seu. Ja m'entens.

Aquell dia, després d'aquella conversa, Maria Lluïsa va tenir un pressentiment. I si tot havia estat un pla perfectament traçat pel seu marit? De fet tot encaixava. Va ser des del moment que va dir que els fills serien el seu salconduit que va començar a canviar la seva vida i que Claude esdevingué un bon amic que venia sovint per casa, que havia presentat Domènec a molta gent, que els convidava a l'òpera i al teatre...

Tot i les possibles evidències, mirava de negar-ho, perquè només d'imaginar-se que el seu marit podia ser capaç de vendre la filla a un ancià el cap li rodava.

—A Asun no li comunicarem res fins que no arribi el moment oportú —havia suggerit el seu marit—. L'has d'anar preparant... En fi, ja saps el que vull dir. No n'hi vull parlar fins que no arribi el moment adient i tu m'avisaràs, perquè d'aquestes coses les dones en sabeu més.

El dia que es va assabentar que Asun no sospitava res de res, es va quedar bocabadada. No se n'havia adonat de totes les atencions de Claude? Sí, però se les havia pres com si vinguessin del seu avi. I les mirades? També se les havia pres com les d'un avi embadalit.

La veritat és que, després de reflexionar-hi un parell de minuts, la seva estranyesa sobrava. Evidentment, el més normal del món era que la seva filla sospirés per conèixer aquell jove que s'asseia al pati de butaques i que de tant en tant mirava cap a la llotja i que no fes cas de la presència d'un ancià. Ella també s'hi havia fixat, en el jove. I era atractiu. Cap noia no sospira per tenir un avi per marit!

Va mirar de parlar amb Domènec i dir-li que tota aquella història era una bogeria i que aquella boda no es podia celebrar, però es va trobar amb una resposta ben contundent. Ja havien anat massa lluny i no es podien fer enrere. Què en pensarien totes les seves amistats? Què passaria amb totes les relacions que havien fet? Ho perdrien tot!

—Claude Baptiste Izouard de Lisle de Sales, preneu per esposa a Maria Asunción Catalina Badia i Burruezo... ? —es va sentir que feia la veu del sacerdot.

De sobte el jove Pere Badia va tornar a la realitat del moment. El seu cap s'havia perdut entre els records de quan vivien a Còrdova, després de la curta estada a Segòvia. A l'abril de 1810 el seu pare va ser nomenat intendent de la ciutat dels califes i poc després, el mes d'agost, va rebre el nomenament de prefecte, tot acumulant les funcions de comissari reial i d'intendent.

Un dia se'l va endur al seu despatx i li va mostrar uns plànols mentre li explicava que es tractava d'un pla per fer navegable el Guadalquivir des allà fins a Sevilla. Pere s'ho va mirar amb ulls embadalits.

Albert Salvadó

—I es pot fer? —demanà.

—Pensa grans coses i faràs coses grans; pensa coses petites i no faràs res de res ni seràs ningú —li contestà el seu pare—. Què vols ser quan siguis gran?

—Mariner —va fer Pere.

—Mariner? —Domènec alçà les celles—. No, home, no! Almirall de la flota. Això és el que has de ser.

—I com s'hi arriba?

—Entraràs a l'acadèmia, estudiaràs de valent i seràs oficial. Després jo et duré amb mi a l'Orient i allà demostraràs qui ets i tothom reconeixerà la teva vàlua i el rei et premiarà nomenant-te almirall.

Pensa grans coses i faràs coses grans, li havia dit el pare. I durant un temps va creure que devia de ser cert, perquè en poc més d'un any el nou prefecte de Còrdova va introduir el cotó, la remolatxa i la patata entre els cultius d'aquelles terres, va crear els jardins de l'agricultura i plantà oms i àlbers al Campo de la Merced. Pere rebia totes les explicacions del seu pare mentre es procedia a l'aixecament del primer plànol de la ciutat, es reorganitzava l'enllumenat, la neteja i el regadiu i es construïa el cementiri de la Virgen de la Salud. Però les seves grans realitzacions, les del prefecte Domènec Badia i Leiblich, no s'aturaven aquí, sinó que s'endinsaven en el seu ideal d'aconseguir que tothom pogués accedir a l'educació i a la cultura. Va reobrir el Teatro Cómico i va ordenar incloure l'aritmètica, l'àlgebra i la geometria en el pla d'estudis del Real Colegio de la Asunción.

Pensa grans coses, no parava de dir-li. I el pare manegava grans quantitats de diners i tot anava rodat fins que Goudinot, el governador militar de la regió, el va acusar d'apropiació indeguda de fons.

—És un malparit i un desgraciat que menteix! —cridava el seu pare.

Potser ho era, però el cert és que el dia 1 de maig de 1811 arribava la seva destitució i l'ordre de tornar a Madrid. Van fer altre cop les maletes i van abandonar una altra casa i una altra ciutat.

La nova aventura de Madrid no va ser cap cosa de l'altre món. Durant set mesos el pare va estar en allò que en diuen *situació de disponible.*

—No saben què fer amb ell —li va explicar un amic que volia dir aquella expressió.

—Mentida! —cridà Pere, i gairebé arribaren a les mans.

Tanmateix, el temps passava i va haver d'acceptar la realitat.

Finalment, a començaments de desembre d'aquell 1811 el pare va ser nomenat membre de la Missió Reial per negociar amb els insurrectes valencians, i va marxar cap a la capital del Túria. Tanmateix, Napoleó ja no se'n refiava del seu germà, el rei Josep I, i havia enviat el baró de Treville que va fer capitular València. Ni negociacions ni històries! De manera que el mes de febrer, Pere, que aleshores ja havia entrat a l'acadèmia militar, va escoltar tots els planys del seu pare, que havia tornat de terres valencianes i que es queixava que no hi havia pogut fer res de res i que aquella inactivitat el matava. De nou estava en situació de disponible.

El seu pare era un home força especial. La mare el defensava tothora i l'abraçava quan el veia decaigut. Sovint queia malalt. Algú deia que havia emmalaltit d'alguna febre estranya a l'Àfrica i que l'arrossegava sempre, que en certs moments es calmava i que després retornava.

—El millor home del món i el millor pare que heu pogut tenir —deia Maria Lluïsa quan Domènec es quedava quiet i assegut al sofà, en silenci i trist—. Li hem de fer costat i demostrar-li que nosaltres l'estimem.

La màxima prova d'aquesta estimació va arribar el dia 3 d'abril de 1812, quan uns policies van trucar a la porta de casa i es van endur el pare a la presó sota l'acusació de dilapidació de bens nacionals producte de la desamortització i de les confiscacions que havien patit els que eren contraris a Josep I.

La mare va sortir cuita-corrents i va anar a trobar el Marquès d'Almenara, antic conegut de Domènec Badia i ministre de l'interior, que havia estat el seu amfitrió a Constantinoble, durant els seus viatges. Pere la va acompanyar a veure el ministre.

—Jo no en sóc responsable —s'estranyà el marquès—. Com podria fer-ho, si el considero un heroi?

Un parell de preguntes i de seguida van saber que l'ordre havia sorgit del despatx de Don Pablo Arribas, ministre de la policia. A partir d'aquí, el marquès va sortir en defensa de Domènec Badia i s'encetà un petit calvari. Cada matí, durant més de dues setmanes, Pere acompanyava la seva mare al ministeri de l'interior. Un dia ella es va sentir indisposada i Pere hi va anar sol.

—Jove, no us amagaré que la situació és en extrem delicada. Les proves presentades són de pes —li va dir el marquès—. Tot i així, crec que ens en sortirem. Espanya no pot abandonar a qui tant ha fet per engrandir el seu nom, malgrat que ara hagi comès algun error.

Finalment tot va quedar arxivat i oblidat. Tan oblidat que aquell mateix estiu Domènec Badia era nomenat Recaptador i Inversor de Fons de l'Exèrcit. Increïble! Tanmateix, Pere, que havia crescut i estava a punt de rebre el despatx de tinent, ja no veia el seu pare com l'home que és capaç de fer-ho tot, que representa totes les virtuts i que només viu per servir el seu país. Aquella conversa amb el ministre de l'interior li havia fet caure la bena dels ulls. Què havia passat a Còrdova, perquè el seu pare fos rellevat del càrrec i cridat a Madrid? ¿Goudinot era un desgraciat o, tal vegada, havia descobert alguna cosa que no era totalment correcta?

El nou càrrec de Domènec Badia va durar ben poc per causa de la derrota d'Arapiles.

Apa! Desmunta la casa, fes altre cop les maletes i torna a sortir de viatge. Però el més greu era que Pere, amb el seu grau de tinent tot just entrenat, havia de deixar l'exèrcit i fugir. Quin mal havia fet ell? Cap ni un! Tot i així, el pare li ordenava seguir-lo i la mare no feia altra cosa que patir i plorar.

Mare de Déu! Des que el pare havia tornat es passaven tot el temps saltant de ciutat en ciutat. Pere havia perdut tots els amics de la infantesa i no havia tingut gaire temps per fer-ne de nous. Com podia tenir temps si no paraven quiets? I només va faltar que aquesta vegada traspassessin una frontera i caiguessin en una ciutat amb costums diferents, gent diferent, una llengua diferent... Un món diferent!

Un any després d'arribar a París, el pare havia fet amistat amb un home gran, Claude Baptiste Izouard, que es feia dir de Lisle de Sales. Tot un personatge i molt influent, li havia dit el seu pare. Estava segur que el podia fer entrar a l'acadèmia militar, havia afegit tocant-se el bigoti.

—No sóc francès —replicà Pere.

—L'única cosa que has de fer és dir que sí, a tot el que et preguntin. De la resta ja me n'ocuparé jo —li contestà el seu pare.

A partir d'aquell instant les sorpreses van ser majúscules. De la nit al dia es trobava amb un arbre genealògic familiar en el qual hi figurava una branca d'avantpassats francesos que, a més, eren nobles. D'on sortien? D'uns documents que suposadament eren còpia d'uns altres que guardava un suposat convent perdut per terres d'Andalusia, del qual Pere ni tan sols havia sentir parlar. I la veritat era que hi havia per treure's el barret davant d'aquell desplegament d'imaginació i de la gran habilitat del seu pare amb la ploma. I és clar que Pere, ara, recordava que ja havia pensat, temps enrere, que les acusacions del ministre de policia espanyol podien tenir més fonament del que finalment se li van donar. I allò constituïa una prova més que el pare era capaç de falsificar el que calgués.

Tanmateix, alguna cosa va fallar, perquè no va ser admès a l'acadèmia militar. Si volia formar part de l'exèrcit francès, que ho fes com a mercenari. Aquesta va ser la resposta.

—El meu fill mai no serà un mercenari! —havia cridat Domènec Badia—. Què s'han cregut aquests imbècils?

Va ser llavors que Pere va prendre la decisió de buscar-se alguna feina. Ja havia viatjat prou, ja n'havia vist de tots colors, ja havia perdut la fe en el seu pare, ja feia massa temps que volia emprendre el vol, però el pare li ho impedia, i ja començava a ser hora d'abandonar les faldilles de la mare i esdevenir un home. En resum: ja n'hi havia prou, d'ordres!

Al mig de l'església Pere va aixecar la mirada i va veure la seva germana, allà, al costat d'aquell gamarús. Pobra Asun! També havia acatat les ordres de la superioritat.

—Per què t'has de casar amb ell? —li havia demanat una tarda.

—La mare diu que és el millor per a mi.

—La mare diu... La mare només diu el que vol el pare. He parlat amb Jean-Paul i sé que està enamorat de tu.

—I què puc fer?

—Fugir amb ell.

—Creus que ell es casaria amb mi?

—I tant que sí!

—Pots parlar amb ell?

—Demà mateix —assentí Pere.

L'endemà havia buscat Jean-Paul sense èxit. I durant els dies següents ho va intentar, però de sobte Jean-Paul havia abandonat París per fer un viatge. Pere va pensar de seguida que, possiblement, el pare hi tenia alguna cosa a veure.

Ara, Asun s'estava casant amb un tros d'ase vell i atrotinat. Pobra Asun!

I la mare? Com ho havia pogut consentir? Oh, i és clar! El pobre pare, a qui tothom ha d'obeir perquè és el millor home del món, ha decidit que les coses han de ser així. Per la mare només existia el pare. La resta eren comparses d'una representació teatral en la qual només podia haver-hi un protagonista.

Doncs bé: ell, sota cap circumstància, per més que s'hi esforcés, no podia pensar en el gran home que volia aparentar el seu pare, sinó en un ensibonador capaç d'explicar la història més inversemblant i convertir-la en una aventura meravellosa amb l'objectiu d'aconseguir a qualsevol preu el que ell s'havia proposat.

—Jo us declaro marit i muller —va fer el sacerdot.
I un sospir col·lectiu omplí l'església.

*** ***

Cobbett es va quedar fins que el carruatge amb els nuvis que s'acabaven de casar desaparegué pel final del carrer. Havia pres bona nota de tots els que coneixia i s'havia assabentat de qui eren bona part dels que desconeixia. Una boda ben innocent. Segur que tothom menjaria i beuria fins afartar-se, aquell vell decrèpit tocaria carn de primera qualitat i, tal vegada, moriria d'un cobriment de cor.

Bé, ara arribava la tasca més feixuga per a ell. No li agradava gens ni mica això de redactar informes i aquest hauria de ser llarg per culpa de la gran quantitat de noms que hauria d'escriure-hi.

Sospirà llargament, creuà les mans a l'esquena i enfilà carrer amunt. Piech tindria el seu informe detallat sobre una boda estúpida. Evidentment, no es coneixien, però Cobbett estava convençut que es tractava d'un funcionari perepunyetes que no devia tenir gaire feina.

2.- EL RETORN DE L'EMPERADOR

John Piech, assegut a la taula que ocupava un petit racó entre dos armaris, meditava.

Casar una filla de dinou anys amb un vell de setanta-tres! N'hi ha per llogar-hi cadires!, exclamà sense acabar de creure's el que estava llegint. Què pretenia aquell sonat? Evidentment volia entrar dins la societat francesa a qualsevol preu. Guaita, que no es va fer un bon fart de riure quan es va assabentar que s'havia inventat uns avantpassats francesos! Perquè per a John aquella branca familiar de Badia era pura fantasia. Fins i tot ho havia comentat amb el seu superior, el senyor Greene, que és qui l'havia triat per fer-se càrrec de l'afer, però que no va atorgar major importància al fet. Tanmateix, que ara hagués casat la filla amb... En fi, que Greene no podia restar indiferent davant d'aquella barbaritat, perquè significaria tant com dir que no tenia sang a les venes.

Qui ningú no s'enganyi, que John respectava el senyor Greene. El que passava era que de vegades no estava d'acord amb el que deia. Però evidentment havia de reconèixer que el seu superior era dialogant i no imposava els seus criteris sense més ni més. Sí, que n'era, de dialogant! Quan Piech va rebre l'ordre de fer-se càrrec de l'afer Badia, estava més que convençut que Alí Bei representava una farsa inventada per un home que vivia gràcies a l'engany i havia sostingut que tota aquella... aquella... La veritat era que de bon començament no sabia com qualificar el que explicava Domènec Badia en les seves memòries, i ho havia acabat titllant d'història de pa sucat amb oli. Més encara després d'haver estudiat els mapes, situant cada punt on el viatger hi va ser, i d'haver comparat aquells escrits amb els informes de diversos cònsols. D'arguments, per qualificar tota aquella història de faula, no li'n faltaven. Per exemple: les contradiccions en el relat de Domènec Badia, que n'hi havia un bon plec; les explicacions mig penjades; les revoltes de les quals no es tenia cap notícia; els rebels dels quals ningú no havia sentit parlar; la inexistència de cap document que provés que havia estat nomenat general, que deia que s'havia perdut; el passat francès que havia aparegut sense més ni més; la manca d'explicació al fet que fos expulsat del Marroc... Home, resultava més que evident! No obstant això, Greene havia assignat l'afer Badia a John Piech perquè deia que era un jove amb talent. També una mica rebel. Van discutir el tema en diverses ocasions i finalment John va entendre que els llibres publicats eren un pamflet per treure diners i que darrere podia amagar-se una història força diferent. A més: un home que és capaç de fer tot el que havia fet Badia..., reflexionava Greene. I si resultava que havia enganyat tothom?, replicava John. Llavors, amb més raó, bé podien dir que era geni, concloïa Greene. Tres anys vivint al Marroc sense que ningú no el descobrís fins al final i una bona colla de mesos viatjant per tot el món musulmà, inclosa la seva entrada a La Meca, era un historial que tombava d'esquenes. Només per aquest detall, deia Greene, Badia podia resultar terriblement perillós. Calia, doncs, tenir-lo ben vigilat.

El senyor Greene era a punt d'arribar i aquell dia tocava despatxar, pensà John després de consultar l'hora. Aprofitaria per presentar-li l'informe de la boda i fer-se'n un bon fart de riure. Ja s'imaginava el comentari: un home que és capaç de vendre una filla de dinou anys és perillós i no s'aturarà davant de res. Sí que diria això. I tant que sí!

Va acabar l'informe, hi va adjuntar la documentació rebuda de París, es va aixecar de la cadira i mirà els seus tres companys de sala, que romanien amb la vista enganxada als documents que tenien damunt la taula.

Només abandonar la sala va notar alguna cosa estranya. Més moviment de l'habitual i que la gent caminava més de pressa. Va creuar el llarg passadís i va veure que la porta del despatx del senyor Greene estava oberta i que Morris, que així es deia el seu secretari, anava atrafegat tot cercant alguna cosa.

—Bon dia —saludà John—. No hi és el senyor Greene?

—Que feu broma? —li contestà Morris, sense ni tan sols mirar-lo, mentre seguia remenant els documents.

—Perdó...?

Morris s'aturà i el mirà.

—Que no hi esteu al cas o és que m'esteu prenent el número? —va fer, un pèl enfadat.

—Al cas de què? —John va posar cara de babau.

—El senyor Greene és mort —Morris va deixar anar la notícia com un cop de mall i John es va quedar bocabadat. Llavors Morris es va adonar que John no estava al cas de la desgràcia. I és clar que no! Ell tot just acabava d'assabentar-se'n. Llavors es va sentir obligat a proporcionar-li alguna explicació addicional i abaixà el to—: Fa una estona que han trobat el seu cos en un carreró prop de casa seva i amb signes evidents de violència. Tothom està trasbalsat i els de més amunt van bojos. Londres s'està convertint en un lloc perillós, no paren de dir.

John no va ser capaç de reaccionar i se'n va tornar a la seva taula. Només arribar a la sala, va veure que els seus tres companys ja comentaven la gran pèrdua que representava la mort del senyor Greene. Les notícies volen, i més si són desgràcies.

I ara què? Aquesta era la pregunta que ningú del departament no era capaç de respondre. Bé s'haurien de prendre decisions en tots els sentits i, sobre tot, esbrinar qui havia estat.

Els funerals van ser d'allò més emotiu. Tothom sentia un gran afecte pel senyor Greene i no hi va faltar ningú, al cementiri, des de Lord Parry fins al darrer dels funcionaris.

Immediatament després dels funerals, la pregunta de «i ara què?» va ser substituïda per «qui ocuparà el seu lloc?». De les altres preguntes, com podien ser qui l'havia mort i per què, ja se n'ocupava la policia, malgrat que tothom havia fet les seves especulacions.

—Mansfeld? —va fer John amb uns ulls com taronges, quan Morris li va comunicar el nom del successor del senyor Greene—. George Mansfeld? —repetí la pregunta, afegint-hi el nom de pila, per estar ben segur que no s'equivocava de persona.

—El mateix —Morris contestà amb un cop de cap, també amb uns ulls ben oberts—. Pel moment de manera provisional.

—Esperem que només sigui provisional. En cas contrari, que no ens passi res —murmurà John, i abandonà el despatx del secretari.

A partir d'aquell instant tot va canviar en un tres i no res. De dalt a baix! En menys de quinze dies els caps de les diverses àrees del Servei d'Informació van deixar de dependre directament del secretari d'estat de torn, i pel mig va aparèixer un director de gabinet. Per què? Doncs, per a John, resultava prou evident: els nous comandaments volien impedir que els funcionaris poguessin accedir amb facilitat al secretari d'estat o, pitjor encara, al ministre, costum que s'havia mantingut fins aleshores. Caram! Una bona manera de protegir llocs i cadires.

John es fregà la cara. Allò era tota una revolució! Encara que, ben mirat, el que per una banda és una limitació, per l'altra pot resultar beneficiós, pensà en un intent de trobar sempre la part positiva. Això era el que no parava de repetir el senyor Greene: procurem sempre treure la part positiva de tot. I tenia raó: si més no, amb aquest nou plantejament el rebombori que crea un canvi de ministre s'esmorteiria mentre anava baixant per l'escala de comandament, després d'haver travessat un més que possible canvi de secretari d'estat i haver estat molt frenat pel director, que segur que no perdia fàcilment el seu càrrec. A més, l'ona arribaria als despatxos dels diversos caps d'àrea gairebé trencada i un graó més avall, just damunt de la taula d'un pobre subaltern, com era John Piech, ja hauria desaparegut sense deixar-ne cap rastre.

—James Barrow ha estat nomenat director —va escoltar que algú comentava.

John s'hi va afegir al grup de funcionaris que parlaven.

—I Mansfeld ha estat confirmat com a cap d'àrea? —demanà.

—Sí —li contestà el que semblava més informat.

—No ho entenc. Barrow i Mansfeld no... —replicà John, i va deixar la frase penjada. De tothom era prou conegut el fet que el director i el cap no anaven precisament de bracet.

Tots els presents van callar. Ui! Aquella podia resultar una situació explosiva. Duraria gaire?, es demanaven, però sense badar boca.

Doncs, per a desgràcia de John Piech, allò tenia pinta de durar més del que tothom havia imaginat, tot i que els rumors apuntaven que el director James Barrow havia parlat amb el secretari d'estat Lord Parry per proposar-li el nom de David Young com a nou cap dels Serveis d'Informació de l'àrea de França i centre d'Europa. Tanmateix, també manifestaven els rumors, Lord Parry havia confirmat George Mansfeld en el càrrec. I tothom a callar.

Tot i així va aparèixer una nova norma: tot intent de parlar amb algú superior al director havia de ser comunicat immediatament a Morris, que s'havia convertit en el nou secretari de Barrow. Uf, com anaven les coses!

Sigui com sigui, el fet era que George Mansfeld substituí Greene, i John Piech, a l'igual que els altres funcionaris, va ser cridat per informar de tot el que duia entre mans i rebre noves instruccions.

Mansfeld tenia quaranta anys, era alt i fort, duia el cabell ros lligat al clatell amb una cinta negra, emprava ulleres i tenia uns ulls blaus i petits, gairebé sense pestanyes, mentre que els seus llavis eren prims. Quan estava amb els superiors somreia d'orella a orella i el to de veu era mesurat i agradable, però canviava radicalment quan només hi eren presents subalterns.

John es va presentar amb un informe perfectament redactat, però Mansfeld, tot i que el va agafar, li va demanar que en fes una exposició ben detallada.

Quan John va acabar el seu exposat, Mansfeld va repassar amb el dit els diversos punts que constaven a l'informe, tot verificant que el que acabava d'escoltar era el mateix que deia l'informe, i es va aturar en un d'ells.

—Sembla que ja fa dies que aquest Domènec Badia no es belluga, si descomptem el fet que ha casat una filla amb un vell xaruc, detall absolutament estúpid i sense major transcendència — va dir.

—Sí, senyor.

—Llavors, el més lògic és oblidar-nos d'aquest afer —digué Mansfeld en to d'evidència.

—Excuseu-me, senyor, però Domènec Badia va ser espia de Godoy, va servir Josep I, es va entrevistar amb Napoleó i bé podria acabar servint Lluís XVIII —replicà John—. El senyor Greene...

—Heu dit que va parlar amb Napoleó? —va riure Mansfeld —. Només tenim constància d'una sola entrevista amb Napoleó — va fer, i John es quedà sorprès—. Jo també llegeixo els informes — aclarí Mansfeld, i demanà—: De debò creieu que amb una sola entrevista ho van arranjar tot?

—No oblideu que el senyor Greene, i abans Brenton, el consideraven un conspirador de primer ordre —respongué John. Potser Mansfeld l'estava posant a prova.

—Sí, tant de primer ordre que en tots els anys que va estar al Marroc no va fer res de res, excepte viure com un príncep. I ara vós dieu que aquest home, incapaç de fer res de positiu durant anys, en una sola entrevista convenç Napoleó i esdevé poc menys que espia de França. Tanta habilitat va treure de la seva indolent experiència al Marroc?

Si el que pretén és posar-me a prova, la veritat és que s'hi està abocant de valent, va pensar John. Havia de treure tota l'artilleria.

—Sir Alfred Gordon li va dedicar molta atenció i no crec que...

—M'importa ben poc el que creieu o no creieu, o fins i tot si sou agnòstic —el tallà Mansfeld. S'havien acabat les contemplacions— Simplement us prohibeixo que dediqueu un minut més a aquest afer. Queda clar?

—Però, senyor. Com heu pogut llegir, en un informe anterior, el seu viatge per l'Egipte, pel mar Roig, per...

—Encara no m'heu entès? —Mansfeld el mirà amb duresa —. Porteu-me tota la documentació que tingueu i prou.

John no va tenir més remei que abaixar el cap i callar. Encetar una relació amb una discussió no és precisament un bon començament. De manera que el millor era obeir. I és clar que ho faria! Però no se n'estaria d'escriure les conclusions a les que havia arribat. Si més no, hi deixaria constància i es quedaria ben tranquil.

La investigació preliminar de la mort del senyor Greene es va materialitzar en un informe que resultava prou clar i contundent. Li havien clavat una ganivetada al fetge, per l'esquena, havien arrossegat el cos fins la part fosca d'un carreró i literalment li havien arrencat tot el que duia de valor, perquè la jaqueta havia aparegut estripada i de l'armilla penjava un tros de la cadena d'or que lligava el rellotge.

A partir d'aquí, la policia va interrogar tots els veïns de la zona, va escorcollar el carreró fins que no hi va quedar per remoure ni un gram de pols, va parlar amb tot el que directament o indirecta havia tingut o havia pogut tenir alguna relació amb el cas i finalment va trobar el rellotge en una casa d'empenyorament. Només el rellotge, sense la cadena. O millor dit: el tros de cadena. Van seguir interrogant un bon plec de gent, però només en van treure una descripció que va donar l'amo de la casa d'empenyorament sobre el que recordava de l'home que l'hi havia portat. Segons ell, el rellotge l'havia dut un mariner i no hi havia gaire més cosa per dir: li semblava que era moreno, amb el cabell negre o potser castany, uns ulls... foscos o no... més aviat clars i era alt... bé, el taulell potser enganyava... En fi, que va fer una trista descripció i la policia va buscar pertot arreu un mariner, però no en va trobar cap que respongués als trets apuntats. O millor dit: tots podien cabre dins de la descripció. El més probable és que ja hagués desaparegut de Londres i, més que segur, d'Anglaterra. I no seria d'estranyar. Tot i que la cadena era d'or, aquell mariner o qui fos, havia tingut la precaució de treure-la abans d'empenyorar el rellotge. Per tant, no era cap babau. Tot apuntava que es tractava d'un robatori i, com no hi havia cap més possibilitat i el lladre havia fugit, van arxivar el cas.

Pobre senyor Greene!, va fer John quan es va assabentar que ningú no es tornaria a preocupar del seu antic cap.

La veritat era que durant aquell final d'hivern, just entrat l'any 1815, els funcionaris d'aquell departament havien viscut tot un seguit de sorpreses en ben poc temps, però el que no sabien era que la major de totes encara no havia arribat.

Tant bon punt s'encetà la primavera, el dia 23 de març, una notícia va córrer com la pólvora per tots els passadissos.

—Napoleó ha fugit de l'illa d'Elba i és a França! —repetien les veus.

—Quan ha estat això? —demanaven altres.

—El dia 20. I tot fa pensar que l'exèrcit se li ha rendit —seguien els rumors.

Així doncs, Napoleó s'havia escapat i ja tornava a ser a França... rumià John. Guaita que bé! Potser es tornaria a despertar el cas Alí Bei.

MALEÏT CRISTIÀ!

*** ***

—Mariner! —va fer Domènec Badia amb un deix de menyspreu—. Mariner! —repetí, mentre negava amb el cap—. Aquest és el resultat de l'educació que ha rebut de tu.

Maria Lluïsa tenia els ulls plens de llàgrimes i no gosava mirar el seu marit. Com podia dir que la culpa era seva?, pensava.

—Sort que he arribat a temps i que Josep rebrà l'educació que li correspon, lluny de les faldilles que fan tous els nens —seguia parlant Domènec.

—Pere no deu de ser tan tou quan s'ha enrolat en un vaixell —s'atreví a replicar Maria Lluïsa.

—No ha tingut la valentia de dir-m'ho a la cara, sinó que ha deixat una trista i curta nota tot dient únicament que ha pres una decisió, sense cap més explicació, i ha fugit de nit. Com un lladre! Ja veurem si és capaç de suportar la vida al mar o si torna plorant per aixoplugar-se a la teva falda —Domènec acabà la discussió amb un bon cop de porta.

Aquella mateixa tarda, Maria Lluïsa visità la seva filla i la va posar al corrent de la marxa de Pere i del que hi deia el seu marit.

—Mare, vós no hi teniu res a veure. Tota la culpa és del pare —va dir la filla després d'escoltar el rosari de planys de la seva mare.

—Asun! —va fer Maria Lluïsa.

—Sí, mare. Tota la culpa és d'ell —repetí Asun—. Tothom ha de fer només el que ell diu. Ningú en aquesta casa pot prendre decisions. Jo estic casada amb un vell idiota...

—Com goses dir això? És el teu marit! —Maria Lluïsa s'havia quedat sorpresa en veure com reaccionava la seva filla.

—Exacte! És el meu marit, però només perquè ho diu un paper. M'ha desflorat... —Asun va callar un instant, va obrir uns ulls com taronges i afegí en veu més baixa—: Que prou que li va costar —va fer un gest amb la mà, tot bellugant-la amunt i avall i, prosseguí en veu baixa—: I ara es limita a tocar-me. Ja no té forces per a gaire més i no crec que sigui capaç de deixar-me embarassada.

—Calla, que el servei ens pot sentir! —Maria Lluïsa la va agafar pel braç, la va apartar de la porta i la conduí a un racó.

—No cal amagar-se'n. Segur que tot París ja n'està al corrent. O potser heu pres tothom per idiota? —Asun es va desfer de la mà de la seva mare.

—No puc seguir escoltant-te —digué Maria Lluïsa.

—Ara ho heu dit, mare. No podeu seguir escoltant les meves paraules perquè són la veritat, que sempre fa mal —respongué Asun.

Maria Lluïsa la mirà amb una expressió d'esgarrifança dibuixada al rostre. Aquella no era la seva filla. L'havien canviada. Asun mai no gosaria parlar-li així.

—Espero que reflexionis sobre tot el que acabes de dir i que te'n penedeixis —sentencià.

I sense permetre que la seva filla repliqués, prengué el barret i la jaqueta i abandonà la casa.

—Ja veurem qui se n'ha de penedir abans —murmurà Asun, mentre des de la finestra del saló contemplava la seva mare que travessava el jardí amb passes ben ràpides i atrapava el carrer.

No s'ho podia creure, que la seva mare encara defensés el seu pare. Però, si mentia més que no pas parlava! Quants cops li havia dit que tenia un sopar amb col·legues o una reunió i...? Tot París n'estava al corrent! El coneixien pertot arreu i a totes les cases de meuques, on deien que era famós per les orgies que era capaç de muntar. Una bona colla de cavallers de bona família s'hi apuntava per tastar els plaers que Domènec Badia havia importat del Marroc, de les seves festes privades a casa d'Abd-as-Salam, i que havia revolucionat els costums d'alguns barris d'aquella ciutat. Després, quan el sol s'aixecava i el dia despuntava, tot tornava a la normalitat i aquells cavallers, juntament amb el senyor Badia, retrobaven el seu tarannà seriós d'homes cultes i de ciència.

Per més que digués la seva mare, per més que procurés tapar l'engany, per més que dissimulés o per més que negués tota evidència, Asun sabia que estava al corrent de tot. O, si més no, d'una part prou important com per adonar-se que la majoria de les seves amistats li tenien llàstima o se'n reien. Potser per això no havia reaccionat amb vehemència, com altres vegades que Asun gosava criticar el seu pare, sinó que s'havia retirat. Tal vegada el fet que Pere marxés de casa representava un cop massa fort com per seguir duent la bena als ulls i aquella fugida era l'inici d'un procés per netejar els vidres que ens impedeixen veure la llum. Potser sí, va fer Asun, i s'apartà de la finestra.

*** ***

Aquella primavera de 1815 es va encetar amb un joiós esclat de tots els jardins de París, malgrat que molta gent no n'havia estat gaire al cas, sinó que tothom vivia pendent del desembarcament de Napoleó i del gir que havien patit els esdeveniments quan l'exèrcit se li va rendir. Ara, l'emperador havia tornat, el rei havia hagut de fugir i Europa tremolava.

Un dia de finals de maig un carruatge es va aturar davant mateix de l'Hôtel de Lorges, situat al número 95 de la Rue de Sèvres. La portella del vehicle s'obrí i aparegué Domènec Badia, que va fer un petit salt per arribar fins al terra. Es posà el barret i pagà el cotxer. Ja no l'hauria de menester. Després contemplà la casa gran que s'alçava majestuosa al fons del generós jardí ple de colors i de vitalitat. Una més que notable construcció. La família podia sentir-se'n orgullosa. Bé, evidentment no els pertanyia, sinó que era propietat de Claude, el marit de la seva filla Asun. Tanmateix, el parentiu i l'amistat que els unia li permetia considerar-la, si més no, una mica seva. I, si filava més prim, bé podia dir que ell era l'home més important de la família. De fet, un cop Claude s'havia casat amb Asun, passava a ser el seu gendre, amb la qual cosa ell esdevenia el patriarca. Al Marroc era així i ell tenia clar que es tractava d'un costum força assenyat.

Respirà fondo, contemplà de nou la casa, assentí amb un cop de cap, en senyal d'aprovació, premé els llavis, agafà el bastó amb determinació, empenyé la reixa i va creuar el jardí amb el mateix pas elegant i afectat que havia emprat al Marroc, quan representava el paper de príncep musulmà. Va arribar fins a la porta de la casa i tibà de la cadena de la campaneta. Poc després la porta s'obria i un criat es feia càrrec del barret i del bastó, mentre li indicava que el senyor l'esperava a la biblioteca.

Ah, aquella biblioteca! Era famosa més enllà de les portes de París. Arreu de França! Trenta-sis mil volums perfectament afilerats en una immensitat de poselles i més poselles que atrapaven l'alt sostre. Claude Baptiste Izouard de Lisle de Sales se sentia infinitament orgullós del recull que havia anat arreplegant durant tota la seva vida i que, si Déu ho permetia, encara podria engrandir un xic més, no parava de repetir. Hi havia llibres de tota mena: de caire científic a literari, des de poesia fins a filosofia, tot passant per l'art, l'esoterisme, la geografia, la matemàtica, la física, el relat pur, els costums, les religions... Tots destrament catalogats, classificats i endreçats. Domènec sempre ho havia dit: allà hi havia enterrada una fortuna.

Just entrar a la sala que li tenia el cor robat va veure el seu gendre i amic que donava instruccions al senyor Gilbert, l'home que ja feia gairebé quinze anys que treballava a les ordres de Claude i que era el vertader artífex d'aquell univers d'ordre immaculat.

—... no oblideu buscar un lloc per a la col·lecció de cartes del segle XIV que ens arriba la setmana vinent. Tingueu ben present que són uns documents incunables i que han de ser tractat amb el màxim respecte. Bé, ja sabeu el que vull dir —feia l'ancià amb la veu característica del vell esdentegat que pronuncia paraules mentre se li escapa l'aire per tots els forats de la boca.

En veure aparèixer el seu sogre, va tallar el seu discurs i se n'hi va anar per rebre'l.

—Bon dia, Claude —saludà Domènec.

—Anem al saló —l'ancià el prengué pel braç i el va fer sortir, mentre abaixava la veu—. Ahir vaig parlar amb un dels germans i tinc grans notícies.

Malgrat que Claude era fill únic, no detonava que parlés de germans, tenint en compte que era el terme emprat per referir-se als que formaven part de la lògia del Gran Orient, a la qual pertanyia el vell i a la qual volia pertànyer Domènec.

A partir d'aquí havien guardat silenci fins que no van arribar al saló i Claude va tancar la porta.

—Britànics, prussians i saxons volen aplegar-se i enfrontar-se a Napoleó en una batalla que podria resultar decisiva —explicà, tot gesticulant. Bé, més que gesticular, quan havia de comunicar alguna cosa important i s'alterava, tot el seu cos escanyolit començava a tremolar com una fulla al vent—. Tanmateix, sigui quin en sigui el resultat, sembla més que probable que el nostre afer podrà desencallar-se.

—Sigui quin en sigui el resultat, no —negà Domènec amb el cap—. Ha de ser favorable al rei de França i Talleyrand ha de continuar com a primer ministre. En cas contrari, ja conec prou Napoleó. Vaig tenir l'oportunitat de parlar amb ell en una ocasió i, la veritat, gairebé ni em va escoltar.

—Però no havies dit que vas parlar molts cops amb ell? —s'estranyà Claude.

—El meu francès no és perfecte i potser m'he expressat malament —va dir Domènec, tot exhibint un gran somriure—. Hi vaig parlar molts més cops, però recordo especialment aquest dia, perquè ja era cap al final, just abans de ser derrotat i el seu cap anava per altres camins. Si m'hagués escoltat...

—I és clar! —va fer Claude, tot acceptant les explicacions del seu sogre, que sempre el feia callar.

—Déu meu! —exclamà Domènec, i canvià de tema—. Si fessin cas del meu pla, qui invertís en aquest projecte en trauria cent vegades més.

—Una expedició és cara. No és gens senzill convèncer ningú perquè arrisqui els seus diners.

—T'han dit quan seré admès com a germà? —Domènec tornà a canviar de tema.

Ja havia intentat en nombroses ocasions que el seu gendre invertís en aquella idea d'establir una colònia al nord d'Àfrica, però Claude no movia fitxa. Deia que eren massa diners per a ell. No pagava la pena insistir-hi més.

—Hauràs de tenir un xic més de paciència, perquè han ajornat l'entrada de nous germans fins que no s'acabi tot aquest enrenou. No obstant això, puc assegurar-te que la teva candidatura va per bon camí.

—Déu t'escolti —acceptà Domènec.

—Et quedaràs a dinar amb nosaltres? —demanà Claude.

—Sí, gràcies.

—Doncs, anem a la biblioteca. Vull mostrar-te una obra que ni recordava que tenia i que és una vertadera joia...

Abandonaren el saló i es dirigiren de nou a la biblioteca. Pel camí, Claude parlà amb un criat i li va ordenar que afegís un altre plat a taula. Després va tornar a desfer-se en explicacions sobre el futur immediat que impedia concedir Domènec tots els seus desigs. Més que desigs hauria de parlar de pactes, perquè aconseguir que entrés dins de l'ordre del Gran Orient i que el govern francès el prengués com assessor per una nova expedició a terres musulmanes que perseguiria establir-hi una colònia, eren part del preu que Claude s'havia compromès a pagar si es casava amb Asun. A certes edats, gaudir del plaer d'un cos jove i apetible no és gratuït i ell n'era conscient. De manera que havia pres el compromís i el compliria fil per randa. Un home d'honor és un home d'honor. A més, tot just celebrada la boda i tal com també havien parlat, deixava a Asun en testament la casa amb tot el que hi havia dins. El plaer és el plaer!

*** ***

El dia 20 de juny, gairebé a migdia, des de la finestra del seu dormitori Asun va veure que el seu marit creuava el jardí en direcció a la casa acompanyat de Jean-Paul Casel, i el cor li va fer un salt. Des de setmanes abans de la seva boda el jove senyor Casel no havia tornat a posar els peus a casa del seu pare i des del dia de la boda, a la qual no va estar convidat, no havia visitat mai el seu marit. Era com si se l'hagués engolit la terra. Què podia haver succeït per canviar aquella situació?, es demanà mentre sortia de l'habitació i baixava les escales que conduïen al rebedor per tal de coincidir amb el dos homes en el precís instant que arribessin.

I l'encertà de ple. La porta s'obrí en el moment que Asun atrapava el darrer graó.

—Bon dia, estimada —saludà Claude—. Et vull presentar el senyor Jean-Paul Casel.

Asun es dirigí cap als dos homes i avançà amb la mà estesa i delicadament caiguda amb les puntes dels dits cap avall, en un gest elegant. Jean-Paul l'agafà entre les seves i la besà sense deixar de mirar-la als ulls.

—Encantada, senyor Casel —digué ella.

—Si m'ho permeteu, senyora, la vostra bellesa encara resplendeix més que quan éreu a casa dels vostres pares —va fer Jean-Paul.

Asun enretirà la mà lentament.

—No recordo que haguéssim estat presentats —digué.

—I no ho havíem estat, fins ara —Jean-Paul negà amb el cap, però immediatament després invertí el moviment—. Tanmateix, jo sí que recordo haver-vos vist a casa del vostre pare, algun cop que hi havia anat. I també havíem coincidit a l'òpera, malgrat que vós segurament no em veiéssiu.

—No us tinc present —Asun simulà innocència—. Quina llotja ocupàveu?

—És normal que no em tingueu present, perquè jo, senyora, seia al pati de butaques i enmig de tanta gent és difícil que reparéssiu en la meva humil persona —respongué Jean-Paul un xic decebut.

—Encara hi aneu, a l'òpera? —s'interessà ella.

—No. Ja fa mesos que no hi vaig —respongué Jean-Paul—. He estat fora de París per causa del meu treball.

Asun es tombà cap al seu marit.

—Potser algun dia podríem convidar el senyor Casel a la llotja —digué en el to de petició que tant agradava al seu marit, perquè de vegades recordava el de la neta que parla amb el seu avi.

—Amic Jean-Paul, el proper dijous al vespre us hi esperem —oferí Claude immediatament.

Qui podia negar res a una dona tan dolça? Asun somrigué, tot amagant aquest pensament. En el poc temps que feia que estaven casats, havia après moltes coses sobre els homes. Els homes grans, s'havia d'entendre. Recordava que primer va sentir recança. Fins i tot podria dir fàstic. Però, després... Ai, després! Quan va descobrir que tenir una noia al costat els feia sentir-se joves es va adonar que, malgrat que volguessin aparentar (sempre davant dels altres) la força d'un home, en la intimitat esdevenien criatures estúpides i desvalgudes al caprici de qui vertaderament duia les regnes. Asun de seguida va descobrir que el seu poder resultava il·limitat quan es quedaven sols i que podia fer amb ell tot allò que volgués, demanar-li tot allò que li passés pel cap o dur-lo cap a on desitgés. Tot plegat només amb una mirada tendra, un sospir o una carícia que podia prendre's per una promesa que no necessàriament havia de complir-se sempre.

—Gràcies, senyora —Jean-Paul féu una reverència i Asun li dedicà un somriure i va marxar.

En l'instant que ella es dirigia cap a la part de darrere de l'escala, Jean-Paul amagà un sospir. Des de molt abans que la filla del senyor Badia esdevingués la senyora de Lisle de Sales, no hi havia tornat a posar els peus en aquella casa. Recordava que l'havia vista per primer cop un dia que havia acompanyat a qui ara era el seu marit a casa del senyor Badia. Només havien creuat una mirada, i de lluny, com totes les que després creuarien a l'òpera: ell des de platea i ella des de la llotja. Perquè les seves mirades s'havien creuat i, fins i tot, s'havien aturat. I sense una sola paraula, només amb la visió d'aquells ulls foscos i amb una conversa que va tenir amb Pere, el germà d'Asun, ja s'havia fet il·lusions i havia ajudat el senyor Badia en tot el que havia pogut: cercant informació, procurant-li contactes, bellugant fils i tocant amistats pròpies o familiars...

Quin gran desencís, el dia que es va assabentar que aquella noia que per ell era una deessa es casava! I quan va conèixer el nom de qui seria el marit... Déu meu! Com podia lliurar-se a un home com el senyor de Lisle de Sales? Si era un ancià! I sense dents!

El més curiós de tot era que, de sobte, la simpatia que el senyor Badia li professava va desaparèixer o, si més no, així ho va creure ell, perquè ja no va tornar a convidar-lo mai més a casa seva. I poc després, el seriós senyor Pentier, l'empresari per a qui treballava, li ordenà traslladar-se a Clermont-Ferran i fer-se càrrec del taller de llana. Era una gran oportunitat, li havia dit el senyor Pentier, i n'esperava molt, d'ell. El va tenir allà, estacat al taller de llana, fins que se n'afartà, perquè la veritat era que ell no entenia què hi feia. El taller funcionava tot sol i, si havia de ser sincer, més aviat li semblava un càstig que no pas un premi o una prova. Un dia, sense que existís cap raó de pes, el senyor Pentier el va cridar a París i li va dir que havia fet una bona tasca i que havia pensat en ell per a un altre treball. Va arribar just per la boda, a la qual no hi havia estat convidat, i poc després va tornar a marxar amb un nou encàrrec. Aquest cop viatjaria a Holanda per mirar de col·locar els productes en aquell mercat. Finalment, Pentier li augmentà el salari i el convertí en la seva mà dreta. A partir d'aquell moment ocuparia càrrecs de responsabilitat.

Aquell matí el jove Jean-Paul i l'ancià Claude s'havien trobat casualment, s'havien saludat i havien parlat una estona. Evidentment, tenint en compte que el tema del dia i de la setmana i del mes era Napoleó, Jean-Paul havia fet una pinzellada de les notícies que acabava de rebre per conducte d'un oficial amic seu. Llavors, Claude li havia pregat que l'acompanyés a casa, perquè el seu sogre venia a dinar i calia que escoltés aquelles noves de primera mà.

Cada cop que el senyor de Lisle de Sales es referia al senyor Badia amb l'apel·latiu de sogre, malgrat que era cert, a Jean-Paul li sonava estrany. Com pot un home ser el sogre d'un altre que és vint-i-cinc anys més gran? I no era l'únic que s'estranyava, sinó que molta gent pensava que el pobre vell repapiejava, que havia comès un error i que el vertader gendre era el senyor Badia.

Bé, és igual! No paga la pena recordar el passat ni... Ni què? Asun s'havia casat i ell ja havia perdut tota esperança. Més encara, després de constatar que, com aquell que diu, ni se l'havia mirat. Potser, fins i tot, anava confós amb les mirades a l'òpera, des de la llotja. Impossible!, va negar. No feia ni un instant que l'havia mirat, després de pregar al seu marit que el convidessin a la llotja. I aquella mirada...

—Anem a la biblioteca —va escoltar que feia la veu del senyor de Lisle de Sales i va tallar els seus pensaments—. Calculo que el meu sogre no trigarà gaire en arribar.

El càlcul va ser prou encertat. Encara no s'havien assegut que van sentir la campaneta i acte seguit van escoltar les passes del criat, la porta que s'obria, la veu sempre alegre de Domènec Badia que saludava i la del criat que li indicava que l'esperaven a la biblioteca.

—Jean-Paul! —va fer Domènec, sorprès per la presència d'un rostre que ja feia temps que havia desaparegut del seu entorn.

—Porta notícies que poden resultar transcendentals —digué Claude.

—Fa temps que no us veig pel cafè de Matillon —es va queixar Domènec i va allargar la mà amb un somriure.

Jean-Paul rebé la forta encaixada de mans.

—Seiem —els convidà Claude.

—La notícia ha corregut com el vent —digué Jean-Paul.

—L'única notícia que m'interessa en aquests moments és saber de vós —el tallà Domènec—. Com esteu? Què feu? On us amagueu?

Jean-Paul respirà tot l'aire de l'habitació. Domènec sabia com fer sentir-se important qualsevol només amb unes poques paraules o amb un gest.

—Bé. Molt bé. Estic molt bé, gràcies —respongué el jove amb un ampli somriure.

—Sabeu que vaig demanar per vós per convidar-vos a la boda d'Asun i no us vaig trobar? —va fer Domènec, mentre l'agafava del bracet, en un gest carregat de simpatia.

—He estat fora uns mesos, per qüestions de treball.

—Però ara heu tornat, que és el que compta de debò —replicà Domènec, tot tancant el puny i colpejant l'aire

—La notícia, la notícia —intervingué Claude insistentment.

—Sí, sí, naturalment. Diuen que els missatgers han rebentat els cavalls per explicar que fa dos dies l'exèrcit napoleònic ha estat derrotat per les forces britàniques a Waterloo, que han rebut en el moment crucial l'ajut de les tropes prussianes i saxones —explicà Jean-Paul.

—Com ha estat això? —demanà Domènec.

—Un amic meu, que és oficial, m'ha explicat que l'emperador s'havia retirat a descansar uns minuts. Tothom coneix la facilitat que té l'emperador per reposar profundament deu minuts enmig d'una batalla i aixecar-se com si hagués dormit tota una nit sencera, amb les idees clares. Bé, el fet és que els seus generals, mentre ell descansava, van prendre la decisió de llençar la cavalleria en veure una escletxa entre les files enemigues —seguí explicant Jean-Paul—. Quan l'emperador es va despertar i es va adonar del desastre, per poc no li agafa un cobriment de cor. Va cridar com un foll que tot s'havia perdut per deu minuts de son.

—No és possible! —va fer Domènec, i va mirar Claude, que assentia amb el cap i premia els llavis.

—Segons m'ha dit aquest mateix oficial, l'emperador va intentar refer les forces i semblava que ho estava aconseguint, però en aquell instant van arribar els prussians i els saxons i ho van desgavellar tot.

—I on és ara l'emperador? —demanà Domènec.

—Ningú no en sap res.

—És mort? —insistí Claude.

—No. Diuen que ha fugit —informà Jean-Paul.

—Això vol dir que contraatacarà —va fer Domènec.

—És difícil —negà Jean-Paul—. Aquest oficial amic meu diu que la derrota ha estat total i que les forces de l'emperador, les poques que han quedat, s'han dispersat...

La campaneta de la porta sonà i tallà les explicacions de Jean-Paul.

—Segurament és Maria Lluïsa —digué Domènec.

—Bé, poca cosa més us puc explicar, excepte que la derrota ha estat pràcticament total i que ningú no confia que l'emperador sigui capaç de refer l'exèrcit —acabà Jean-Paul, i s'aixecà de la cadira—. Veig que teniu una celebració familiar i no vull molestar-vos més.

Maria Lluïsa va aparèixer per la porta i Claude es dirigí cap a ella i li besà la mà.

—Coneixes el senyor Jean-Paul Casel? —li demanà.

—Em sembla que ha vingut algun cop per casa —va fer ella, tot observant aquell jove amb interès—. Oi que sí, senyor Casel?

—Sí, algun cop, senyora Badia.

Maria Lluïsa allargà la mà i Jean-Paul l'hi prengué i l'hi besà.

—Tothom parla del mateix —va dir Maria Lluïsa, tot dirigint-se cap al seu marit, però sense enretirar la mà—. Diuen que Napoleó ha estat derrotat —i va tornar a mirar Jean-Paul.

—És el que ens estava comunicant el senyor Casel —afirmà Domènec.

—Esperem que tot s'hagi acabat, perquè no faig altra cosa que patir pel meu fill —digué Maria Lluïsa tot recalcant les paraules finals.

Quedava clar que estava parlant del *seu* fill i que volia que en quedés constància. Durant setmanes i més setmanes Asun no havia parat de mirar de fer-li veure la realitat de les seves afirmacions, però Maria Lluïsa no volia ni escoltar-se-la, fins que un dia va rebre la primera i única carta de Pere. En ella li explicava tot el que havia silenciat en la nota que va deixar en marxar de casa i el que pensava sobre el seu pare, que coincidia gairebé fil per randa amb la visió que li havia mostrat Asun. La primera reacció de Maria Lluïsa va ser parlar amb Domènec i ensenyar-li aquella carta. Tanmateix, s'hi va repensar i la va guardar, i a partir d'aquell dia tot va canviar. Ja no podia seguir mirant el seu marit com l'home sacrificat que tot ho feia pels seus, sinó que començava a descobrir un altre personatge, algú capaç del que fos per tal d'aconseguir els seus objectius. Mare Santíssima! Com podia haver estat tan cega durant tants anys?, s'havia demanat una nit, just abans d'aixecar-se de taula, mentre el contemplava eixugar-se els llavis amb el tovalló. Tot en ell era afectació, tot formava part d'un pla gegantí, tot era producte de la mentida i tot perseguia... Què perseguia? Tal vegada un somni? O, potser, tapar les seves pròpies misèries? Si fos ara, que tinguessin la mateixa conversa que van tenir quan s'havia de casar la seva filla, no substituiria el verb *sacrificar* per cap altre. D'això, n'estava més que certa. De la mateixa manera que estava més que segura que les freqüents sortides nocturnes de Domènec no eren precisament per mantenir converses científiques, tal com explicava. Notícies li havien arribat que l'havien vist per certs barris i certes cases on l'única conversa «mitjanament científica» es basava en el cos humà, més el femení que no pas el masculí. De fet, ja feia temps que ho sabia, però fins aleshores ho havia negat. Sembla mentida l'engany que tu mateixa pots arribar a muntar, quan no vols acceptar la realitat!, havia exclamat aquella nit. I ara, cada cop que el mirava, tots aquells pensaments barrejats amb una immensa munió de records i més records que adquirien un nou significat apareixien dins del seu cap.

—Hem tingut notícies recents i es troba perfectament. De fet, la guerra encara no ha arribat al mar i ell serveix en un vaixell mercant i no pas en un de guerra —explicà Domènec, tot trencant el procés mental que la seva presència desencadenava en la seva esposa.

—Això és el que m'ha explicat el meu marit, que ha sentit dir en alguna de les seves reunions nocturnes —aclarí Maria Lluïsa, sense mirar Domènec—. Us quedareu a dinar amb nosaltres? —demanà, encara sense enretirar la mà, mentre seguia mirant el jove directament als ulls.

—Donades les circumstàncies, segur que el senyor Casel té altres compromisos —intervingué Domènec.

Tanmateix, Maria Lluïsa ni se l'escoltava. Només mirava Casel.

—Sí... Vull dir que sí, que no... que no puc quedar-me —va fer Jean-Paul—. Us ho agraeixo molt, però només he vingut per donar la notícia.

Llavors Maria Lluïsa enretirà la mà.

—El millor que podria passar és que Napoleó capitulés —seguí parlant Domènec—. França ja ha viscut prou aventures i necessitem recuperar-nos. No suportaríem una nova guerra.

Des de feia mesos, des d'abans de casar-se la seva filla, Domènec ja parlava com si fos un francès i, si calia, no s'estava de nomenar tots els seus suposats avantpassats.

—Sí, segurament serà el millor —assentí Claude—. Podria significar retornar a l'escenari precedent. Talleyrand recupera el poder, el rei s'asseu de nou al tron i tot arreglat.

—Tindrem la sort de tornar-vos a veure algun dia, senyor Casel? —demanà Maria Lluïsa. Evidentment, la conversa del seu marit no li interessava gens ni mica.

—Espero que sí —contestà Jean-Paul.

—Jo també ho espero —va dir Maria Lluïsa. Llavors mirà el seu marit—. Ho esperem. No és així?

—Naturalment, estimada —va fer Domènec.

I Maria Lluïsa allargà de nou la mà per acomiadar-se de Jean-Paul, que tornà a besar-l'hi, i marxà.

*** ***

Armand Emmanuel Sophie Septemanie du Plessis, Duc de Richelieu, tenia quaranta-nou anys i era fill de Louis Antoine de Plessis, Duc de Fronsac, i nét del mariscal de Richelieu. Uns avantpassats de primera línia i un historial que feia feredat: dos anys servint amb els dragons de la reina i després es va aplegar com a voluntari a l'exèrcit rus. Va tornar a París a la mort del seu pare i va servir el rei Lluís XVI. Va obtenir de l'Assemblea Nacional permís per marxar i ingressar de nou a l'exèrcit rus, on va assolir el grau de general major, al qual va haver de renunciar. Alguns deien que per causa dels seus envejosos enemics polítics. Tanmateix, l'arribada al poder del tzar Alexandre I significà un gir important que el va dur a ocupar el càrrec de governador d'Odessa. Dos anys després també era governador de Chersonese, d'Ekaterinoslav i de Crimea, un gran territori que anomenaven la Nova Rússia. Dins dels seus èxits més sonats s'havia de comptar que, durant els onze anys que va governar Odessa, aquesta ciutat va passar de ser una miserable població a florir com una ciutat pròspera. A tot això s'hi havia d'afegir que durant la guerra amb Turquia va comandar una divisió.

Finalment havia tornat a París l'any 1814, amb la caiguda de Napoleó, per posar-se al servei de Lluís XVIII. Quan l'emperador va escapar de l'illa d'Elba, Richelieu s'afilerà al costat dels monàrquics i ara el seu nom havia saltat a la llum pública perquè aquell estiu de 1815, després que Napoleó fos enviat a l'illa de Santa Elena, encara no feia ni dos mesos, havia substituït Talleyrand al front del govern de França.

Deien que es tractava d'un home extremadament purità, amb uns costums gairebé espartans i de tothom era conegut que el van casar als quinze anys amb Rosalia de Rochechouart, una noia de dotze anys amb la cara esgarrada i amb un braç i una cama deformes. Les males llengües també afirmaven (mai en públic, naturalment!) que la intimitat d'aquell enllaç, políticament correcte i familiarment volgut, no havia arribat al llit conjugal i que els esposos s'acontentaven mantenint unes relacions formals. Potser, apuntaven tot entrant en un terreny especulatiu, aquest infortunat matrimoni era la causa de les notables absències del duc i el motiu principal d'un caràcter auster i esquerp, així com de la seva altíssima eficiència, perquè s'abocava en cos i ànima a la seva feina.

Paul Bertin, un dels secretaris de Richelieu, sabia molt bé com havia de preparar la carpeta de les signatures perquè el seu senyor s'assabentés, com era el seu costum, de tots els afers i prengués una decisió ràpida i encertada. Després, entrarien en l'apartat de temes pendents, capítol al qual hi dedicaven especial atenció i que ell havia de portar ben preparat per poder respondre totes les preguntes.

—No he tingut prou temps per llegir els dos informes. No obstant això, em sona a mascarada. Qui és aquest home? —demanà Richelieu, prenent les dues memòries que tenia damunt la taula.

—El general Domènec Badia i Leiblich, un home extremadament notable, segons tinc entès —respongué Bertin—. El recolza l'Institut de França i en la primera memòria podeu llegir la relació dels seus serveis a França i a la segona...

—Els seus serveis a França? —s'estranyà Richelieu—. Pel poc que he pogut llegir va ser nomenat brigadier de l'exèrcit espanyol. No és un general francès.

—Cert, però té una branca d'avantpassats francesos, tal com figura en els annexos de la primera memòria; el seu fill serveix en un vaixell francès, encara que mercant; i ell afirma que sempre va estar al servei del rei Josep I, germà de l'emperador, i que, en tornar a París...

—Què significa «en tornar a París»? —el tallà Richelieu—. Fins on he arribat a llegir, mai no esmenta que hi hagués viscut abans de l'any... 1812. M'equivoco?

—Perdó, senyor, teniu raó. És més correcte dir que, quan va venir a viure a París, es va posar al servei de Napoleó —acceptà Bertin.

Si bé el primer ministre deia que no s'ho havia pogut llegir tot, resultava evident que posseïa una capacitat sorprenent per fer-se'n una idea i per copsar petits detalls que quedaven enganxats a la seva memòria. Bertin havia d'anar amb molt de compte.

—Heu llegit tota aquesta documentació? —demanà Richelieu, mentre fullejava la primera memòria.

—Sí, senyor. I haig de dir que escriu correctament i que proporciona prou dades per fer creïble...

—Què persegueix, exactament? —el tallà de nou Richelieu.

El duc mai no havia sentit especial inclinació per la literatura i, evidentment, aquell afer no era del seu grat, motius que feien preveure que no estava disposat a perdre-hi massa temps.

—Precisament us volia parlar de la segona memòria —Bertin apuntà tímidament amb el dit i Richelieu tancà la primera i obrí la segona—. El general Badia, que coneix força bé el nord d'Àfrica perquè hi ha viscut disfressat de musulmà, diu que una colònia al Magrib té molts més avantatges que no pas a Amèrica del Sud. Les distàncies són més curtes, les comunicacions més senzilles i el clima i la terra permeten cultivar sucre, tabac, cacau, cafè, espècies i tota mena de plantes que ara importem d'Àsia i del centre i del sud d'Àfrica. També parla de mines d'or al Sudan i de diamants al sud.

—Una colònia? Què significa això? Hem d'envair el nord d'Àfrica?

—El general Badia invoca la seva dilatada experiència per dir que no és partidari de cap acció directa, perquè provocaria l'alçament de tots els musulmans en una nova guerra santa. Més aviat apunta la via de trobar un príncep musulmà il·lustrat i, si fos possible, educat a Europa, que dotés el país d'una constitució. Aquest príncep, un cop arribés al poder, cediria una part a un país europeu per tal que pogués desenvolupar l'economia i educar la seva gent. Naturalment, quan parla d'un país europeu, pensa en França.

—Naturalment —assentí Richelieu amb el cap—. Em sembla recordar que els anglesos ja ho van intentar fa anys i no se'n van sortir. A més: no és això el que diu que ell mateix va mirar de fer al Marroc? —va fer un curt silenci, i prosseguí—: Com vós heu dit, caldria trobar un príncep educat a Europa, perquè els que s'han educat al seu país d'origen són mandrosos, avariciosos, despòtics i massa creguts. I això és més difícil que trobar una agulla en un paller.

—Precisament per aquesta raó, el general Badia, degut a la gran dificultat per trobar un príncep d'aquestes característiques, proposa que un europeu es disfressi de musulmà, cosa que ell ja ha fet amb èxit, i s'ofereix per assessorar-nos.

—Però, segons tinc entès, en el seu llibre explica que va ser expulsat del Marroc. El problema és que no en dóna detalls i jo diria que és perquè la seva sortida va ser vergonyosa. Això és un èxit per a vós? —Richelieu mirà Bertin amb un posat d'incredulitat.

—El general Badia assegura que segueix mantenint correspondència amb el germà del sultà que, tot s'ha de dir, li ha demanat excuses per aquella expulsió i li prega que torni o que li digui on vol que li enviï els esclaus i les esposes que hi va deixar — explicà Bertin amb un deix de respecte—. Fins i tot disposa de dos apoderats perquè tinguin cura dels seus béns i de la seva fortuna.

—Quins béns i quina fortuna?

—Un palau a Marràkech i un altre en un lloc anomenat Semelalia. He pogut veure els documents pels quals el sultà li feia donació d'un d'ells. A més hi ha deixat dues esposes, un fill...

—Un fill? —s'estranyà Richelieu—. Segons tinc entès, en les seves memòries sobre els viatges diu clarament que no va tocar cap dona, perquè volia arribar pur a la Meca. I vós dieu que té un fill al Marroc?

—Una de les dones que el sultà li regalà va parir després que fos expulsat i li han posat el nom d'Othman Bei —explicà Bertin, tot aixecant les dues mans i encongint les espatlles—. Només sé que ara deu tenir uns deu anys.

—I per què no l'ha reclamat?

—El senyor de Lisle de Sales, gendre del general Badia i membre de l'Institut de França, diu que Badia no ha volgut portar a París cap de les seves esposes musulmanes ni el seu fill perquè és un home casat i catòlic i...

—Casat i catòlic, però no se n'hi va estar, de gaudir de la seva visita al Marroc —Richelieu assentí amb el cap, lentament.

—Segons sembla, gairebé el van obligar. En cas contrari hauria despertat moltes sospites —Bertin mirà de disculpar Badia.

—I és clar! —va fer Richelieu amb un somriure, i es va quedar un instant en silenci—. Llavors, per què no torna al Marroc?

—Segons el mateix senyor de Lisle de Sales, perquè vol seguir servint el rei de França, al qual ha dedicat el seu llibre de viatges.

—I vós us ho creieu tot? —Richelieu mirà Bertin als ulls. Després arreplegà les dues memòries i les hi passà—. Arxiveu aquesta bajanada i no torneu a molestar-me.

Bertin va recollir les memòries i abandonà el despatx. A ell no li havia semblat cap bajanada, sinó un pla fantàstic. Però, per desgràcia, Richelieu no era Talleyrand i segurament el seu tarannà no tolerava que un home practiqués la poligàmia. Per això no volia participar en una aventura tan singular, pensava Bertin quan es va creuar amb el duc de Decazes, un home baix que semblava haver perdut un bon tros de les cames, perquè el secretari, sense ser excessivament alt, li treia gairebé el cap sencer, detall que el cos del ministre de policia compensava en amplada gràcies a una panxa generosa, una cara rodona i uns llavis carnosos que bé podien suportar el seu nas botit i vermell. Tanmateix, que ningú no s'enganyés: el ministre era un home amb una bona dosi d'energia abassegadora que desplegava sense compassió amb qualsevol dels seus subordinats, tot trepitjant-lo si calia. Bertin es va quedar quiet fins que el va veure entrar al despatx del duc de Richelieu. Decazes era l'única persona a qui li estava permesa una llibertat com aquella.

—Bon dia, Duc —saludà Decazes a Richelieu.

—Seu Duc —respongué el primer ministre.

No es deien pel nom, sinó que, des que es van conèixer a Rússia, sempre s'havien dit pel títol, que era el mateix, la qual cosa induïa a equívocs entre els que els escoltaven. A més sempre s'havien tutejat, detall que tothom trobava força curiós.

—Acabo d'ordenar Bertin que arxivi les memòries d'aquest suposat general Badia, que no ens serveix per a res —explicà Richelieu.

—He sentit dir que és un home força notable.

—L'única cosa notable és la seva imaginació —somrigué Richelieu—. Saps que em vol proposar colonitzar l'Àfrica?

—I no és una idea original? —replicà Decazes.

—Tant original com la divertida història que circula sobre que aquest Badia estaria buscant una ruta navegable que ens permeti passar del Mediterrani a l'Índic sense haver de donar tota la volta pel cap de Bona Esperança. En els seus escrits parla de l'existència d'un mar interior, a l'Àfrica, que seria la font del Nil. Absurd!

—I com aniria a petar a l'oceà Índic?

—Segons argumenta, si hi ha un mar interior que comunica amb el Mediterrani a través del Nil, bé podem suposar que podria comunicar amb l'oceà Índic mitjançant un altre riu —explicà Richelieu—. Tanmateix, els nostres científics més reconeguts diuen que això és impossible, perquè un mar tindria aigua salada i els rius la tenen dolça, però Domènec Badia fa tota una argumentació fantasiosa sobre l'evaporació i un miler d'històries més o menys versemblants.

—¿No hi havia un estudi sobre la possibilitat d'unir el mar Mediterrani amb el mar Roig mitjançant un canal? —recordà Decazes.

—Sí. Napoleó va ordenar que s'estudiés aquesta possibilitat, tot partint de Suez —explicà Richelieu—. Tanmateix, els seus topògrafs i enginyers van calcular que el Mediterrani es troba deu metres més amunt que el mar Roig i que, per tant, s'haurien de fer rescloses per salvar el desnivell. De manera que es va desestimar perquè resultaria molt car i molt lent.

—Llavors potser paga la pena cercar les fonts del Nil.

—Encara no m'he tornat boig. I si m'hi tornés, pots estar ben segur que no permetria que es fes amb els nostres diners i, menys encara, li donaria la responsabilitat a un aventurer —sentencià Richelieu.

—M'agradaria poder llegir aquestes memòries —somrigué Decazes.

—Perdràs el temps.

—Més que perdre el temps, vull passar una estona agradable.

—Si és així, ordenaré Bertin que te les faci arribar.

*** ***

La resposta del duc de Richelieu a la petició de Domènec Badia va seguir el conducte habitual. Bertin va escriure una carta a l'interessat per agrair-li les memòries en nom del primer ministre i comunicar-li que ara no era el moment més adient per poder estudiar el seu pla amb l'atenció que mereixia. Després Bertin també va parlar del cas amb un amic seu que va fer-ne esment a un altre amic que va resultar ser l'oficial amic de Jean-Paul Casel, qui, en conèixer les vertaderes raons de la negativa de Richelieu, va pensar que aquella notícia mereixia una altra visita a casa del senyor de Lisle de Sales, i se n'hi va anar.

El criat va obrir la porta per deixar entrar Jean-Paul, es va fer càrrec del barret i ja el conduïa cap a la biblioteca quan va aparèixer Asun.

—Bon dia, senyor Casel —saludà.

Jean-Paul es dirigí cap a ella i li va besar la mà, mentre el criat es retirava per guardar el barret.

—Dimarts us esperàvem al teatre i no vau venir. M'agradaria conèixer el nom de qui us fa perdre una obra de Molière —va fer ella amb un deix de retret.

—Prou que sabeu que ningú no pot impedir que jo...

—Claude us espera a la biblioteca —el va tallar Asun—. No és per parlar amb ell que heu vingut?

—I per poder contemplar la vostra bellesa que...

—No mentiu, per favor —el tallà Asun altre cop, i tombà la cara, simulant una ofensa.

—Per què no em deixeu acabar les frases? Que no veieu que només si guardo silenci, mentiré? —replicà ell.

Llavors, ella el va tornar a mirar.

—Dijous vindran uns amics a sopar. Esteu convidat. Vindreu?

—Vindré.

Asun somrigué i se n'anà. Jean-Paul va esperar fins que ella desaparegué i llavors es dirigí cap a la biblioteca.

Havia decidit tenir una petita xerrada amb el senyor de Lisle de Sales abans que anar a veure el senyor Badia. En primer lloc, perquè tenia més confiança amb l'amo de la casa i imaginava que, en tractar-se d'un home gran, sabria com suavitzar la notícia. I en segon lloc, perquè volia tornar a veure Asun. Negar-ho era estúpid. Fins i tot juraria que la segona raó era més poderosa que la primera.

—Deixeu aquest afer a les meves mans. El meu sogre torna a estar un pèl delicat i aquestes notícies no són bones per al fetge —va dir l'amo de la casa quan l'acomiadava—. Us agraeixo molt la confiança que heu dipositat en mi. Si hi ha alguna cosa que jo pugui fer per vós?

—Quan he arribat, la vostra esposa m'ha dit que dijous oferiu un sopar per uns amics i m'ha convidat. No he sabut negar-m'hi, però ara crec que potser m'he precipitat —va fer Jean-Paul.

—És un sopar d'amics, informal. També hi serà el meu sogre, si ha aconseguit recuperar-se. No us hi amoïneu i veniu. Després de tot el que heu fet pel pare d'Asun, és el mínim que podem fer per vós.

Jean-Paul agraí la invitació i se n'anà ben satisfet. Havia obrat correctament, en tots els aspectes.

Durant els dies següents, Claude va remoure cel i terra per aconseguir que la lògia del Gran Orient accelerés els tràmits per admetre un nou membre i finalment ho va aconseguir. Llavors, va jutjar que podia parlar amb el seu sogre i explicar-li el que de debò pensava Richelieu, perquè una notícia suavitzaria l'altra.

—No t'amoïnis. Tot canviarà —Claude va fer l'ullet a Domènec, aquell dijous, quan va notar que estava un xic decaigut, tot just després de dir-li que Richelieu havia desestimat el seu projecte—. Ja veuràs com sí, que ara tot serà diferent —l'animà.

—Richelieu no entén la importància del vostre pla —afegí Jean-Paul, que participava de la conversa, quan les dones s'havien retirat i havien deixat sols els homes.

Evidentment Jean-Paul no estava al corrent de l'admissió del senyor Badia a la francmaçoneria. Ell no era un germà i Claude complia fil per randa amb el jurament de guardar secret. Només l'havia trencat amb Domènec.

—Tota la meva vida he lluitat contra la ignorància —Badia va assentir diversos cops—. I ho seguiré fent. És el meu destí.

Se'l veia cansat i el color de la pell era lleugerament groguenc. El seu fetge tornava a manifestar-se. De tant en tant ho feia. Un bon record de la seva estada al Marroc que el pas del temps no havia pogut curar, sempre explicava Domènec Badia, tot llençant les culpes del seu delicat estat de salut a temps passats i oblidant el present.

La resta de la conversa van ser paraules d'ànim i d'admiració davant d'una postura que honorava aquell home que diversos membres de l'Institut de França tenien per un heroi i que ara entraria a formar part del reduït i selecte grup que constituïa la lògia del Gran Orient.

*** ***

La carta era prou explícita i no calia afegir-hi res més. Jean Cobbett la va tornar a repassar per tal d'assegurar-se que era prou clara i que no s'havia descuidat res. Finalment, la va introduir dins del sobre i va anar a cercar el lacre. Richelieu no era partidari d'escoltar-se Badia, segons li havia explicat un dels funcionaris que ell pagava generosament amb els diners que el banquer Hoche rebia regularment de Londres.

No li estranyava. Aquells dos homes no es podrien entendre mai. Eren la nit i el dia. Richelieu era un home avorrit, mentre que Domènec Badia era un personatge prou interessant i francament divertit. Li agradava explicar històries fantàstiques en veu alta; era molt conegut al cafè de Matillon i posseïa un encant especial quan explicava les seves aventures disfressat de musulmà, que adobava amb un bon plec de detalls que feien les dents llargues a més d'un parroquià. Sobretot quan deixava penjades les descripcions de les aventures amoroses tot invocant la seva condició de cavaller, encara que no s'estava de deixar escapar un parell de detalls sucosos sobre el que significa gaudir de tres dones a la vegada que només estan per tu i insinuar per on podia atacar cadascuna. Llavors, la imaginació dels que escoltaven embadalits podia escalfar-se uns quants graus.

Sí, Badia era un bon element. Ell l'havia escoltat parlar i bé podia dir que n'hi havia per llogar-hi cadires. Llàstima que no havia pogut assistir a cap de les orgies que certes llengües explicaven que era capaç de muntar. Potser, algun dia, distrauria algun diner dels que rebia de Londres per dedicar-lo a una causa més personal i comprovar la veracitat d'aquelles rumors.

Ja anava tancar el sobre quan va sonar la campaneta de la porta. Obrí i es va trobar amb un marrec que li duia una nota. Ja el coneixia d'altres vegades. Li va donar una moneda, el noi va marxar ben content i ell va desplegar el paper i va llegir-ne el contingut.

Va tornar al despatx, va treure l'informe del sobre i va afegir-hi una frase: «Richelieu ha ordenat enviar al duc de

Decazes, ministre de la policia, les memòries que el senyor Badia li va fer arribar». Va tornar a guardar la carta, va tancar el sobre i el va lacrar. L'endemà l'enviaria.

3.- LA INVITACIÓ

La primera cosa que feia John Piech, cada matí, tan bon punt s'asseia a la seva taula, era agafar les cartes que li havien arribat i repassar-les una per una.

Aquell dia n'hi havia una de París. Mare de Déu! Amb tant d'enrenou i tants canvis, havia oblidat enviar una nota a Cobbett per dir-li que deixés de seguir Domènec Badia. L'ordre de Mansfeld havia estat contundent: el cas Badia ja no interessa ningú i queda tancat.

Què havia de fer amb aquella carta?, es demanà mentre la contemplava. Llançar-la a la paperera? Potser sí, però, encara que només fos per tafaneria, abans li donaria una ullada, pensà. La va obrir i va llegir-ne el contingut. Cobbett li comunicava que Badia no tenia gaire èxit amb Richelieu. Guaita que bé!, va fer mentre arronsava les espatlles. Llavors, deixà la carta de Cobbett a un costat i continuà examinant la correspondència.

De sobte es va quedar de pedra. Sí, no hi havia cap dubte. El seu nom estava escrit allà al damunt i aquell escut li era ben conegut. Va obrir el sobre i es va quedar bocabadat. No n'hi havia per menys, perquè, donades les circumstàncies que envoltaven la seva pobra existència, era ben normal que John Piech, en trobar-se amb una invitació per assistir a un ball que tindria lloc a la mansió de Lord Parry, es demanés si no es tractava d'un error o d'una broma de mal gust. Va mirar els seus companys, però ningú estava pendent d'ell ni semblaven estar al cas de res. Finalment, després de rumiar-s'ho molt, va descartar ambdues possibilitats perquè la carta anava dirigida al seu nom i ell coneixia la signatura del distingit membre de la noblesa gràcies a haver-la vist en altres ocasions.

Ara, amb la carta a les mans, reflexionava sobre les conseqüències d'aquell fet que li resultava més que sorprenent, perquè aquí s'encetava un problema. Igual que passava amb la llunyania del ministre, o com passa amb tot en aquesta vida, aquell insòlit fet també tenia dues cares o dues lectures. D'una banda representava un gran honor, però per l'altra no deixava de ser un bon embolic. I és clar! Ell no tenia cap mena d'experiència en aquests afers de societat.

Primera pregunta: havia d'anar acompanyat? La invitació no en deia res i ell era solter, però els balls de societat són cosa de dos. Potser ho hauria de demanar. Veus aquí la segona pregunta: a qui l'hi demanaria? Més que una pregunta ja era tota una enquesta. L'hi demanaria al seu cap? Uf! I si Mansfeld no sabia que l'havien convidat? O, pitjor encara: i si el mateix Mansfeld no havia estat convidat? Com s'ho prendria, llavors? Aquestes coses poden ser molt perilloses. Imaginem-nos que l'estirat George Mansfeld no ha estat convidat, reflexionava el jove. Evidentment, es demanarà per què un pobre desgraciat com John Piech sí que ho ha estat. Només li faltaria una desgràcia com aquella per acabar de malmetre les relacions amb el seu cap!

El millor era prendre la decisió sense consultar ningú i presentar-se sol. Entre altres raons, perquè no coneixia cap noia amb prou categoria com per dur-la a un ball d'alta societat. Encara que... llavors... si es presentava sol, amb qui parlaria? No coneixia ningú. Ostres! Què faria enmig d'una festa, sense poder parlar, sense poder ballar i sense res de res? Seria d'allò més horrible.

Tal vegada no hauria d'acceptar. Bé podria trobar una excusa...

No. De cap de les maneres. Si Lord Parry l'havia convidat i ell no hi anava, potser s'ofendria. Home! Ofendre tot un secretari d'estat... De cap de les maneres!

Ja està! Acceptaria i a l'últim moment es posaria malalt. No, no, tampoc. Com podia fer una cosa així? Tothom se n'adonaria. Bé, hi assistiria i s'avorriria més sol que un mussol, en un racó, mentre observava la gent. Total... només era una nit...

I ara que s'ho rumiava amb més calma, després de la sorpresa inicial, s'adonava que no s'havia plantejat la pregunta fonamental. Per què l'havien convidat? Oh! A ell, que li agradava trobar explicació a tot, aquesta pregunta el deixava a l'escapça i neguitós. ¿Potser es tractava d'un error?, recuperà la primera de totes les preguntes, que ja havia descartat. Evidentment, era una possibilitat a tenir en compte, acceptà de nou, tot modificant el seu primer plantejament.

I pel que feia a la roba? Sants del cel! Un altre problema. Ell no assistia ni a festes ni a balls ni, encara menys, es passejava per ambients tan selectes. El seu armari no era cap vestidor.

Uns dies després ja havia parlat amb tots els seus amics. Inventant-se una festa fantasma en una casa benestant. Sense esmentar el nom de Lord Parry, naturalment!

Ostres! No hi havia cap dels seus amics que disposés de roba escaient per l'ocasió. I és clar! El seu cercle d'amistats no era especialment elegant. Quin desastre! Havia perdut un temps preciós i el ball era aquell cap de setmana. Només li quedaven cinc dies. Com s'ho manegaria? Impossible trobar algun sastre que volgués fer-li un vestit en tan poc temps, a menys que ja disposés d'alguna cosa que algun client no hagués passat a recollir o que no hagués pagat. Hauria de bellugar-se de valent.

Dijous, desesperat, va arribar a l'adreça que li havien proporcionat i va pujar els dos trams d'escala. Ja havia visitat quatre cases de lloguer de roba i set sastres i començava a considerar seriosament la possibilitat de caure malalt, perquè o no disposaven de res de la seva talla o el que tenien no era precisament el més elegant que podia trobar.

Sempre ho havia dit: la primera pensada és la millor. Tot i així, com ja era allà... bé podia fer la darrera temptativa. I va trucar.

La porta s'obrí i aparegué un home prim i estirat que esborrà el seu somriure tan bon punt va fer un cop d'ull al vestit de John. Com era de preveure, acabava de descobrir que aquell jove pertanyia a una classe social que no li reportaria cap mena de prestigi.

—Què desitja? —demanà l'home.

—Aquest cap de setmana haig d'assistir a un ball i necessito un vestit adient a l'ocasió —mirà de somriure el jove, però no se'n va sortir gaire bé.

—Avui és dijous i de miracles encara no en faig —digué l'home, mentre bellugava el cap a banda i banda i li dedicava un somriure distant i irònic.

John es gratà la barbeta. Què més podia dir o fer? Res, el millor era l'excusa de la malaltia. Anava a donar les gràcies, però...

—Senyor Noel! —van escoltar que feia una veu.

El sastre es va tombar sobtat, gairebé d'un salt, i va aparèixer un home que vestia una jaqueta a mig cosir.

—Com puc portar una jaqueta que sembla de fa dos anys? —demanà aquell home amb un gest de disgust.

—Nosaltres hem seguit les vostres instruccions, senyor Brummel —començà a tremolar el sastre, mentre mirava la jaqueta i intentava trobar on era l'error.

—Vaig deixar ben clar que les solapes han de ser més amples i a la màniga només hi vull dos botons. Quants cops ho he de repetir?

De sobte, el senyor Brummel va descobrir John i es va quedar en silenci, mirant el sastre.

—No és ningú —va dir el sastre.

—Si no és ningú, per què és aquí? —demanà Brummel amb insolència.

—Necessitava un vestit per assistir al ball que Lord Parry ofereix aquest cap de setmana... —John se sentí obligat a explicar el motiu de la seva presència i ho va fer amb timidesa, amb un to més apropiat per demanar perdó.

El sastre va posar cara de babau i va obrir la boca, però va ser incapaç de pronunciar cap paraula.

—I bé, senyor Noel? No és ningú i assistirà al ball de Lord Parry. Com es pot entendre això? —va fer Brummel obrint els braços i aixecant les mans.

—És impossible —respongué el sastre, afegint-hi un mig somriure, nerviós.

—Què és impossible? Que hagueu comès un greu error i que resulti que és algú? —es burlà Brummel.

—Som a dijous i la festa és diumenge. Jo no... —va fer el sastre, obviant tota referència a la qualitat social d'aquell jove.

—Entreu, jove amic —digué el senyor Brummel, ignorant les paraules de Noel—. Si fa no fa, som de la mateixa talla —va dir, es va treure la jaqueta i va fer un gest per demanar John que es tragués la seva—. Això mateix —exclamà després d'emprovar-l'hi—. Amb un parell de retocs aquí i aquí —assenyalà l'esquena i l'espatlla—. Què me'n dieu, senyor Noel?

—Sí... sí, sí. Però, llavors, vós no podreu lluir la màniga amb els dos botons ni les noves solapes —respongué el sastre.

—Diumenge el nostre amic... —s'aturà i mirà fixament John—. Quin és el vostre nom?

—John Piech, per servir-vos.

—I és clar que em servireu, senyor Piech! —exclamà Brummel—. Diumenge vós sereu durant una vetllada l'àrbitre de la moda. Dureu aquesta jaqueta amb dos botons a la màniga i les noves solapes —es tombà cap al sastre—. Senyor Noel, està decidit. Ja podeu començar.

Qui era el senyor Brummel?, havia demanat John quan el seu salvador havia marxat i es va quedar sol amb el sastre.

—No el coneixeu? —s'estranyà Noel—. És George Bryan Brummel, però tothom li diu Beau Brummel. Aquest caient dels pantalons que porteu és idea seva, com també ho és la major part de la roba que marca la moda. La jaqueta que dureu trenca motlles...

Sí que n'és d'important, aquest home!, exclamà John quan baixava les escales.

Dissabte al matí el vestit seria a punt. Perfecte! I ja tenia amb qui parlar perquè havien quedat amb el senyor Brummel que anirien plegats al ball, com dos amics que es coneixen de tota la vida.

Diumenge, tal com era previst, el cotxe del senyor Brummel el va recollir a les sis en punt de la tarda.

—Molt millor del que havia imaginat —va lloar Beau quan el jove pujà al cotxe—. Et queda perfecte, amic John. Ah! No em diguis senyor Brummel ni em tractis de vós. Digues-me Beau i tuteja'm. Hem de saber anar amb els temps i ja fa dies que vaig decidir que és un toc d'elegància entre gent de bona qualitat dir-nos pel nom i oblidar els títols. Amb la resta de la gent, la que ens serveix, podem seguir emprant el vós per marcar distàncies i amb la gent de molt baixa qualitat hem d'emprar el vostè per deixar ben palès que pertanyem a dos móns completament diferents i sense cap possibilitat de barrejar-se.

El jove s'assegué tot cofoi. Ja tenia un amic i bé podia suposar que, si entrava a la festa al seu costat i tutejant-lo, no es quedaria pas sol com un mussol.

Durant el trajecte John pràcticament no va badar boca. No calia. Beau parlava i parlava sense aturar-se ni un instant. Al seu costat el món deixava de ser el món i esdevenia el seu món. Tot sortia d'ell i tot retornava a ell. Ell era el centre, l'ànima i la raó d'existir de l'univers. Fora d'ell no hi havia res. Per què perdre el temps parlant dels altres? Tanmateix, John va descobrir que hi havia una raó per parlar dels altres. Els altres serveixen per poder criticar-los: la roba, el perfum, el pentinat, les joies, el maquillatge, la perruca, els gests, el llenguatge, les formes, la vida privada, els amants... Tot pot ser motiu de conversa i, arribada l'ocasió, de la més amarga de les crítiques.

Però el més sorprenent va ser que quan John es treia el barret, l'abric i la bufanda i els lliurava al servent, ja va començar a adonar-se que totes les mirades es dirigien cap al seu nou amic i que les dones feien comentaris. Mentre, Beau s'arreglava els punys de la camisa i estirava el coll tot avançant la barbeta sense dirigir els ulls a cap lloc en particular.

—Entrem? —va fer Beau. En forma de pregunta, però amb el to d'una ordre.

—Sí —respongué el jove i es posà al seu costat imitant el mateix posat, amb la mà a l'esquena i el cap ben dret.

Només ficar un peu dins la sala, dues dones s'atansaren i miraren Beau.

—Ens havien dit que avui ens mostraries la nova tendència de la moda —va fer una d'elles, amb un cert desencís.

Beau somrigué divertit, prengué la mà de la dona i hi dipositià un lleuger petó amb elegància. Després es tombà cap a l'altra i féu el mateix.

—Em permeteu que us presenti el meu amic John, que s'ha ofert generosament per fer-me de model? —demanà, al mateix temps que obria la mà, la dirigia cap la jaqueta del seu acompanyant i feia una passada de dalt a baix tot mostrant les solapes i acabant als punys.

Ja n'hi va haver prou. John Piech es va veure envoltat d'ulls que volien prendre bona nota del caient de les solapes de la seva jaqueta i la novetat de posar només dos botons als punys. L'endemà tots els sastres de Londres rebrien moltes comandes.

Cap a les deu del vespre, quan el jove Piech ja havia begut unes quantes copes de xampany, va escoltar darrere seu una veu que li era familiar.

—Va tot bé?

Es va tombar i es va trobar amb un home prim, d'uns quaranta anys, moreno, amb un rostre equilibrat i un ampli somriure als llavis. El va reconèixer immediatament. Era David Young, el protegit del director Barrow.

—Sí, senyor —va fer John, i afegí una reverència amb el cap.

—Lord Parry us voldria conèixer —digué Young—. Si aquestes distingides i formoses dames poden prescindir de vós durant una estona —es disculpà amb les senyores i se l'endugué.

John engolí saliva. Què significava allò que Lord Parry el volia conèixer? Travessaren la sala sortejant les parelles que ballaven i Young el conduí fins a un despatx on els esperaven dos homes. A un també el coneixia prou bé. Era Barrow, el director de gabinet. L'altre era Lord Parry, a qui John només havia vist un cop, però se'n recordava perfectament, d'aquell home d'uns cinquanta anys, amb un cos enorme i un rostre vermell.

—Permeteu-me que us presenti el senyor Piech. Senyor Piech, us presento Lord Parry —va fer Young emprant les normes de protocol que diuen que el primer nom que s'ha de pronunciar és el de menys rang.

—Encantat, senyor Piech —va fer Lord Parry amb un lleuger cop de cap—. Veig que de seguida heu fet coneixences.

—Gràcies a Beau... —digué John, i corregí de seguida—: Vull dir el senyor Brummel.

—És amic vostre? —Lord Parry deixà anar una petita riallada.

—Sí. Bé... no fa pas gaire que ens hem conegut. De fet només ens hem vist un parell de cops.

Lord Parry es tombà cap a Barrow.

—Tot un personatge que sap com divertir les dames, mentre acontenta els senyors —explicà. Després es tombà cap a John—. A vós ja us ha fet content? —demanà acompanyant les seves paraules amb un gest de la mà que resultava prou amanerat i eloqüent

—Com... com... com dieu? —John posà cara de babau.

—És una broma —somrigué Lord Parry—. Potser que seiem —i assenyalà unes butaques.

John va esperar que els altres s'asseguessin per fer el mateix. Lord Parry va mirar Young i va assentir amb un lleuger cop de cap.

—Serviu sota les ordres de George Mansfeld —va dir David Young, com si es tractés d'un fet conegut i sense la menor importància. John intentà respondre que sí, però no va tenir temps perquè el senyor Young seguí parlant—. Fins fa ben poc portàveu entre mans l'afer Badia, també conegut amb el nom d'Alí Bei...

John intentà fer que sí, encara que fos amb el cap, però aquell home ni se'l mirava.

—... ens agradaria saber què heu descobert d'aquest personatge —Young coronà el seu petit discurs i es quedà en silenci.

John gargamellejà per escurar-se la gola i mirà el director de gabinet, que somreia beatíficament. Després dirigí els seus ulls cap a Lord Parry, que l'observava amb interès. Per on havia de començar? Potser per un tema general, va convenir.

—De fet, seguint les instruccions del senyor Greene, que en pau descansi, em vaig centrar en saber què pretén, després d'haver llegit que va viatjar pel nord d'Àfrica i que va arribar fins a la Meca i que visità Terra Santa sota la disfressa d'un musulmà —explicà.

—Això és justament el que ens interessa: esbrinar què pretén —li confirmà Young.

Ni Barrow ni Lord Parry badaven boca, sinó que el miraven amb molta atenció.

—Brenton, que era una inesgotable font d'informació, ja està retirat. Ell, pel seu compte, havia continuat investigant aquest curiós personatge i en va deixar algunes notes. Jo les he anat completant amb el que he rebut dels nostres informadors de París. Sabem, per exemple, que ha escrit en diverses ocasions al rei Ferran VII d'Espanya, però que no ha rebut cap resposta. També sabem que va intentar que Godoy el recolzés, però l'antic primer ministre i l'actual monarca espanyol no mantenen bones relacions. I sembla que això bé de molt lluny. Llavors ho va intentar amb l'ajut del Coronel Amorós, que va certificar que Domènec Badia havia estat nomenat brigadier i que, per tant, ostenta el grau de general, malgrat que la documentació del seu nomenament, amb tant d'enrenou i de moviments dins del Ministeri de la Guerra espanyol, sembla que s'ha perdut. No obstant això, tampoc ha rebut resposta. Finalment, pel que sabem, ha canviat el punt de mira i s'ha dirigit al rei Lluís XVIII de França i fins i tot li ha dedicat les memòries dels seus viatges —explicà John—. Suposo que ha deixat de banda el seu possible retorn a Espanya i ha decidit establir-se definitivament a París, perquè ha casat la seva filla amb un membre de l'Institut de França i ha presentat una genealogia que li confereix avantpassats francesos. Em temo que sigui tan falsa com la genealogia que li va permetre fer-se passar per musulmà. Fins i tot gosaria afegir que el certificat d'Amorós sobre el seu nomenament de general també podria ser fals. Hem de tenir en compte que Amorós ha tornat a Espanya i, per tant, no pot protestar. Tot això m'ha dut a demanar-me si no està treballant per algú o si ho ha fet només per aconseguir diners de cara a una nova expedició.

John va callar. Havia emprat un to neutre per explicar tot allò i s'havia aturat perquè no sabia com continuar.

—I...? —insistí Young, mentre Lord Parry i el director Barrow seguien callats.

John els mirà. Podia començar a explicar les seves teories sobre...

Ni parlar-ne! Millor era anar a pams i saber del cert quin terreny trepitjava.

—Estem al cas de moltes més coses, molts detalls, i em podria passar la nit sencera explicant anècdotes, però només serien anècdotes —respongué John, es quedà callat un instant i afegí—: Puc demanar per què és tan important aquest home? —es va fer un nou silenci, i John aclarí—: Si jo sabés el que busqueu, potser us estalviaria moltes passes. Puc dir que conec aquest home com si fos jo mateix.

Aquest cop va ser Lord Parry que, després de respirar fondo, va prendre la paraula.

—En el vostre darrer informe, el que vau escriure per tancar l'afer Badia, apunteu que el viatge que va fer al Marroc tenia un fort component polític, però que el viatge que va fer a Egipte i a Aràbia, era més aviat de caire científic. En aquest mateix informe esmenteu que el desconeixement que tenim d'aquella zona és molt gran i insinueu que Badia podria estar buscant una ruta que pogués evitar que els vaixells no hagin de donar tota la volta fins al cap de Bona Esperança per atrapar l'Oceà Índic i seguir la seva ruta cap a l'Àsia. I acabeu l'informe amb una pregunta: us adoneu del que suposaria aquest fet? —Lord Parry acabà el seu discurs aixecant les celles i mirant John directament als ulls.

El jove es va quedar en silenci, meditant. Més que meditar el que feia era recuperar la consciència del que estava passant. Recordava aquell informe i que havia escrit tot allò emprenyat, sense cap base ferma, com també recordava que l'havia deixat damunt la taula de Mansfeld. Com era que aquells tres homes en tenien notícia? I, el que encara era més interessant: per què Mansfeld no hi era present?

John podia ser jove i inexpert, però no pas idiota i poc se li podia escapar que el fet que Mansfeld no fos allà de ben segur significava alguna cosa important, pensava de pressa. Podia suposar que algú havia llegit els informes, havia trobat aquell detall, havia cregut que era cert i havia parlat amb Barrow que ja feia dies que buscava la manera de desfer-se de Mansfeld per enlairar el seu protegit... I és clar! Quina millor manera de fer-ho que deixar Mansfeld amb el cul enlaire? Per altra banda, allò podia ser positiu per a ell, perquè li podia permetre escapolir-se de la mala llet del seu cap. Calia aprofitar l'avinentesa.

—Això, tal com indico, significaria un estalvi d'esforços, de diners i de vides i un enllaç més efectiu i més segur amb els interessos que l'Imperi manté a l'Índia, a Xina i a tota la costa asiàtica. Estic convençut que és el que Badia buscava per compte del govern espanyol. Però, quan va tornar, tot havia canviat —va respondre.

—L'emperador francès estava molt interessat, pel que hem pogut saber, en construir un canal que unís el Mediterrani amb el mar Roig, però els seus topògrafs van dir que hi havia una diferència d'altura i que caldria fer-hi rescloses. ¿Per què, doncs, Badia no va explicar a Napoleó o a Josep I el que havia trobat, si és que hi havia trobat alguna cosa? —demanà Barrow.

—Perquè encara no hi havia trobat res.

—Per què creieu que va tornar, llavors?

—Per la raó més elemental: els diners —respongué John amb un somriure—. Recordeu que Godoy ja tenia problemes pertot arreu, el príncep Felip conspirava contra el seu pare Carles IV, Napoleó hi posava cullerada... En fi, que Badia o Alí Bei era la més petita de les preocupacions de la corona espanyola o del primer ministre espanyol.

—Bé —va fer Lord Parry bellugant el cap amunt i avall, lentament, mentre meditava.

—Si em permeteu, jo diria que hem tingut molta sort —John seguí parlant i els altres tres se l'escoltaren—. Si Badia es va quedar sense diners i no va tenir temps de trobar la ruta, significa que encara disposem d'una oportunitat. Com se'n desprèn fàcilment, excuso dir que si algú se'ns avancés perdríem una ocasió històrica de fer-nos amb el comerç... —afegí gairebé sense ni tan sols respirar.

—No tan sols perdríem una oportunitat única, sinó que França o Espanya o qui aconseguís aquesta ruta tindria la clau de tota l'economia des del Mediterrani fins a les costes més allunyades d'Àsia. Per tant, no podem deixar que ningú se'ns avanci —el tallà Lord Parry tot negant amb forts moviments de cap—. Què se us acut que podem fer?

—Envieu-hi exploradors. Badia parla d'un mar interior a l'Àfrica i de la possibilitat que estigui connectat amb l'oceà Índic.

El primer que trobi la ruta haurà guanyat la partida —digué John, en to d'evidència.

—Hem viscut anys difícils i hem perdut una bona colla d'homes molt valuosos. Ara hem de solucionar problemes més urgents i anem curts de personal. No podem enviar ningú i tampoc podem córrer cap risc, perquè com molt bé heu dit és molt el que ens hi juguem si no aconseguim el control de les rutes amb l'Orient. La nostra única esperança és entorpir el treball dels altres fins que no ens trobem en condicions de competir amb avantatge —respongué Lord Parry—. Hi esteu d'acord, senyors?

Es va fer un silenci i tots els presents assentiren.

—Richelieu és el nou home fort de França i Talleyrand ja no hi compta —seguí parlant Lord Parry—. Segons tenim entès, Badia va viatjar al Marroc amb una carta de recomanació de Talleyrand, quan era ministre de Napoleó. Si, ara que ja no existeix la preocupació de Napoleó, Talleyrand convencés Richelieu, la nostra situació seria extremadament delicada. No ens convé fer res que ens posi en contra del cap del govern francès —llavors va mirar John directament als ulls—. La vostra tasca és impedir que Richelieu o el rei Lluís XVIII, o qui sigui, s'escolti un aventurer i caigui a la temptació de proporcionar-li medis i diners per emprendre una expedició.

John es quedà pensarós. Impedir que Richelieu o Lluís XVIII s'escoltessin Badia? Però, què deien aquells homes? Si precisament Richelieu no en volia sentir ni una paraula! Això era el que deia la carta de Cobbett. Encara que ben mirat, ningú no havia vist aquella carta i un encàrrec com aquell podia ajudar-lo de valent a prosperar. Ell no era cap babau, aquella representava la gran oportunitat d'escapar de les urpes de Mansfeld i, evidentment, l'aprofitaria.

—Entesos, Lord Parry —John assentí de nou amb un cop de cap—. L'únic problema és que el senyor Mansfeld, si em permeteu dir-ho, no hi creu gaire en aquest afer i...

Lord Parry va mirar alternativament Barrow i Young i acabà mirant John.

—Això no serà cap obstacle —exclamà Lord Parry—. Es crearà un nou departament, fora de les atribucions del senyor Mansfeld, que s'ocuparà únicament d'aquest afer. El vostre superior és, a partir d'ara, el senyor David Young, que reportarà directament al senyor Barrow.

—Entesos, Lord Parry —assentí John per tercer cop, procurant amagar el somriure de felicitat. Llavors es tombà cap a Young—. Suposo que algú comunicarà al senyor Mansfeld... ¿O potser ho haig de fer personalment?

En aquell precís instant van sonar uns cops a la porta. Lord Parry va donar permís per entrar i va aparèixer un criat que caminava de puntetes fins al senyor de la casa i li deia alguna cosa a cau d'orella. Lord Parry s'aixecà de la cadira, es va disculpar i s'atansà fins a la porta, on va parlar amb algú que li lliurà una carta. La va obrir i va llegir-ne el contingut mentre tothom romania pendent d'ell. El seu rostre va anar canviant a mesura que avançava en la lectura.

—No hi ha resposta —va fer, mentre plegava la carta i se la guardava a l'interior de la jaqueta.

El criat va sortir i tancà la porta. Lord Parry s'atansà als tres homes que el miraven amb interès, s'assegué de nou i es dirigí a John.

—El senyor Barrow parlarà amb el senyor Mansfeld i el posarà al corrent de tot. Gaudiu de la vetllada, però no us retireu gaire tard. Demà us espera molta feina —digué, i afegí després d'un petit silenci—. A tots plegats ens espera molta feina.

Era evident que la conversa s'havia acabat i John s'aixecà de la butaca, va fer una lleugera reverència amb el cap i abandonà el despatx.

Un cop arribà al saló va prendre una copa de xampany i va fer-hi una ullada. Lord Parry havia estat molt explícit i ell habitualment en tenia prou amb una insinuació, però no es volia perdre l'ocasió de ser entre gent de tanta qualitat. Possiblement, mai més no es tornaria a repetir una circumstància com aquella. A més, ja duia unes quantes copes i se sentia un xic eufòric.

Malauradament, poc després va descobrir que l'interès que la seva jaqueta havia desvetllat entre els convidats s'havia esvaït completament.

Va intentar trobar amb la mirada el senyor Brummel... Perdó, el seu nou amic Beau. I finalment el va descobrir envoltat de diverses dames. S'hi va atansar i, just quan anava a fer-se un lloc entre elles, va copsar la mirada d'un petit grup de cavallers que havien aturat la seva conversa per centrar la seva atenció en ell. Llavors va recordar les paraules de Lord Parry, sobre fer contents els homes, i va decidir que el millor era retirar-se discretament.

Una estona després, cansat d'anar amunt i avall amb una copa buida a la mà, sense haver pogut creuar ni una paraula amb ningú i amb la certesa absoluta que ja havia complert el seu paper de model i que ja no hi tenia res més a pelar, va decidir que havia arribat l'hora de desaparèixer. La fama és efímera, va bellugar el cap amb resignació.

Un cop va recuperar l'abric, el barret i la bufanda, John es demanà com tornaria a casa seva. Amb una llarga passejada, naturalment.

Uns dies després, el to que va emprar Mansfeld no va ser precisament amical. John ja s'ho havia ensumat, que al seu cap no li faria gens el pes assabentar-se que el seu subordinat (ex-subordinat, havia de corregir) havia estat convidat a casa de Lord Parry i, menys encara, que havia rebut un encàrrec especial, mentre que ell ni tan sols havia estat informat. Ah! I, per si fos poc, s'escapolia de les seves urpes.

John, en compensació, bé li podia haver fet cinc cèntims de com havia resultat d'avorrida la vetllada i de la llarga caminada en solitari que el va dur fins a casa seva. Sí, ho podia haver fet i segurament el senyor Mansfeld s'hauria sentit mínimament reconfortat, però no ho va fer. Ben al contrari, encara va carregar les tintes i li va explicar l'èxit que havia tingut amb la seva jaqueta, disseny del gran Beau Brummel.

Mentre el jove Piech recollia les seves pertinences per traslladar-se a un despatx situat al final del passadís, en els dominis del director Barrow, amb una bona finestra, llum natural i una taula més gran, Mansfeld es va presentar amb un plec de carpetes. John va tenir un pensament que va qualificar de divertit. Quan no era ningú, el tractava com si fos una deixalla; ara, que havia aconseguit interessar Lord Parry, Mansfeld es comportava com un llepaculs.

—Suposo que necessitareu tota la informació del cas Badia —va fer Mansfeld.

John va inclinar lleugerament el cap per donar a entendre que sí, però no va badar boca.

Mansfeld es disculpà i se n'anà. John somrigué satisfet.

I tots contents.

La vida sempre és plena de sorpreses, pensava John Piech amb un ampli somriure, mentre endreçava totes les carpetes en l'arxivador del seu nou despatx. No se n'havia sortit, del seu intent per esbrinar com havia anat a petar aquell informe a la taula de Young i havia arribat a la conclusió que era un misteri: potser algú l'havia agafat per error o se l'havia endut sabent el que feia o... O què? No hi havia gaires més explicacions. Ell l'havia deixat allà personalment i no podia ni imaginar que Mansfeld l'enviés a Young.

Tanmateix, al final, ben mirat, quina importància tenia? El fet cabdal era que Young, en donar una ullada a aquelles pàgines, segurament va copsar de seguida que l'afer Badia podia esdevenir una oportunitat per algú despert i intel·ligent i s'ho va manegar per fer veure Barrow que calia rescatar Alí Bei. I segurament Barrow va veure l'oportunitat de malmetre un xic la imatge de Mansfeld, tot invocant la memòria de Greene i explicant que aquell afer ja havia despertat l'interès del sempre recordat i mai ben ponderat Sir Alfred Gordon. L'única cosa que de debò el sorprenia era que el mateix Mansfeld li hagués lliurat tota la documentació del cas Badia. Qualsevol altre hauria mirat de negar-li, encara que només fos per fer la guitza. Bé! Potser havia jutjat malament Mansfeld i, en el fons, era un bon home.

Ai! Qui estava resultant ben bé un personatge digne d'estudi era el seu nou cap David Young, seguí reflexionant Piech. A la seva edat seguia solter i era un ésser solitari, però eficient i ambiciós. En el poc temps que treballava al seu servei, havia descobert que aquell home ho havia de mesurar tot, ben apamat. Possiblement perquè no gaudia d'excessiva imaginació i no gosava enlairar els seus pensaments més enllà de dos pams del terra. Tanmateix, a l'altre plat de la balança calia posar-hi que, quan afirmava una cosa, ja hi podies pujar-hi de peus, que no s'ensorrava. A més, ell li queia bé. D'això no en tenia cap dubte. Young el considerava jove i inexpert, però amb moltes possibilitats. John somreia davant d'aquesta valoració. Fer creure algú que és molt intel·ligent i que totes les idees surten d'ell és la millor manera d'aconseguir la seva simpatia. Això no falla mai. Per aquesta raó John s'havia guardat a la màniga les dues darreres cartes que havia rebut de Cobbett. Ara havia arribat el moment de posar-les damunt la taula. I ho va fer.

—Com vós sempre dieu, he procurat no especular, sinó deduir —va fer—. Les dades apunten que Badia podria ser admès dins la francmaçoneria. El duc de Berry, nebot del rei Lluís, és dignatari del Gran Orient, i el duc de Decazes i el senyor Choiseul, així com el comte de Segur ostenten els càrrecs de Grans Comanadors. Aquesta circumstància el situaria a l'òrbita del rei Lluís i per damunt de Richelieu, que sembla que encara s'hi oposa. Tot això ens duu a pensar que l'expedició podria ser imminent.

—Excel·lent, John —somrigué Young—. Això, com molt bé dieu, ja no és especulació, sinó pura deducció.

John li dedicà una lleugera reverència amb el cap i sortí. Quan va tancar la porta, gairebé se li escapà una riallada. «Això, com molt bé dieu, ja no és especulació, sinó pura deducció», el va parodiar.

*** ***

—Cent dies. Justos. Ni un de més ni un de menys —Young va deixar escapar una petita riallada. No deixava de ser un nombre curiós.

—Segur que en són cent justos? —demanà Barrow.

Ambdós es trobaven al despatx de Lord Parry, que els havia cridat.

—Feu-ne el compte —respongué Young—. Des del dia 20 de març fins al 28 de juny, que és quan Napoleó ha embarcat desterrat cap a l'illa de Santa Elena, són cent dies.

—I Santa Elena ja és prou lluny? —preguntà Lord Parry.

—Es troba a unes vuit-centes milles a l'oest de la costa africana, i a més de mil milles al sud del golf de Guinea. Es tracta d'una petita possessió que la corona té enmig de l'oceà Atlàntic —informà Young—. No és probable que pugui abandonar la seva reduïda llibertat.

—Heu dit cent dies? —demanà de nou Barrow.

—Cent justos —repetí Young amb bon humor—. Hi ha qui ha començat a dir que, a partir d'ara, tot governant rebrà cents dies de gràcia per demostrar el que és capaç de fer.

—El poble té una imaginació desbordant, com també és cert que la seva veu amaga una saviesa que cal tenir molt en compte —digué Lord Parry.

Young va assentir. Aquella idea de donar cent dies de gràcia havia sortit de llavis de John Piech, però Young s'havia estimat més dir que era el poble anònim el que havia arribat a aquesta conclusió. No convé donar massa importància als subordinats.

—Bé! —exclamà Lord Parry per deixar tancat aquest detall i poder-se centrar en el motiu principal de la reunió—. Ja tornem a estar en circumstàncies normals i hem de recuperar el ritme habitual. L'afer Domènec Badia...

—Precisament us en volia parlar —intervingué Young.

—Hi ha novetats? —s'interessà Lord Parry.

—Fortes novetats, si em permeteu dir-ho, senyor —Young va fer un curt silenci i, en veure que Lord Parry aixecava les celles, seguí—: Semblaria que Badia persegueix entrar a la francmaçoneria. Això li proporcionaria contactes i recolzament que podrien arribar fins al mateix rei Lluís de França. Us recordo que el duc de Berry, nebot del rei Lluís, ocupa el càrrec de dignatari del Gran Orient, i que Decazes i Choiseul, així com el comte de Segur són Grans Comanadors —Young repetí fil per randa les paraules que el seu subordinat havia pronunciat.

Evidentment també va amagar que aquelles deduccions les devien a John Piech.

—Això ja és preocupant —mormolà Lord Parry—. Podem impedir-ho?

—Ja ho hem intentat, però disposa de bons padrins i és pràcticament un fet —respongué Young.

Lord Parry es quedà pensarós.

—Hem de trobar la manera d'entorpir que Badia obtingui els permisos per l'expedició —va fer.

—No serà gens fàcil, senyor, però no us hi amoïneu, que ja hi estem treballant.

—A qui hi heu destinat? —demanà Lord Parry.

—John Piech, senyor —va fer Young.

—Bé, molt bé! És un jove que em va causar molt bona impressió el dia que el vaig conèixer i confio en ell —sentencià Lord Parry.

—Jo també hi confio, senyor —Young somrigué.

—Doncs, posem fil a l'agulla.

Barrow i Young van fer una reverència amb el cap i abandonaren el despatx.

4.- PROU!

Entre els amics que Badia havia fet a París, i més encara després d'haver estat admès a la francmaçoneria, s'hi comptava el comandant Dambert, un antic militar que havia estat ferit en diverses ocasions i condecorat. Es tractava d'un home d'aspecte ferm que caminava amb el cap ben dret i una mà a l'esquena, lluïa un imponent bigoti i parlava amb certa afectació. El seu passat d'heroi als camps de batalla li permetia mantenir contactes que resultaven de molta utilitat. Tant era així que sovint el comandant Dambert era portador d'alguna notícia que no estava a l'abast de qualsevol mortal o, si ho estava, ell en tenia coneixement abans que els altres. Va ser per aquest conducte que Domènec s'assabentà a l'abril de 1816 que François de Chateaubriand tenia intenció de presentar a la cambra dels pars un projecte per acabar amb la pirateria barbaresca. Davant d'aquest fet, que ell no va dubtar de qualificar com la més neta confirmació de les seves teories, s'avançà per fer arribar a Richelieu una nova memòria en la qual explicava que eliminar la pirateria resultava il·lusori si abans no s'establia una colònia a l'altre costat del Mediterrani, tal com ell havia proposat mesos enrere. Tanmateix, no hi va haver res a pelar. Richelieu continuava considerant que aquell fantasiós projecte no tenia ni solta ni volta, i el suposat general Domènec Badia (tal com l'anomenava el duc) seguia sense ser sant de la seva devoció.

A Londres, John Piech va rebre un missatge de Cobbett en el qual li deia que mentre Richelieu fos al capdavant del govern de França, resultava clar que Badia no aconseguiria ni un sol franc. Ben mirat i encara més ben adobat, aquella notícia es convertiria en el seu gran èxit, pensà tot cofoi. Va redactar un informe, adjuntant-hi la carta i va sortir del despatx per anar a veure Young. No havia caminat ni quinze passes quan es va trobar amb el senyor Mansfeld, que el saludà amb educació. John respongué a la salutació i seguí caminant.

—Per cert, senyor Piech —es va sentir que feia la veu del seu antic cap, i John es va aturar i es tombà—. Suposo que us haig de felicitar.

—Amb motiu de què, senyor Mansfeld? —demanà John.

—Els rumors apunten que heu aconseguit que Richelieu no s'escolti Domènec Badia —digué Mansfeld, tot afegint-hi una lleugera reverència.

—No puc negar que, si fos així, una part del mèrit em correspondria —respongué John, però sense donar res per segur. Amb el senyor Mansfeld sempre s'havia d'estar a l'aguait.

—Més aviat diria que bona part del mèrit —el lloà el senyor Mansfeld, i afegí—: Un cop tancat aquest afer, i havent demostrat la vostra vàlua, podreu tornar al lloc que ocupàveu. Ja us tinc preparat un assumpte que estic ben segur que us agradarà. De nou us felicito, senyor Piech.

John va veure com Mansfeld marxava pel passadís i es quedà pensarós. Sempre s'han d'estudiar les dues cares de la moneda i veure quina és la més favorable. Per un costat allò era un gran èxit. Havien aconseguit (si més no, així ho faria veure) aturar Badia. Però, aquell èxit, tal com indicava Mansfeld, també significava que l'afer Alí Bei podia quedar tancat i llavors el departament creat amb Young i amb ell ja no tindria raó de ser. I

Mansfeld ja l'esperava amb un assumpte que... Ni parlar-ne! No ho podia permetre! Tornar a caure sota les ordres de Mansfeld seria un desastre!

Com ho podia impedir? Evidentment, aquella informació tard o d'hora hauria de passar a mans del seu superior. No calia donar-hi més voltes, sobretot si els rumors eren tan insistents que el mateix Mansfeld n'estava al corrent. Quins rumors?, es demanà de sobte. Com podien haver rumors, si l'únic que sabia que Richelieu no... era ell?

Tant és!, va fer. Ara tenia problemes més urgents per resoldre. Havia de guanyar temps, trobar l'argument que impedís que Young parlés amb Barrow i buscar una sortida digna. De manera que tornà al seu despatx i va dedicar tot el matí a repassar de dalt a baix l'afer Badia a la recerca d'alguna idea brillant. Finalment, cap al migdia, la va trobar. Li va donar voltes i més voltes. Era ben sòlida! Va refer lleugerament l'informe i, en acabar, va considerar que ja podia anar a parlar amb Young.

—Excel·lent, John! —va fer el seu cap amb un ampli somriure, després de llegir l'informe—. El senyor Barrow estarà molt satisfet i segurament Lord Parry ens felicitarà personalment. Un gran èxit!

—Potser sí, senyor Young —John va deixar escapar aquesta frase sense gaire entusiasme.

Young va aixecar els ulls i es va quedar mirant el seu subordinat, el to de veu del qual no li havia fet el pes.

—Passa alguna cosa?

—I si Richelieu ens estigués enganyant? —respongué John.

—Enganyant-nos? —demanà Young, sorprès i interessat—. En quina cosa? Cobbett deixa ben clar que Richelieu ha arxivat definitivament el cas Badia.

—No sé... —va fer John dubtós—. Tinc com un neguit que em diu que hi ha alguna cosa que se'ns escapa —es va gratar la barbeta, bufà diversos cops i aixecà les celles—: Hi ha un detall... —va fer, i deixà la frase penjada.

—Voleu parlar clar, si és que hi ha alguna cosa que jo també haig de saber! —exclamà Young, un xic alterat.

—Imaginem que Richelieu persegueix que pensem que Alí Bei no és important. Què fa? Jo ho tindria ben senzill. Ordenaria arxivar l'afer i llavors el senyor Barrow o Lord Parry s'empassarien la bola i ordenarien abandonar la investigació — John va mirar significativament el seu superior.

—En què us baseu per imaginar això?

—Recordeu aquella carta de Cobbett, just quan Mansfeld m'havia ordenat tancar el dossier? Aquella que duia una postdata que deia que Richelieu havia enviat al ministre de policia les memòries de Badia —va fer Piech, i Young assentí—. Aquest detall em recorda unes altres memòries que van estar damunt la taula de Godoy durant força temps i que un agent nostre, Tom Headking, segons consta en el dossier de Domènec Badia, va copsar que tenien una importància cabdal. M'estic referint a l'afer del globus —aclarí.

—Insinueu que podria passar el mateix? —Young posà cara de babau.

—Si Lord Parry ordena tancar aquest departament, nosaltres no... —John també va deixar penjada la frase.

—No serem necessaris —Young acabà la frase i es quedà pensarós. De sobte es va esgarrifar, però reaccionà—: Vull dir que l'afer quedaria tancat per sempre més, segurament tornaríem a les nostres habituals ocupacions i mai no en sabríem la resposta.

—Exacte! —va fer John, tot afirmant amb el cap—. L'afer Badia quedaria mort i Richelieu possiblement ens hauria enganyat.

—Que és, ni més ni menys, el que podria estar buscant el primer ministre francès —digué Young, mentre també afirmava lentament amb el cap.

No era cap babau i havia entès el missatge que John volia passar-li: la seva bona vida podia acabar-se immediatament.

—Això és el mateix que penso jo —confirmà John.

Allò constituïa tota una conversa amb un llenguatge farcit de segones intencions i terceres lectures que ambdós dominaven a la perfecció.

—No podem permetre que un engany tan... tan... groller condueixi el senyor Barrow o Lord Parry a prendre una decisió equivocada —Young alçà les celles—. No esteu d'acord amb mi?

—Absolutament d'acord —John confirmà de nou els raonaments del seu superior—. Nosaltres estem aquí per evitar errors i abans de fer arribar aquest informe, hauríem de comprovar-ne la veracitat. Millor dit: comprovar que Decazes segueix tenint les memòries damunt la taula, com Godoy en el seu dia. Això podria constituir una prova evident que ens estan enganyant.

—Excel·lent, John! Sí. El millor serà esperar pacientment fins que arribin més notícies. Envieu una carta a Cobbett ordenant-li que intensifiqui la vigilància. Sobretot ens interessa tot allò que estigui relacionat amb el ministre Decazes. Entesos?

—Entesos, senyor.

John es va dirigir cap a la porta, però la veu del seu superior el va aturar.

—Guardeu aquest informe fins que us avisi.

—I no seria millor que el guardéssiu vós? —replicà John.

Young el mirà fixament i li allargà l'informe amb energia. El missatge era clar com la llum del dia: si algú descobria el pastís i algú se les havia de carregar, evidentment no seria ell. Les coses funcionen així i les patates calentes se les queda el de menor rang.

—Com vós maneu, senyor Young —acceptà John, agafà l'informe i sortí.

Se l'enduria a casa. Home! No era pas idiota i no deixaria que algú el trobés per casualitat i...

Vés per on, encara li hauria de donar les gràcies al senyor Mansfeld. I és clar que el pobre no era tan intel·ligent com deien, va pensar John tot divertit. Però, llavors, va tornar a pensar en els rumors que havia esmentat el seu antic cap. D'on havien pogut sortir?

*** ***

Durant la primavera van veure la llum del dia les edicions anglesa, alemanya i italiana de l'obra de Badia. Millor dit: d'Alí Bei. Perquè ell seguia entestat a conservar l'anominat davant el gran públic. Per si algun dia havia de tornar a utilitzar aquella disfressa, deia als amics. El fet és que a Europa tothom en parlava. I així va transcórrer un llarg estiu sense cap entrebanc ni cap novetat digna de ser ressaltada, excepte la nova recaiguda de Domènec. Ni el fetge ni els ronyons no li perdonaven els canvis d'estació. I aquella tardor, a més a més, va haver de sumar-hi els budells. Hauria de visitar un bon metge, va concloure. I de què serviria? Prou que ja coneixia totes les respostes.

—Àfrica té aquestes coses —li havia dit aquell metge a Damasc.

Com es deia...? Richard Chaboceau. Exacte! I era un gran metge, coneixedor dels desastres que podien fer les aigües d'aquelles contrades, però que també estava al corrent dels efectes de les orgies, de les drogues i dels excessos en tots els sentits.

—Heu de deixar els licors, el cafè, el vi, els greixos i altres coses. Vós ja m'enteneu... —li havia aconsellat.

Sí! I anar a dormir d'hora i no fer més excessos amb tots els plaers i no... i no... i no...

Va seguir aquell assenyat consell i durant un temps va fer bondat. A Còrdova i, després, durant els primers temps a Madrid. Tanmateix, qui alguna cosa vol, alguna cosa ha de pagar. Alternar amb la gent que pren les decisions té el seu preu i Madrid, amb els ministeris, els funcionaris i els polítics, reclama un tracte especial. ¿O, potser, algú pot imaginar que el seu lloc d'intendent a Segòvia va aparèixer per casualitat? A partir d'aquí només havia de ser prou hàbil per implicar en les seves orgies de Madrid a qui prenia decisions i veure com se li proposaven nous càrrecs en províncies que no coneixia i que va anar rebutjant fins que li van oferir tornar a Còrdova amb el nou càrrec de prefecte, que sumava les funcions de comissari reial i d'intendent. Qui es conforma amb les engrunes quan té la taula plena de menjar? Allà, a la seva estimada Còrdova, va poder tornar a fer bondat, però aquell malparit de Goudinot, estúpid, incompetent i capriciós, va fer arribar les seves queixes al ministeri donant-los forma de sospites. En fi, que seria molt llarg recordar totes les aixecades i les caigudes en el vici per culpa de tots els imbècils que no feien altra cosa que posar-li pals a les rodes. Per què, llavors, hauria de visitar un metge, si no seria capaç de seguir les instruccions?, va fer, i no hi va anar.

Just a l'entrada de la tardor, concretament el dia 23 de setembre de 1816, a mig matí, la campaneta de la porta del 25 de la Rue de Grands-Augustins va sonar amb insistència. Poc després la criada avisava Maria Lluïsa que s'atansà fins el vestíbul per escoltar el missatge que li duia un dels servents de la seva filla.

—M'envia la senyora de Lisle de Sales. El senyor ha patit un atac de cor.

—Déu meu! Envieu un avís al meu marit, que ha anat al cafè de Matillon —ordenà a la criada que havia obert la porta i es dirigí a buscar el barret per seguir el servent fins al cotxe que l'esperava a la porta. Allà s'aturà un instant, es tombà cap a la criada i digué—: Si no he tornat a primera hora de la tarda, que algú vagi a buscar Josep a l'escola.

—Així és farà, senyora —respongué la criada i esperà fins que el carruatge va desaparèixer.

Quan la senyora Badia va arribar al palauet del seu gendre, va trobar Asun amb cara d'espantada. La seva filla la va informar que el metge l'havia obligat a abandonar l'habitació i que encara no havia sortit ni havia dit res. Les dues dones s'assegueren a la sala i una criada els va dur cafè calent.

Molt després van sentir la veu de Domènec. Tant es triga des del cafè de Matillon?, es demanà Maria Lluïsa, però va callar. No era moment per fer-se aquelles preguntes.

Domènec va entrar directament a la sala i Asun es va aixecar de la cadira. Ell es va atansar i la va abraçar.

—He vingut tan aviat com he pogut. Què hi diu el metge? —demanà.

—Fa més de dues hores que és dins i encara no en sabem res —respongué Maria Lluïsa.

—Claude és fort com un roure —Domènec somrigué i abraçà amb més força la seva filla—. Se'n sortirà.

—Pare, voleu una tassa de cafè? —li oferí Asun.

—Sí, gràcies —acceptà ell, acompanyà la seva filla fins al sofà, on la va deixar, i s'assegué en una butaca gran, de cuiro, que hi havia a un costat, just davant la tauleta on reposava la safata que havia portat la criada.

Maria Lluïsa va omplir una tassa de cafè i hi ficà dues culleradetes de sucre, tal com sabia que li agradava al seu marit. Després es dirigí cap al sofà per seure al costat de la seva filla. Es va fer un silenci. Asun mantenia la mirada baixa i jugava amb les puntes del mocador que tenia entre les mans; Maria Lluïsa, al seu costat, li passava la mà per l'espatlla amb tendresa; Domènec, amb l'esquena ben recta i un posat digne, sostenia el platet i la tassa de cafè. Els seus ulls no miraven enlloc, sinó que romanien perduts mentre s'atansava la tassa de cafè als llavis i bufava damunt del líquid, que estava prou calent. Maria Lluïsa el va observar, però li era impossible esbrinar o imaginar el que podia estar pensant. El seu marit, quan les circumstàncies se sortien de l'habitual, era imprevisible.

—Has de ser forta, filla —va dir Domènec, de sobte—. Tanmateix, no estaràs sola. Som els teus pares i vetllarem per tu.

Maria Lluïsa anava a replicar que potser no era ni el moment ni l'ocasió de dir aquelles paraules, però no va poder. En aquell precís instant s'obrí la porta i la criada va deixar pas al metge. Domènec es va aixecar gairebé d'un salt.

—Com està el senyor de Lisle de Sales? —demanà.

El metge entrà lentament i es dirigí cap a l'únic home que hi havia a l'estança. Era més fàcil dir el que havia de comunicar mirant a un home que no pas a una dona.

—El senyor de Lisle de Sales ha patit un atac força greu i està molt dèbil. És gairebé un miracle que se n'hagi sortit. Ara tot és en mans de Déu.

La darrera frase era prou eloqüent. Asun va perdre el color de les galtes i Maria Lluïsa l'abraçà. Domènec respirà fondo i deixà anar tot l'aire dels pulmons, mentre adoptava un posat de circumstàncies.

—El podem veure? —va fer.

—Sí, però us prego que no el canseu en excés. El seu cor ha quedat molt delicat. Si necessiteu alguna cosa més, ja sabeu on podeu trobar-me.

Domènec acompanyà el metge fins a la porta.

—La ciència fa tot el que pot, però la natura ens ultrapassa i pren les seves decisions —digué el metge, abans de marxar—. Ara descansa, però val més que no us feu il·lusions.

—Gràcies per tot —va fer Domènec.

El metge li dirigí una mirada prou significativa. No ho havia volgut expressar tan clarament, però... En fi, que quan la mort truca a la porta no hi ha res a pelar.

Claude Baptiste Izouard de Lisle de Sales va morir aquell mateix vespre. La natura, com havia dit el metge, ja havia pres la seva decisió.

L'enterrament va tenir lloc l'endemà a la tarda i l'església s'omplí de gom a gom amb un bon plec d'amics, germans de la lògia i companys i col·legues de l'Institut de França. Va ser un comiat molt sentit. Claude era un home força conegut i estimat. No hi faltava ningú. Ni tan sols el jove Jean-Paul Casel.

La imatge de la viuda, rebent el condol de tothom, va constituir el trist quadre que va trencar el cor de Jean-Paul, que es va atansar i va besar aquella mà enfundada en un guant negre, mentre contemplava aquell rostre aixoplugat sota el vel fosc que pretenia amagar la seva pal·lidesa. En l'instant de pronunciar les paraules de rigor, el cos d'Asun va vacil·lar endavant i per no caure es va agafar a la jaqueta del jove. Maria Lluïsa de seguida la prengué pel braç.

—Ho sento —va fer Asun.

—Haig de ser un temps fora de París, però si puc fer alguna cosa per vós... —digué Jean-Paul.

—Gràcies —intervingué Maria Lluïsa.

Jean-Paul es retirà lentament. Era el primer cop que la tenia entre els braços, encara que només hagués estat un instant i en aquelles doloroses circumstàncies. Prou que voldria quedar-se a París, però havia de tornar a Clermont-Ferran i restar-hi uns mesos. Malauradament, no podia escapar-se'n.

Dos dies després un notari va llegir el testament del difunt. L'hereva universal era Asun. Tots els béns del difunt, sense cap exclusió, passaven a les seves mans. Domènec Badia, per la seva banda, era nomenat marmessor i amb l'explícit mandat que tingués cura de la seva filla que, sent tan jove com era, no gaudia de prou experiència i podia ser enganyada per algun desaprensiu.

Maria Lluïsa abraçà Asun i mirà el seu marit. Domènec no semblava gaire sorprès. Més aviat gens sorprès. Ella, evidentment, no estava al corrent que tot allò era ni més ni menys que el que ja havien pactat els dos homes.

L'endemà Domènec feia cridar l'administrador del seu gendre per assabentar-se de la fortuna que havia caigut en mans de la seva filla i de la qual ell en tindria cura i faria bones inversions.

—Diners, pocs —va fer l'administrador, un home d'aspecte gris i amb ulleres, calb i petit, que duia una cartera negra d'on anava treien documents per demostrar l'exactitud de les seves afirmacions.

—Bé, però tenia inversions —va fer Domènec.

—Inversions, si descomptem la biblioteca, que era la seva gran passió, i la casa, no n'hi ha cap —l'administrador negà amb lents moviments de cap.

—No és possible! —exclamà Domènec—. La llotja a l'òpera, els sopars, el teatre, les festes...

—Eren els pous que es van engolir la seva cada cop més exigua fortuna. No oblidem que es tractava d'un home molt gran i ja no tenia la mateixa força mental de sempre. En diverses ocasions li havia volgut fer veure que anava cap a una situació financera delicada, però no em volia escoltar. Deia que no se'ls enduria a la tomba —explicà l'administrador—. Fins i tot a mi em deu diners...

No se'ls enduria a la tomba. I tant que no! Ni ell ni ningú, perquè els havia fos!, meditá Domènec, amb ràbia.

Una setmana després el matrimoni Badia s'instal·lava a l'Hôtel de Lorges i abandonava la seva casa.

—Per què hem d'anar a viure allà? —demanà Maria Lluïsa —. Que vingui ella aquí. La nostra casa és més petita i no necessitem tant d'espai.

—Mantenir aquella casa costarà diners. D'altra banda, no veig per què hem de seguir pagant un lloguer —replicà Domènec.

—Sempre has dit que ens ho podem permetre. A més, ara i durant un temps, no tindrem tantes despeses perquè hem de guardar dol per Claude, sobretot Asun, que només sortirà per anar a missa i durant uns mesos no rebrà ningú.

—Ja ho sé, però no n'hi ha prou. Claude no va deixar gaire cosa, a part de la casa.

—Tenim problemes? —s'espantà Maria Lluïsa.

—No ben bé —somrigué ell—. Hi ha algunes inversions que no han donat el fruit que esperava, però no té importància. Amb aquesta decisió d'anar a viure a casa d'Asun, ho arreglarem tot.

Maria Lluïsa no ho va dir, però ho va pensar. El seu marit havia esmentat que algunes inversions no havien donat el fruit esperat. Quines inversions? En fi, que ara, ja no tenia cap dubte que Domènec confiava que, a la mort del seu gendre, trobarien una gran fortuna. Aquesta era la gran inversió que havia fet, i la sorpresa havia resultat majúscula. No hi havia res de res.

—Podríem llogar aquella i amb el que traiem pagar el lloguer d'aquesta...

—No diguis bajanades! —la tallà Domènec—. Què pensaria la gent? Que estem arruïnats? Aquella casa està molt ben situada i ens atorga prestigi social.

Dies després, quan ja s'havien traslladat, Maria Lluïsa va veure el seu marit que parlava amb el senyor Gilbert, li pagava el que se li devia, afegia una gratificació i li desitjava molta sort. Ja no calien els seus serveis per mantenir aquella immensa quantitat de documents i de llibres.

Després, quan el senyor Gilbert va marxar, es va asseure enmig de la biblioteca, contemplant les poselles que arribaven fins al sostre, farcides de volums.

—Trenta-sis mil llibres! —va fer ell, mentre deixava anar una riallada forçada—. Aquesta és la gran inversió del meu gendre.

—I la casa —li va recordar ella.

—Que no podem vendre —negà Domènec.

—Per què?

—No vas escoltar el que deia el notari? Asun no es pot desprendre de la casa fins quinze anys després de la mort de Claude. És la manera que ell considerava més adient per guardar la seva memòria —va fer Domènec amb un deix de menyspreu. I afegí en veu baixa—: Això no m'ho havia dit.

—Que n'havíeu parlat, del testament? —demanà Maria Lluïsa, sorpresa.

—M'havia fet algun comentari sobre que deixaria la casa a Asun... Res més. En fi... —Domènec va treure importància al tema amb un moviment de la mà que semblava voler espantar mosques.

—I ara què farem? —demanà Maria Lluïsa.

—No t'amoïnis. Ho tinc tot pensat —replicà ell, i abandonà la casa.

Tres setmanes després el senyor Barbier, director de la Biblioteca Nacional, rebia aquell home prim i més aviat baix que li havia estat recomanat per tres persones i per dos conductes diferents.

Barbier era un home d'uns cinquanta anys, gras, d'aspecte seriós i ben vestit. La seva veu era profunda i parlava mesurant cadascuna de les seves paraules.

Durant gairebé mitja hora Domènec li va exposar la idea de vendre-li tota la biblioteca de Claude. Barbier se l'escoltava amb interès, però de tant en tant posava cara de circumstàncies i mirava de negar amb el cap, però Domènec seguia parlant i parlant.

—No us en podeu fer ni una petita idea de la quantitat de documents que el meu gendre tenia —somrigué Domènec, esgotats tots els arguments—. Hi ha una col·lecció de cartes que haurien de ser aquí, i no pas en cap altre lloc. La meva filla no pot fer-se'n càrrec i jo tinc altres assumptes en marxa. Us n'he portat unes mostres —va treure un parell de cartes molt antigues i les hi va passar. Barbier les observà amb atenció mentre Domènec seguia parlant—. Us ofereixo aquest tresor, perquè no podem permetre que es perdi. I quan dic tresor, vull que tingueu ben present que el preu que demano és molt inferior al seu valor real.

—Bé, jo no... Vull dir que... Sí, és molt interessant, però...

—Rebutjar una oportunitat com aquesta és fer un pobre favor a França.

El bibliotecari va obrir les mans amb els palmells enlaire, manifestant una impotència que no sabia com explicar. Llavors, s'aixecà de la cadira.

—Em voleu acompanyar, senyor Badia?

Abandonaren el despatx i Barbier el conduí fins al soterrani: una immensa sala plena de llibres, feixos de paper, documents, mapes i carpetes.

—Senyor Badia, us he rebut perquè el senyor Cuvier de l'Institut de França ha insistit, però veig difícil fer una oferta per la biblioteca del senyor de Lisle de Sales, tot i què conec la seva vàlua i que existeixen peces d'una gran originalitat —explicà Barbier—. Ho faria de bon grat, si pogués, però després de tots els avatars pels quals hem passat, la situació de les arques de la biblioteca és més que precària i, d'altra banda, els constants canvis de govern ens ha deixat una tasca prou feixuga, si volem catalogar tots els documents que s'han produït en els darrers anys i que també formen part de la història de França —obrí els braços, tot abraçant la immensitat d'aquelles poselles i caixes plenes de pols —. Us n'adoneu, de tot el que hi ha aquí?

Domènec es va posar el barret a la porta de la Biblioteca Nacional. Si Barbier no podia comprar-li el llegat de Claude, ningú més no podria fer-ho. Idiota!, va fer tot pensant en el seu gendre. Ah, l'estómac! Quin mal que li feia! Es va plegar amb la mà al baix ventre.

Déu meu! Tota una vida dedicada a col·leccionar llibres i documents i ara no tenien cap valor per a ningú. Ell mai no havia entès aquest afany per guardar andròmines, coses velles i inútils que ningú no tornaria a mirar mai més. Feia riure. Una fortuna enterrada! Això era el llegat de Claude, el somiador, l'home que era feliç amb les aventures dels altres, però que era incapaç de viure la gran aventura de descobrir un nou món. El futur és el que compta i el passat no serveix per a res que no sigui aprendre i mirar cap endavant. Aquesta havia estat sempre la seva filosofia.

Encara no sabia com havia fet amistat amb un home com ell, que tenia un caràcter tan diferent. No podia imaginar-se Claude disfressat d'àrab, creuant el desert, navegant per mars desconeguts, coneixent gent d'altres races, tastant menjars que ningú no havia vist mai, parlant llengües que ningú no havia escoltat i contemplant cels amb uns colors que cap pintor havia estat capaç de plasmar en un quadre. Per a ell, allò era la vida i no pas estar-se tancat entre quatre murs farcits de llibres plens de pols.

Va respirar fondo, va redreçar l'esquena, ben recta, va agafar el bastó amb força i va començar a caminar. Ningú no l'aturaria. Ja havia passat per un tràngol similar, quan va perdre gairebé tots els diners amb l'aventura del globus, a Andalusia. Allà se'n va sortir i ara també se'n sortiria. No en tenia cap dubte.

*** ***

El dia 12 de febrer de 1817 va tenir lloc la batalla de Chacabuco i les tropes del general San Martín van derrotar les forces espanyoles de Maroto. A partir d'aquell instant, Xile adquiria la independència i Richelieu començava a veure la possibilitat que Espanya perdés totes les colònies d'Amèrica del Sud. Una oportunitat magnífica per establir relacions comercials amb els nous països que s'estaven creant i que França esdevingués el seu principal proveïdor de tot tipus de productes.

Arribada la primavera de 1817, Paul Bertin va incloure dins la carpeta de temes a tractar la petició d'una pensió que Domènec Badia havia enviat al duc de Richelieu.

—Què és això? —va fer el primer ministre.

—Ell està convençut que se la mereix —replicà el secretari.

—Arxiveu-la junt amb el seu famós pla d'establir una colònia a l'Àfrica i no em feu perdre el temps amb més bajanades —Richelieu llançà la petició a un extrem de la taula, on la va recollir el secretari.

A finals de la primavera la família Badia va haver d'acomiadar part del servei. Ja no podien suportar tanta despesa, havia fet Domènec. Maria Lluïsa s'adonava que tot s'anava deteriorant i que allò no podia ser altra cosa que un càstig ben merescut que el seu marit rebia per causa de tantes i tantes mentides. Les relacions entre ells cada dia anaven pitjor i evidentment Domènec havia ensopegat amb algú que semblava conèixer-lo prou bé. Per altra banda, Maria Lluïsa de tant en tant (molt de tant en tant!) rebia notícies de Pere i, si més no, sabia que estava bé.

Arribat l'estiu, el mes de juliol, Paul Bertin va tornar a incloure dins la carpeta un nou document, en aquest cas la segona petició d'una pensió per part del mateix Domènec Badia. En aquesta segona ocasió, hi havia una frase prou punyent: «La meva família viu a la misèria, mentre l'Estat i el comerç francès gaudeixen de milions que han d'agrair al meu treball i a les meves investigacions».

—Aquest home és increïble! Però, què s'ha pensat? —cridà Richelieu, ben enfadat—. No és altra cosa que un estúpid afrancesat. Un d'aquells que es van acostar a l'arbre que millor ombra els podia proporcionar, sense tenir en compte cap lleialtat, i que va haver d'abandonar el seu país i que ja no pot tornar-hi. ¿Com gosa demanar una pensió per uns serveis que van ser més una traïció que altra cosa? Envieu-li una carta i deixeu-li ben clar que no vull tornar a sentir parlar d'ell.

Domènec Badia va rebre la carta el mes d'agost. Havia dit a Maria Lluïsa que les inversions no anaven bé, però que aquella pensió els permetria recuperar la posició social que mereixien.

—Richelieu no és Godoy —va fer amb la carta a les mans.

—Què farem ara? —demanà Maria Lluïsa.

—Ens en sortirem —respongué Domènec amb el seu somriure de triomfador.

Quan es va quedar sol, però, el seu somriure s'escapçà. Richelieu era la seva darrera carta i ja no disposava de cap més porta ni de cap més recurs, a menys que ocorregués un miracle.

Un dia Domènec es presentà a casa amb un aire diferent. La seva esposa prou que coneixia aquella mirada plena de llum. Significava que acabava de tenir una inspiració. De les grans!

—Ja n'hi ha prou de dol —va dir Domènec quan eren a taula, dinant.

—Encara no fa un any que Claude ens va deixar —es queixà Maria Lluïsa.

—Som a França i els costums són diferents. A partir d'avui obrirem totes les finestres i reprendrem la nostra vida anterior. Vull que la llum i l'alegria tornin a aquesta casa —ordenà, i abandonà la sala amb pas ferm i decidit.

Asun no es va fer pregar gaire i va canviar de seguida el color negre per tons alegres i el somriure va tornar als seus llavis. Aquella mateixa setmana ja van assistir al teatre. Per a la jove viuda barrejar-se amb la gent, escoltar converses i rialles, sentir l'alegria al voltant i reprendre la vida social de París va significar que, de sobte, després d'una llarguíssima tardor grisa i d'un hivern glaçat el cel s'obria i els camps esclataven esplendorosos.

Durant els entreactes no va deixar de buscar Jean-Paul amb la mirada, amb l'esperança que es produís un miracle. Recordava haver-lo vist algun cop caminant per davant de casa seva, però ara ja feia dies que no apareixia. El pobre segurament se n'havia cansat. Potser el seu pare havia trigat massa a adonar-se que la capital de França no tenia els mateixos costums que Andalusia i que el dol es veia i es vivia d'una altra manera. Afortunadament la seva mare, tot i l'educació rebuda a Andalusia, no s'hi havia oposat. No obstant això, ella resava per tal que no fos massa tard per poder reprendre... més aviat encetar una relació amb Jean-Paul, perquè mai no havia començat.

Aquella nit Asun no es va adormir de seguida, sinó que romangué asseguda al costat de la finestra contemplant les estrelles i somiant. Quan finalment la son l'atrapà, va dormir com feia una eternitat que no ho aconseguia i l'endemà es va despertar quan el sol ja era al zenit.

Dos dies després, caminant pel carrer amb la seva mare, el cor se li va aturar. Jean-Paul acabava d'aparèixer davant d'ella amb el barret a la mà i un somriure encisador.

—Bon dia, senyores —saludà el jove amb una lleugera inclinació de cap.

—Bon dia, senyor Casel —s'avançà Maria Lluïsa.

—Com està el senyor Badia?

—Molt bé, com sempre.

—A vós no us demano com esteu, perquè us veig esplendorosa —va fer Jean-Paul. Després es tombà cap a Asun—. I vós, senyora de Lisle de Sales, enlluerneu.

—La que sí que enlluernava era Monique Lagarde, l'altre dia al teatre. Interpretava el seu paper divinament —respongué Asun.

—No n'estic al cas, perquè fa temps que no vaig al teatre. He estat molt atrafegat, viatjant, i tot just fa dos dies que he tornat —digué ell amb un somriure—. M'haig de posar al dia i, si vós dieu que l'obra és tan bona, bé hi hauré d'anar.

—Doncs no us perdeu tampoc *La flauta màgica* de Mozart —Asun va fer un petit gest amb les celles—. Nosaltres tenim previst anar-hi divendres.

—¿Si també hi vaig, em permetreu que pugi a saludar-vos a la vostra llotja?

—No, ja no ocupem la llotja —intervingué Maria Lluïsa—. Precisament l'hem deixada perquè a la pobra Asun li porta dolorosos records.

—Llavors, ens veurem al pati de butaques —va fer ell.

Les dues dones saludaren el jove amb un cop de cap i seguiren el seu camí. Jean-Paul contemplà Asun. Estava més maca que mai.

Quan ja s'havien allunyat unes passes, Asun mirà la seva mare.

—Per què heu mentit amb això de la llotja? —va fer.

—Què volies que li digués? Que l'hem deixada perquè ja no podem pagar-la?

—A mi em sembla que li importa ben poc la raó per la qual ja no la tenim —replicà Asun amb un somriure.

—Ja sé que el seu interès és un altre —Maria Lluïsa li tornà el somriure—. Però, mantenir les aparences sempre ajuda.

I seguiren caminant agafades pel braç, com si res no hagués passat.

Divendres anaven a entrar a l'òpera quan Domènec va dir que acabava de veure un conegut i cap allà se'n va anar. Poc després tornava acompanyat d'un home alt amb bigoti.

—Vull presentar-vos la meva esposa Maria Lluïsa i la meva filla, viuda de Lisle de Sales —va dir Domènec—. Maria Lluïsa i Asun, us presento el comandant Dambert.

El comandant va prendre la mà de Maria Lluïsa i la besà mentre mantenia l'altre braç a l'esquena. Després va fer el mateix amb Asun.

—El comandant ens ha convidat a la seva llotja —anuncià Domènec.

—Però... —va fer Asun, tot mirant cap a la porta que conduïa al pati de butaques.

—No t'amoïnis per les nostres localitats —digué Domènec, i agafà pel braç mare i filla per endur-se-les.

La llotja del comandant Dambert, que compartia amb la seva germana i el seu cunyat, era centrada. Des d'allà, Asun podia contemplar gairebé tot el pati de butaques i es va passar una bona estona buscant Jean-Paul, fins que el va trobar. L'òpera va començar, però Asun no escoltava la música. Només pensava en Jean-Paul. Quan va arribar l'entreacte, va mirar de sortir de la llotja i baixar, però el seu pare la retingué amb mil excuses tot explicant-li qui era el comandant i totes les batalles en les quals hi havia participat. Desesperada, es tombà cap a la seva mare, que havia encetat el que semblava una interessant conversa amb la germana del comandant.

—Mare, em podeu acompanyar al tocador?

—Jo també hi haig d'anar —digué la germana del comandant.

Quin desastre! La germana del comandant no es va separar d'elles ni un instant i quan va començar el segon acte, Asun sentia que la cara li bullia. L'hauria escanyada, a aquella estúpida que no parava de parlar i parlar.

En arribar el segon entreacte, Domènec va involucrar les dones dins la conversa i Asun es va veure obligada a participar-hi. Tanmateix, en aquesta ocasió, es va atansar a la balconada i va mirar el pati de butaques. Déu meu! Jean-Paul havia desaparegut. El va buscar amb la mirada, però no el localitzava. Finalment, quan ja anunciaven el tercer acte, el jove aparegué de nou. Ella resà amb totes les seves forces per tal que aixequés els ulls cap on era ella. La gent ja s'asseia i tot indicava que el tercer acte anava a començar de seguida. Asun coneixia prou bé el seu pare com per no saber que, acabada la representació, es faria l'orni i sortirien quan Jean-Paul hauria marxat.

De sobte, potser impulsat per una estranya força, el jove es va tombar i va mirar cap aquella llotja. En l'instant que les mirades es creuaren, Jean-Paul va fer una lleugera inclinació de cap. Asun somrigué i també inclinà lleugerament el cap.

—A qui saludes, filla? —preguntà Domènec.

—Al senyor Casel —respongué ella.

—Ah, sí! Ja el veig —va fer Domènec, i se centrà en l'espectacle.

*** ***

—No! —li va sortir de l'ànima, a Maria Lluïsa.

—Què vol dir que no? —va fer Domènec, sorprès i bocabadat.

—No ho permetré —negà Maria Lluïsa amb forts moviments de cap—. Aquest cop, no —insistí.

—No es tracta de cap ancià.

—Tampoc no és cap jovenet.

—El comandant Dambert...

—No! —cridà Maria Lluïsa.

Domènec s'aixecà i tancà la porta de la sala. El to començava a pujar, com ja passava des feia mesos, i el servei no havia d'assabentar-se del que discutien els senyors.

—Asun no fa pas mal paper davant d'ell —va dir Domènec, abaixant la veu.

—Què poc que coneixes les dones! Asun li fa bon paper sempre que el jove Jean-Paul Casel hi és present. L'art de la seducció té les seves regles.

—Ah, ja ho entenc! —va fer Domènec, deixant anar una rialla de burla que mostrava clarament la poca consideració que li mereixia aquell jove—. Pensava que aquest caprici femení ja s'havia acabat. Però, per això estem nosaltres: per fer-li veure el que li convé.

—No, no i no! —exclamà Maria Lluïsa, repetint-se insistentment.

—Què no te n'adones, que Jean-Paul és el tercer fill d'una família nombrosa? No té futur ni fortuna per mantenir aquesta casa, mentre que el comandant Dambert...

—Això és l'únic que et preocupa: els diners.

—Em preocupa el futur de la família. Tenim uns fills i hem de vetllar per ells. No podem permetre que cometin errors que hauran de lamentar per sempre més.

—Sí, ja m'ho has demostrat a bastament. Pere va fugir d'aquí i ja no l'hem tornat a veure...

—Jo sóc qui pren les decisions i els meus fills em deuen respecte i obediència. Pere és un desagraït —la tallà Domènec amb un deix de menyspreu—. Va fugir sense tenir en compte que jo tenia previst que ell...

—Tu sempre has tingut alguna cosa per a tothom. La prova més evident és Asun. La vas casar amb un... un... un... —Maria Lluïsa tampoc se n'hi va estar, de tallar el seu marit, tot i que no trobava la paraula adient. Per una banda volia expressar el rebuig que aquella boda li provocava ara, però per l'altra banda s'adonava que el pobre difunt no mereixia cap insult—. Algun cop t'has demanat què és el que els altres esperen de tu?

Domènec es va quedar en silenci. Era la primera vegada en tot el temps que havien viscut plegats que la seva esposa reaccionava amb aquella vehemència. Què havia passat?, es demanava. Ja feia mesos que havia notat que no li tenia tant de respecte com abans, i potser havia arribat el moment de treure l'artilleria pesant.

Es va atansar a ella, s'agenollà als peus de la cadira i li agafà les mans.

—Mariquita meva...

—No! —cridà Maria Lluïsa i es posà dempeus, tot apartant les mans d'ell—. No em tornis a dir Mariquita.

—Però què t'agafa ara? —Domènec va adoptar un posat d'estranyesa.

—No em tornis a dir Mariquita —va fer Maria Lluïsa amb ràbia—. No acceptaré, de cap de les maneres, que tornis a vendre la nostra filla per segon cop i la casis amb un estirat com aquest, un home que tot és façana.

—Vendre-la? Façana? Però, què significa això? —Domènec canvià el posat de sorpresa cap al d'ofès—. Dambert té fortuna, i no és cap engany, com va passar amb Claude. I jo no venc la meva filla, sinó que li proporciono un marit com cal. Què serà del nostre fill Josep? Encara és massa jove. Necessitem els diners.

—Vam arribar d'Espanya amb prou diners. Ara no em diràs que els has perdut tots! —replicà Maria Lluïsa.

Uf! Anava forta aquell matí. Domènec, amb la seva extraordinària habilitat d'actor, va fer un nou gir i exhibí la màscara de la tristesa. Bé l'havia de calmar.

—No sóc l'únic que ha tingut mala sort amb les inversions —va dir compungit i respirà fondo, mentre es duia la mà al pit com si li faltés l'aire—. A més, prou que saps que em trobo delicat i...

—De quines inversions m'estàs parlant? —Maria Lluïsa se'l mirava divertida, sense fer cas de la representació teatral del seu marit. Acabava de trencar totes les amarres, havia desplegat les veles i el vent bufava de valent—. ¿De festes i sopars, de les convidades als teus amics de l'Institut de França...? O dels generosos regals que has anat fent?

—Les relacions bé s'han de mantenir —replicà Domènec, desconcertat—. No es pot arribar a segons quins nivells sense invertir diners.

—No sabia que fer regals a cert tipus de dones ara es digués «invertir»?

Domènec va fer un posat tens, que de mica en mica va anar mudant en un altre que anava de l'ofensa a la sorpresa.

—Regals? A altres dones?

La seva esposa el contemplà. Era poc menys que increïble! Encara mirava d'emprar aquell truc de l'ofensa, quan de tothom era prou conegut que Domènec Badia freqüentava els cercles de major plaer de París, com molts altres cavallers que simulaven una seriositat i una respectabilitat que ni existia. Ella havia callat durant mesos i mesos, tot recordant les paraules de la seva mare: *«Bendita la aceitera que tiene para los de casa y para los de fuera».* Potser sí, però darrerament ja no hi havia oli pels de casa. No oli ni diners! Ja n'hi havia prou!

—A qui pretens seguir enganyant? —Maria Lluïsa se'l quedà mirant directament als ulls.

—Enganyar? —Domènec va fer un crit que espantà la seva esposa. Es va aixecar del terra i se n'anà cap a la finestra, respirant agitat.

No podia empassar-se que Maria Lluïsa hagués pronunciat aquell verb. Enganyar, havia dit. Però com podia gosar dir allò? Oh!

La seva esposa el mirava amb els ulls ben oberts, però sense tenir-li por. Havia dit tot el que havia dit conscientment i per primer cop a la seva vida no havia d'enfrontar-se a la sensació de culpa que se li enganxava quan veia el seu marit fora de to o compungit. L'havia ajudat sempre, en tot lloc i en qualsevulla circumstància. Va ser des de la fugida de Pere, perquè havia estat una veritable fugida, que tot va començar a canviar i ara ja havien arribat a un extrem ben allunyat.

—Tot ho he fet per vosaltres —va dir Domènec, amb veu gairebé trencada. Semblava que anés a plorar d'un moment a l'altre, com si el món s'hagués ensorrat damunt del seu cap—. Vaig marxar de casa, vaig viatjar amb perill de la meva vida, vaig...

—Prou, si us plau —va fer ella en to de súplica burleta, obrint les mans com si pregués. Després, el to va canviar i esdevingué menyspreu—. Aquesta història ja l'he escoltada massa vegades i ja no em convenç. No pretenguis enganyar-me altre cop. Tot ho has fet per tu. Fins i tot he arribat a pensar que et vas casar amb mi perquè t'interessava fer arrels a Granada i que vas acceptar el destí de Còrdova només perquè tenies el somni de fer volar un globus —va fer ella, i Domènec, en escoltar aquestes paraules, es va dur les mans al pit. Semblava talment que anés a patir un cobriment de cor. Tanmateix, Maria Lluïsa no va callar—. Sí. Un somni —va dir acompanyant-se de lents moviments de cap, i afegí—: Vas gastar tots els diners que teníem i ens vas arruïnar. ¿No te n'adones que si no arriba a ser pel teu pare, ho hauríem passat molt magre? Després vas anar a Madrid i vas enganyar Godoy amb un altre somni; vas viatjar i vas seguir enganyant tothom; vas tornar i, quan pensava que la nostra vida entrava en un oasi de pau, vas tornar a enganyar tothom i si no és perquè jo em vaig bellugar, encara series a la presó; vam fugir d'Espanya amb els diners que havies obtingut enganyant; em vas enganyar a mi i vas enganyar la teva filla per casar-la amb un vell decrèpit que pensaves que tenia diners... I encara vols fer-nos creure que tot ho fas per nosaltres?

—I tot ho he fet per vosaltres! —Domènec ja no podia suportar més temps aquella allau de retrets.

—Pare! —van escoltar que feia la veu d'Asun, espantada.

Es van tombar. Havien estat tan capficats amb la discussió que no s'havien adonat que la seva filla havia arribat amb el seu germà petit agafat de la mà.

—Déu meu! —va fer Maria Lluïsa.

L'expressió del nen, bocabadat, era el reflex exacte de l'impacte que acabava de rebre en escoltar tot el que havia dit la seva mare sobre el pare.

—Hola, Josep! —reaccionà Domènec i redreçà l'esquena ben recta tot creuant les mans pel darrere, mentre somreia—. Ha anat bé l'escola?

Tanmateix, el nen no respongué. Mirava els seus pares, incrèdul. Encara no era capaç de fer-se càrrec del que acaba d'escoltar de llavis de la seva mare i que malmetia la imatge d'heroi que tenia del seu pare.

—T'has de canviar i preparar-te pel sopar —va fer Maria Lluïsa, es dirigí cap a Josep, l'agafà de la mà i se l'endugué.

Un cop ja havien sortit, Domènec va bufar amb força. Asun no havia marxat amb la seva mare i romania dempeus, a la porta.

—La teva mare està una mica nerviosa... —somrigué Domènec i s'atansà a la seva filla per fer-li un petó.

—No em casaré amb el comandant Dambert —digué Asun, fent una passa enrere i rebutjant-lo.

—No és moment de parlar d'aquestes coses. D'aquí uns dies...

—Ni que m'ho demaneu ni que m'ho supliqueu ni que m'ho ordeneu —va fer Asun, es va tombar i va sortir de la sala.

Aquella nit, quan Domènec va pujar al dormitori, es va trobar la porta de la cambra tancada. Va trucar, però la seva esposa no va respondre.

Potser havia anat massa lluny, pensà. Brandà el cap i es dirigí a l'habitació de convidats. Ja se li passarà, murmurà. Sempre se li passava i després tot tornava a la normalitat.

No obstant això, el mateix va succeir les nits següents i Domènec va acabar per traslladar-se definitivament a aquella habitació i acceptar que Dambert no seria el miracle que tant havia esperat.

*** ***

El senyor Cuvier, antic company del senyor de Lisle de Sales, havia enviat una nota a Domènec. Volia parlar amb ell i el citava a l'Institut de França. Ara estaven asseguts a les butaques d'una de les sales de reunions. Ja feia dies i dies que Domènec buscava algú que l'escoltés i havia donat veus pertot arreu, però semblava que el seu poder de seducció havia minvat considerablement. Per això es va sentir un pèl preocupat quan va llegir la nota. Com s'havia de prendre aquella invitació?

Fos com fos, Domènec tenia un tarannà optimista. De manera que es va arreglar amb el seu millor vestit, tal com feia al Marroc quan rebia la invitació d'algun príncep, i va sortir al carrer brandant el bastó amb energia. Tard o d'hora arriba el miracle i tot canvia, exclamà per a ell mateix.

—Molé! —va fer Cuvier, de sobte, quan tot just encetaven la conversa.

—Com heu dit? —demanà Domènec, sorprès.

—Molé, el ministre de marina —repetí Cuvier.

—Perdó. No us segueixo —Domènec encara s'estranyà més.

—Aquest matí he parlat amb Chabon i m'ha dit que el comte Molé va fer un comentari elogiós sobre una memòria que vós vau enviar a Richelieu —explicà Cuvier amb un ampli somriure.

—No ho entenc. Richelieu no va mostrar cap mena d'interès —Domènec mirà el seu interlocutor amb un posat interrogador—. A més, Molé és ministre de marina i jo plantejo expedicions per terra.

—Precisament! —va fer Cuvier—. En certa ocasió vau parlar de l'existència d'un mar dins del continent Africà i de la possibilitat de trobar una ruta que comuniqués el Mediterrani amb l'oceà Índic. No és cert?

Domènec es va quedar pensarós. Una ruta que comuniqués el Mediterrani amb l'oceà Índic... Quan ho havia dit? En deia tantes, de coses, que no se'n recordava. Però, si Cuvier ho recordava, havia de ser veritat.

—Bé, no ho negaré pas —respongué amb aire de suficiència barrejat amb una pinzellada d'humilitat.

—Veieu ara la relació amb el ministre de marina?

Mediterrani, Índic, ruta... la marina... un mar interior... Això del mar interior ho havia escrit als seus llibres.

—Naturalment! —va fer amb entusiasme. I tant que hi havia relació! I si no hi era, ell la crearia.

—Tingueu present que ell va ser un alt funcionari de l'Imperi i segur que ha sentit parlar d'Alí Bei. Prepareu una altra memòria per a ell. Parleu abans amb Chabon, però. Ell us pot aconsellar.

—Chabon? —s'estranyà Domènec—. Jo pensava que ell sempre havia considerat les meves teories sense gaire entusiasme.

—Us equivoqueu. És Chabon, precisament, qui m'ha parlat de Molé.

—Oh!

Aquella tarda Maria Lluïsa va trobar el seu marit a la biblioteca. Havia menjat poc i amb preses, s'havia aixecat de taula sense haver fet les postres, havia abandonat el menjador sense dir una sola paraula i ara estava envoltat de tots els llibres que no havia pogut vendre de cap de les maneres. En consultava uns quants i escrivia com un foll.

No és que parlessin gaire, perquè des de la darrera discussió que va significar que ella tanqués la porta de la cambra i l'obligués a dormir a l'habitació dels convidats, la comunicació entre ells quedava reduïda a la mínima expressió. I el mateix passava amb la seva filla. L'únic que parlava amb ell era el seu fill Josep, però no com abans, sinó que es veia de seguida que ja no s'empassava totes les històries que el seu pare li explicava.

Quina en portaria de cap?, es demanava Maria Lluïsa. No era que li sobtés que el seu marit en pensés alguna, perquè sempre havia dut una idea dins del cap, però aquell dia li havia vist la mirada d'altres temps: els ulls perduts de quan tenia una gran inspiració, de les solemnes, de les autèntiques, com quan imaginava que enlairaria el globus o quan li va explicar que viatjaria per tot el nord d'Àfrica. En moments així desapareixia del món. Des que havien abandonat Granada no li havia tornat a veure aquella expressió. I la veritat era que li feia por, perquè res de bo havia sortit de totes aquelles inspiracions. Si més no, per a ella.

El va contemplar des de la porta, sense entrar-hi. Prou que sabia que, si li ho demanava, no obtindria cap resposta. Domènec havia caigut de nou en el somni i no badaria boca ni veuria ningú ni menjaria fins no haver acabat el que s'havia proposat fer. Aquesta era la gran virtut d'aquell home: una voluntat sense límits. Sí, aquell era el tret que més l'havia sorprès quan el va conèixer i ell li va dir, sense més ni més, que es casarien. Una voluntat increïble, capaç de trencar qualsevol mur i obrir qualsevulla porta. Dos anys va lluitar per aconseguir que Godoy se l'escoltés de debò. Dos anys sense perdre ni un segon aquella esperança que només tenia ell, aquella seguretat que arrossegava tothom que tenia al voltant. Quin home tan extraordinari!, havia fet ella milers de vegades, amb admiració, amb veneració. Però, ara... Sí, ara tot era diferent. Diferent...? O, tal vegada, tot seguia igual, només que ella ho veia diferent? Havia conegut de debò, algun cop, el seu marit? Possiblement mai, excepte ara, després de més de vint-i-cinc anys de matrimoni, però de ben pocs de convivència. I quan convivien, ell sempre estava malalt o fora de casa per negocis o amb reunions o... O amb meuques! Per què s'havia d'enganyar? Fins i tot la seva filla l'hi havia dit a la cara!

Durant tres dies amb les seves nits, Domènec gairebé no va abandonar la biblioteca. Només ho feia quan el cos l'hi demanava a crits. Dormia damunt del petit sofà i no tastava res del que la serventa li deixava damunt la taula, excepte aigua. Deia que no podia permetre que res destorbés el seu esperit.

Maria Lluïsa s'havia refugiat, igual que durant les llargues absències de Domènec, en la seva filla Asun i en el seu fill Josep. Sempre ho havia fet i no pagava la pena canviar de costums a la seva edat. El problema era que, aquest cop, a mesura que passaven els dies, cada vegada se sentia més trista pel fet que Pere hagués desaparegut de la seva vida. Embarcat i lluny de França, el tornaria a veure? El pobre havia acabat fins al capdamunt de les dèries del seu pare, de la utilització que Domènec feia de tothom i havia contestat la carta que ella li havia enviat tot dient que no creia que el seu pare pogués canviar mai. Era l'únic que havia gosat fer-li front i tallar amb ell. Bé, Asun també s'havia plantat. I, ben mirat, ella s'hi havia afegit en tancar la porta de la seva cambra. Déu meu!, va fer. Com havia canviat tot en tan poc temps! Va tornar a pensar en Pere. Ella segurament havia perdut un fill, per covardia, per no enfrontar-se al seu marit, però, si més no, estava convençuda que per Pere aquella fugida representava un alliberament. Com ho havia estat la mort de Claude per Asun. Així ho havia expressat la seva filla, encara que no calia. Claude era un home molt vell, un ancià amb un cos decrèpit i dèbil, incapaç de repetir cap petita proesa que demanés un esforç que superés mínimament el llindar de la rutina diària sense deixar passar llarg temps entre dos actes, li havia dit Asun. I havia afegit que tocava i mirava amb deler, gairebé bavejant, tot allò que li hauria agradat posseir més sovint, però que s'havia de conformar amb acaronar i imaginar. Asun li havia explicat amb tot luxe de detalls com tancava els ulls cada cop que aquelles mans arrugades i fredes es passejaven per la seva pell jove i fina i com, en sentir que atrapaven l'entrecuix, girava el cap i premia amb força les parpelles per impedir que les llàgrimes s'escapessin. No era mal home, feia, però... tampoc era el que cap noia somiaria.

—Ara tot serà diferent —li havia dit la seva mare, després de l'enfrontament amb Domènec.

—Sí, mare. No permetré que el pare torni a comerciar amb mi —havia contestat ella, amb decisió—. No sóc una esclava.

Maria Lluïsa havia guardat silenci, com feia ara, en contemplar el seu marit abocat damunt dels llibres. Només que, si bé amb Asun tenia les idees clares i prou que sabia el que podia arribar a passar, amb el seu marit tancat allà li feia por el que pogués passar. Quan Domènec perseguia un somni, res ni ningú podia aturar-lo. El problema era que tota la seva vida constituïa un llarg somni que mai no s'acabava i que tots els que l'envoltaven havien de participar d'aquest somni i, fins i tot, actuar segons les seves normes.

I ara perseguia un altre somni. Potser el més important de tots, si tenia en compte l'esforç i el temps que hi estava dedicant.

5.- L'ATLÀNTIDA

El comte Molé, ministre de marina del govern francès, era un home alt i ben plantat, elegant, amb un caminar pausat, una mirada directa, com si esguardés l'horitzó des del pont d'un vaixell, el cabell abundós i motejat de fils de plata i uns llavis prims que suportaven el pes d'un nas llarg i afilat. La imatge contraria del duc de Decazes, ministre de la policia. Quan els veien junts, feien broma tot comparant-los amb una la lletra l i el punt.

Decazes s'havia presentat al despatx de Molé a mig matí, tal com havien convingut. El ministre de marina tenia damunt la taula la memòria que Domènec Badia li havia enviat. No cal dir que el tema principal de la conversa, després de les salutacions i dels comentaris de rigor, era aquell escrit, del qual Decazes també n'havia rebut una còpia.

—Un pla força agosarat —va dir Molé tot obrint la memòria.

—Dels plans més agosarats se n'han tret importants beneficis —respongué Decazes amb un somriure maliciós, i més seriós afegí—: No oblidem que la grandesa de França es deu en bona part a que hem sabut jugar bé les nostres cartes.

—Sí, però el que vós proposeu és força complicat i difícil. Un viatge d'aquesta envergadura és molt perillós per a qualsevol home, malgrat que tingui molta experiència, i Domènec Badia ja té gairebé cinquanta anys —digué Molé, mentre bellugava el cap cantó i cantó—. I no és precisament un home fort. Heu vist el color que fa? Diuen que és del fetge i, segons m'han informat, deu de ser veritat, perquè sovint cau malalt.

—És normal que de tant en tant es posi malalt, si tenim en compte que abusa dels plaers —Decazes somrigué i adoptà un tarannà comprensiu—. Per a un home que ha estat tan actiu, ha viatjat tant i ha conegut tantes coses, París el deu matar d'avorriment i segurament busca sensacions fortes per compensar. I és clar que potser en fa un gra massa i sempre acaba malalt. Tanmateix, no podem oblidar que ell ja hi ha estat, a la Meca i per aquelles terres —Decazes va respirar fondo. Tenia tots els arguments ben estudiats—. Arribar a Constantinoble no és cap problema per a ningú; tornar a entrar a la Meca amb una disfressa serà repetir un joc del qual ja coneix les regles; el mar Roig, també l'ha creuat; viatjar dins d'una caravana forma part de la seva experiència...

—Sí, però endinsar-se al cor d'Àfrica... —va fer Molé.

—Per què no? Per a un home que ha fet tot el que ell diu que ha fet, només representaria una nova aventura amb força possibilitats d'èxit, un cop vistos els resultats del seu viatge anterior. Això ens porta a pensar que tenim davant nostre l'únic home que tothom creu capaç de creuar l'Àfrica d'est a oest, atrapar el Senegal i embarcar-se a Saint-Louis per tornar cap aquí.

—No poso en dubte que la imaginació de la gent del carrer pot atorgar a Badia el títol d'home ideal per a la missió que li volem destinar, però d'aquí a suposar que existeix un mar interior, que aquest home diu que trobarem enmig del continent africà, tot basant-se en una teoria que parla de l'Atlàntida i que l'Atlas és la resta d'un imaginari continent que es va ensorrar, que trobarà les fonts del Nil, que existeix una ruta per arribar a l'oceà Índic... —

replicà Molé, tot posant cara de no empassar-se ni una paraula—. No us sembla que en aquest aspecte també en fa un gra massa?

—Bé, ningú no sap què podem trobar enmig d'Àfrica, perquè ningú no hi ha arribat. Per tant, la seva teoria és tan bona com qualsevulla altra. Els anglesos ho creuen.

—N'esteu segur? —replicà Molé, tot negant amb el cap.

—Per què, llavors, han posat un home a seguir les passes de Badia? —demanà Decazes, i abans que Molé pogués respondre, prosseguí—: La història demostra que no són idiotes i el seu agent Cobbett esmerça la major part del seu temps a seguir el nostre home i envia constantment informes sobre els seus moviments. Fins i tot estem al corrent de que té un contacte que li ha fet saber que Richelieu em va enviar les memòries de Badia. No tenen coses més importants per fer? —Va obrir les mans per manifestar l'evidència de la resposta—. Els anglesos tenen l'experiència d'Amèrica, que era un territori inexplorat i ara representa una font d'ingressos que tots plegats perseguim. Segur que pensen, i amb raó, que si Badia l'encertés i Àfrica cobegés un mar interior, similar al Mediterrani, qui primer arribi el dominarà. I, si tal com tot sembla apuntar, hi ha espesses selves, significa que disposarem de prou fusta per construir-hi vaixells i colonitzar-lo.

—Potser teniu raó, però jo, en el seu lloc, de seguida em demanaria si no seria més normal que en tota aquesta història hi participés el ministre de la guerra, enlloc del de marina —Molé va bellugar el cap, en sentit negatiu. Era un home prudent i reflexiu.

—Estareu d'acord amb mi que quantes menys persones estiguin al corrent del cas, tant millor, i evidentment vós sou un home reservat, capaç de guardar un secret, mentre que, segons qui, potser parla massa —somrigué Decazes—. Per altra banda, vós sou un home intel·ligent que sap veure les oportunitats, mentre que altres no veuen més enllà del seu nas. Penseu que jo, com a ministre de policia, no tinc cap competència en matèria de colonitzacions i poca cosa puc fer-hi. Si hi sóc és perquè la idea ha estat meva. Però vós, com a ministre de marina, gaudiu d'una autonomia envejable que us permet enviar qualsevol home a qualsevol lloc del món. Podeu prendre decisions i podeu ordenar subvencionar una expedició que persegueixi trobar un nou mar. Ningú no s'estranyarà, si tota l'estona no fem altra cosa que parlar de rutes marítimes. Sí que s'estranyarien si jo, ministre de la policia, financés una expedició.

Molé es quedà pensarós. Decazes arribava amb la lliçó ben apresa i tenia resposta per a qualsevulla pregunta i explicació per a qualsevol dubte.

—Avaluaré els riscos i...

—Quins riscos? —el tallà Descazes—. Per a nosaltres no n'hi ha cap. Qui posarà la vida en perill serà Badia.

—El que ell proposa és esdevenir un assessor i no pas un explorador. No crec que sigui tan boig com per acceptar anar-hi personalment. No té prou salut i representaria poc menys que un suïcidi.

—Mai no sabem què és capaç de fer un home desesperat. I Badia n'està molt, de desesperat. No té diners i cada dia troba més dificultats per tapar la boca als creditors, que ja comencen a perdre la paciència.

—Llavors, això significa que ara nosaltres pagarem els seus deutes i el seu viatge —replicà Molé.

—Nosaltres, no. França, és qui pagarà. A més, les despeses seran mínimes, perquè li proposarem un petit avançament per tal que pugui fer front als deutes més immediats i li prometrem la resta per quan torni. Pocs diners, en definitiva. De manera que la inversió és mínima i, comptant amb l'aprovació de rei, el duc de Richelieu haurà de tancar la boca i callar —Decazes aixecà una cella i es quedà mirant fixament el seu interlocutor—. Tampoc no cal que li paguem un viatge de príncep. Aquest cop es conformarà amb un viatge d'explorador. Evidentment, no cometrem els errors de Godoy.

—Encara no ha acceptat —digué Molé.

—Però, acceptarà —respongué Decazes amb un somriure—. Disposo de prou dades per poder afirma-ho.

—Si tal com dieu accepta, abans de prendre una decisió definitiva, vull un document signat per Richelieu assegurant que està al corrent i accepta el pla —va fer Molé amb un bon cop de cap —. Bé m'haig de cobrir les espatlles —afegí.

Era lògic que Molé mirés de fer les coses ben fetes i ell havia previst totes les eventualitats, però arribar a l'extrem de demanar que Richelieu signés un document en el qual declarava que estava al corrent d'aquell afer... ja en parlarien quan arribés el moment. Tot i així, Decazes assentí

La conversa prosseguí per altres camins i s'acomiadaren amb una bona encaixada de mans, mentre quedaven entesos que es comunicarien qualsevulla notícia que fes referència a l'afer que els ocupava.

Quan Decazes va entrar al cotxe que l'havia dut fins allà, somrigué satisfet. Molé entraria en el joc. Era massa ambiciós com per no participar en una aventura que al darrere duria la creació de noves empreses amb la possibilitat d'obtenir beneficis incalculables.

*** ***

Claire, l'única serventa que s'havia quedat amb els senyors Badia, acompanyà el senyor André Chabon fins a la sala, li pregà que hi esperés, li dedicà una petita reverència, tot plegant la cama dreta al darrere i desplegant lleugerament la faldilla, i se'n va anar a avisar el senyor de la casa. Pujà les escales per cinquè cop en menys d'una hora i maleí que s'haguessin mudat. La casa del número 25 de la Rue de Grands-Augustins era molt més petita, més còmoda, menys cansada i infinitament més fàcil de mantenir i de controlar. Més encara si tenia present que tot el servei havia estat acomiadat i que a ella l'havien mantingut perquè la tenien des que van arribar a París. En aquell hotel, de vegades s'espantava, perquè no trobava ningú i juraria que algun cop havia vist un fantasma que semblava l'ànima en pena de l'antic propietari, amb aquella figura encorbada i vella. Quant a la senyora, ella estava convençuda, tot i que mai no li havia sentit cap comentari, que tampoc no li havia fet el pes mudar-se. I la filla... Aquesta no s'estava de repetir que si pogués se la vendria.

La criada va trucar la porta de l'habitació i esperà pacientment fins que va escoltar la veu del senyor que li concedia permís per entrar-hi. Llavors empenyé la porta i va descobrir el senyor en bata i assegut a la butaca. Feia dies que no es trobava bé i aprofitava per descansar tot el temps que podia.

—Ha arribat el senyor Chabon —anuncià.

Chabon ocupava un lloc de secretari al ministeri de marina i li havia enviat una nota per anunciar-li que, si no tenia inconvenient, passaria a visitar-lo aquell matí.

—Quina hora és? Oh, les deu! Ho havia oblidat. Porta'm la jaqueta —va fer Domènec, mentre s'aixecava i es desempallegava de la bata.

Claire sortí sense fer cap genuflexió. Si la senyora havia tancat al senyor la porta als nassos i l'obligava a dormir a l'habitació dels convidats, significava que no es mereixia tant de respecte.

Poc després va veure que el senyor baixava les escales i es dirigia a la sala. En creuar el vestíbul el senyor es va aturar per mirar a través de la finestra com la seva filla conversava amb Jean-Paul al jardí. Claire ja els havia vist feia estona i prou que sabia que aquell jove no gaudia de la simpatia del senyor, malgrat que, per a ella, era un home ben plantat i força agradable. Tanmateix, des d'aquella discussió tan sonada que va tenir lloc entre els senyors i que ella havia pogut escoltar perquè les veus s'alçaven més que de costum, tot havia canviat en aquella casa i a ningú se li escapava que el senyor havia perdut autoritat. Claire també havia escoltat perfectament que la senyoreta Asun havia tingut la gosadia de recordar al seu pare que aquella no era casa seva i ell havia argumentat que Claude havia deixat escrit al seu testament que n'era l'administrador. Tanmateix, la seva esposa i la seva filla cada dia el respectaven menys i cada dia prenien més decisions sense consultar-les-hi. Claire ho sabia perquè algun cop, quan servia el dinar, l'havia sentit queixar-se perquè ningú no li comunicava res i la gent del carrer gairebé sabia més de la seva casa que ell mateix. Naturalment, la resposta va ser sonada. «Si fossis més temps a casa i menys a altres cases, potser n'estaries al corrent», havia dit la senyora amb un to que deixava molt clar a quin tipus de cases feia referència.

En fi, que només Josep se l'escoltava. Asun havia deixat prou clar que es casaria amb aquell pobre desgraciat de Jean-Paul. Domènec, cada cop que parlava de Casel, el menyspreava. La seva filla era idiota i no veia més enllà del seu nas, havia repetit en diverses ocasions, sense tenir en compte que Claire era present. Bé, ja s'ho manegarien ells mateixos, feia la criada tot negant amb el cap.

Domènec s'apartà de la finestra i es palpà el ventre, que li tornava a fer mal. Ja havia anat al metge i havia de tornar per veure el resultat de les anàlisis. Respirà fondo, va assajar el millor dels seus somriures i va entrar a la sala.

—Bon dia, amic Chabon —saludà amb efusió i prengué amb força la mà de l'home d'uns quaranta anys i ben vestit que l'esperava—. Seieu, si us plau. Una tassa de cafè? —demanà, i va prendre la campaneta.

—No, gràcies —negà Chabon—. No puc entretenir-me. Haig de tornar de seguida al ministeri.

—De debò que no prendreu una tassa de cafè? —insistí ell.

—Tan sols he vingut per comunicar-vos que el ministre Molé ha pres una decisió i que ara tot depèn de vós.

—De mi? —va fer Domènec, estranyat.

—No us vol com assessor —va fer Chabon i en veure l'expressió del rostre de Domènec, prosseguí—: Un cop estudiat el vostre pla, està convençut que només hi ha una persona capaç de dur a terme aquest projecte: el gran Alí Bei.

Domènec va escoltar aquella darrera frase i es va quedar mut.

—Us ho penseu amb calma i ja em donareu la vostra resposta —digué Chabon—. I me'n vaig corrent, que m'esperen.

Alí Bei!, va pensar Domènec quan Chabon va marxar. No havia considerat aquella possibilitat. Ni tan sols havia imaginat que algú pogués creure que ell... Déu meu! Tornar a aquelles terres, convertir-se de nou en un príncep musulmà, viure aventures, conèixer nova gent, viatjar pertot arreu...

Aquell vespre, com cada dia, Josep va acabar de sopar i va pujar per ficar-se al llit. Un cop desaparegué el nen, el silenci s'apoderà del menjador i, llavors, Domènec va decidir que havia arribat el moment de recuperar el respecte de la seva esposa i de la seva filla.

—El ministeri de marina m'ha demanat que encapçali una expedició al continent africà —anuncià amb veu ferma, tot trencant el silenci que ja era habitual.

—De debò? —Maria Lluïsa pronuncià aquelles paraules sense apartar els ulls del plat.

Asun negà lentament amb el cap, també sense aixecar els ulls. Era prou evident que estava pensant que el seu pare ja tornava a inventar històries de pa sucat amb oli.

Domènec va copsar les reaccions i es va quedar fred. Fins aquell extrem havia perdut el seu respecte?

—És una expedició molt perillosa i secreta —va dir i, en veure que ni el miraven, afegí—: Avui ha vingut el senyor André Chabon i m'ha dit que el ministre Molé creu que només ho puc fer jo. De manera que tot depèn de mi. Haig de meditar-ho amb calma, perquè es tracta de creuar tot Àfrica d'est a oest. Un projecte altament secret. Penseu que ningú no ho ha aconseguit fins ara i és tot un honor que el ministre estigui convençut que només hi ha un home capaç de fer-ho...

—I si és tan secret, per què ens ho expliques? —el va tallar Maria Lluïsa, aixecà el rostre i li dirigí una mirada que parlava per ella mateixa: no s'empassava ni una paraula.

Domènec mirà la seva filla, que feia cara d'avorrida. Déu meu!, va pensar. Què volia recuperar, si ja no li quedava res de res?

—Per fi podreu lliurar-vos de mi, perquè he decidit acceptar —va fer Domènec, llençà el tovalló damunt la taula, s'aixecà i abandonà el menjador.

—Sempre he estat al servei de França i si se'm demana un sacrifici, ja hi podeu comptar —va dir una setmana després, quan va ser al despatx de Chabon, al ministeri de marina.

—Excel·lent! —va fer Chabon.

I uns dies després, Domènec tornava a rebre la visita d'aquell home que fins aleshores havia estat el seu gran detractor i que ara era el seu millor valedor i defensor.

—El ministre Molé ha fet arribar la vostra memòria a l'Institut de França, que ha de nomenar un grup de tres experts que hauran d'emetre un veredicte sobre les possibilitats de dur a termini aquesta missió —explicà Chabon.

—Quins seran els experts? —demanà Domènec.

—Encara no han estat nomenats, però tot apunta que podrien ser Cuvier, Delambre i el tercer potser Rochefort o bé Rossel.

—Hauria de ser Rossel —medità Domènec en veu alta. Després aixecà la veu—. Rochefort és un xic especial i mai no saps per on pot sortir.

—Cuvier és del mateix parer. I Delambre no té bones relacions amb Rochefort i sempre havia sentit un gran respecte pel senyor de Lisle de Sales. Suposo que, si tot es confirma, voldran tenir Rossel com company de viatge —digué Chabon.

—Quan ho sabrem?

—Aviat.

—Crec que el millor que puc fer és una visita a Cuvier i a Delambre.

—No és pas cap mala pensada —va fer Chabon, i assentí amb el cap.

—Ho faré de seguida —digué Domènec—. Us agraeixo molt la vostra informació.

—Ja sabeu que sempre em teniu a la vostra disposició.

Domènec acompanyà Chabon fins a la porta, l'acomiadà i va esperar fins veure'l desaparèixer pel fons del jardí. Llavors va tancar la porta i es quedà pensarós.

De debò era una bona idea?, medità. I tant que sí!, va fer amb entusiasme. De bon començament, aquell home havia intentat deixar-lo en ridícul davant dels membres de l'Institut de França i, de sobte, feia un gir de cent vuitanta graus i esdevenia el seu millor suport. Fins i tot s'havia desplaçat per comunicar-li personalment la notícia. Era el miracle que havia estat esperant durant tant de temps. No hi havia cap dubte i ara tornaria a recuperar el respecte de la seva família, perquè els demostraria que era capaç de fer el que ningú més no podia ni somiar.

*** ***

Potser era víctima de la paranoia?, va pensar Domènec quan abandonava la casa de Cuvier. Ja feia alguns dies que s'havia adonat que algú el seguia. Un home amb bigoti, més aviat gras i que vestia correctament, amb barret i bastó. Per què?

A partir d'aquell dia s'hi va fixar. No, no s'equivocava. Aquell home el seguia constantment. Llavors va decidir anar a veure Chabon i explicar-li.

—N'esteu segur? No és producte de la vostra imaginació? —va fer Chabon.

—No. Vós mateix podeu comprovar-ho —replicà Domènec, i assenyalà l'home que podien distingir des de la finestra, a l'altre costat del carrer—. Potser l'hauríeu de detenir i interrogar.

—No ens precipitem. Millor esbrinem qui és i què persegueix sense gaire rebombori. No oblideu que la vostra missió és secreta —li contestà Chabon.

Un parell de dies després, es trobaren de nou a casa de Domènec.

—Tinc uns contactes al ministeri de policia i m'han dit que es tracta d'un agent al servei d'Anglaterra —li explicà Chabon amb tota sinceritat—. Però no ens hem d'amoïnar. Només és un informador i no és perillós. El tenen ben vigilat.

—I per què no el detenen, si ja saben que és un espia? —demanà Domènec, tot estranyat.

—No fa cap mal a ningú i a la policia li és útil per passar informació interessada —respongué Chabon amb un somriure—. No sé si m'enteneu?

—I és clar! —va fer Domènec—. Però, llavors, la meva missió, si els anglesos se n'assabenten, pot perillar.

—També hem previst aquesta circumstància i aquest informador ens serà de molta utilitat —respongué Chabon—. Trieu la data per marxar i els despistarem, tot fent-los creure que encara sou aquí. I un cop hagueu marxat, canviareu d'identitat en algun punt del viatge. Per altra banda, seria bo que no empréssiu el nom d'Alí Bei. És massa conegut.

Bona pensada!

L'endemà Molé va comunicar a Decazes que tot anava segons ho havien previst. Badia havia fet una visita als seus amics de l'Institut de França, havia descobert que els anglesos el seguien, s'havia entusiasmat amb el fet, havia començat a pensar quin nom empraria en aquest viatge...

El ministre de policia va somriure divertit. Cobbett prendria bona nota i enviaria el seu informe a Londres. Badia s'imaginaria que jugava a despistar els anglesos i, mentre, ells els farien arribar tota la informació que calia. Sí, tot anava segons el que havia previst.

*** ***

El consell de ministres havia acabat i tothom abandonava la sala. Richelieu va prendre Molé pel braç i el va retenir.

—M'ha sorprès molt el projecte per descobrir un mar interior a l'Àfrica —va fer en veu alta—. Tanmateix, encara m'ha sorprès més que confiéssiu tan dura missió al senyor Domènec Badia, un aventurer de qui jo no em refiaria.

Alguns dels presents alentiren el seu caminar o van fer veure que s'havien descuidat alguna cosa damunt la taula per poder escoltar la conversa.

—Sento contradir-vos, però considero que és la persona ideal per a una missió d'aquesta categoria. Té experiència, coratge, imaginació... —respongué Molé.

—Sobretot imaginació —el tallà Richelieu amb una rialla—. No us ha proposat conquerir un regne?

Molé es quedà callat.

—Veig que sí, que us ho ha proposat —Richelieu amplificar el seu somriure—. Us puc preguntar què ha aconseguit treure de vós?

—El que és normal en tota expedició i que jo li puc concedir sense haver de demanar permís a ningú —respongué Molé, sense esma de seguir donant explicacions.

—De debò creieu que té alguna possibilitat de trobar aquest mar interior, si és que existeix? Ja heu tingut en compte que Àfrica ha acabat amb la vida de molts aventurers que eren més joves i més forts que no pas ell? —Richelieu es quedà mirant Molé.

—Sa Majestat ho veu com jo i també confia en els plantejaments del senyor Badia —replicà Molé.

—Heu gosat implicar el rei en un afer com aquest? —Richelieu es posà tens—. I si ens veiem embolicats en un conflicte? Que no veieu que tothom culparà el rei?

—És Sa Majestat, qui s'ha interessat per aquest tema, després de llegir les memòries de Domènec Badia. ¿Potser, us oposeu al desig de Lluís de França?

Richelieu va prémer els llavis amb força, fins que no eren gaire més que una línia.

—¿Carregareu vós amb les conseqüències per salvar la corona, si alguna cosa falla? —digué, gairebé sense obrir la boca.

—Sí —respongué el ministre de marina amb força.

Llavors, Richelieu recuperà les formes i somrigué.

—¿Serieu tan amable de deixar-me fer un cop d'ull al document que heu signat amb el general Domènec Badia? —demanà, tot arrossegant cadascuna de les síl·labes de la paraula *general*.

—Us en faré arribar una còpia avui mateix i podreu comprovar que no hi ha res que estigui fora del que és habitual —assentí Molé.

—Us ho agrairé infinitament —s'acomiadà Richelieu, i marxà.

De sobte, tothom recuperà el ritme i abandonà l'estança.

Decazes, que havia escoltat la conversa, s'atansà.

—Richelieu no aprova aquesta idea de cap de les maneres —va dir Molé, amb un deix de preocupació.

—El duc té les seves dèries i continua sense donar crèdit a les teories de Badia. Però això no vol dir res —va fer Decazes, sense conferir-li major importància—. No hi tindrà res a fer, si, a més de comptar amb el recolzament del rei, l'Institut de França dóna el seu vist i plau al projecte de Badia. Tot plegat ens ofereix major garantia que una simple signatura del duc damunt de cinquanta documents. No creieu?

Molé va assentir. El rei, evidentment, estava per damunt de Richelieu.

Aquella tarda, Decazes i Richelieu es va tornar a veure.

—Tot va segons el que havíem previst. He parlat amb Molé i seguirà endavant passi el que passi —digué Decazes.

—Passi el que passi? Ha dit públicament que carregaria amb tot per salvar la corona. Si alguna cosa falla i hi ha la més petita possibilitat que el rei pugui veure's involucrat, jo li exigiré la renúncia. Ho té clar? —respongué Richelieu.

—Suposo que sí. Allò que nosaltres hem de tenir clar és que, si volem enganyar els anglesos, bé hem de muntar una bona comèdia —replicà Decazes—. No oblidem que els britànics van ser molt hàbils en aprofitar el 1810 la derrota de la Junta Central de

Sevilla a mans de Napoleó per revoltar Argentina i aconseguir que declarés la seva independència. Era evident que, amb tant d'enrenou, les tropes realistes no rebrien ajut d'Espanya. De manera que les derrotes de Tucuman i Salta van acabar amb la presència espanyola en aquelles terres. Ara San Martín ha declarat la independència de Xile i els nostres informes parlen d'un tal Simón Bolívar que es belluga de valent. Si tot segueix així, Espanya perdrà totes les colònies americanes. Nosaltres també hem perdut Mèxic i els anglesos han perdut gairebé tot el nord del continent americà, però han estat molt hàbils amb el comerç. Volen fer-se els amos de món tot dominant l'economia. Per tant, hem de distreure'ls com sigui i impedir que basteixin un immens monopoli. El Mediterrani ha de ser nostre i amb ell hem d'aconseguir l'Índic. Llavors les forces estaran més equilibrades i podrem arribar a les costes d'Àsia i fins a Xile per l'oceà Pacífic i amb molta més facilitat. El joc és arriscat, però el premi paga la pena —Decazes deixà anar tot el discurs amb un somriure, aixecà el seu dit índex i simulà que lluitava a espases amb Richelieu.

—Potser tens raó, però el que em preocupa és que has escollit algú que és un boig. Badia no té cap mena de seny, és un somiador i mai no ha fet res de profit. Si has llegit les seves memòries dels viatges, bé ho hauries de saber —Richelieu agafà amb força el dit de Decazes—. Segur que són correctes? —demanà, i en veure que el duc no sabia de què li parlava, aclarí—: Em refereixo als càlculs de... de... ¿com es diu aquest jove que proposa construir un canal per unir el Mediterrani al mar Roig?

—Linant de Bellefonds. Un magnífic enginyer —lloà Decazes, alliberant el seu dit—. I un home ben discret que, al contrari que Badia, es belluga sense fer soroll. He buscat els millors topògrafs de França, han refet els càlculs i han trobat el mateix error que Bellefonds. Ara estem plenament convençuts que els topògrafs de Napoleó es van equivocar, que el Mediterrani i el mar Roig són a la mateixa altura i que és factible construir el canal sense necessitat de rescloses. Això permetrà que les naus passin directament i arribin a l'oceà Índic sense haver de donar la volta al continent africà.

—El gran somni de Napoleó, que volia construir aquest canal per clavar un bon cop a l'economia britànica... —mormolà Richelieu.

—I nosaltres també. He parlat amb el baró Portal, el Director General de Colònies, i veu factible enviar aquest jove a aquella part d'Egipte i que amb tota discreció comprovi la veracitat de les seves afirmacions. Mentre, els nostres serveis diplomàtics faran el que calgui per obtenir de Muhammad Alí tots els permisos que necessitem. Si, a més, aconseguim que Alí Bei cavalqui de nou i utilitzem aquest aventurer com una cortina de fum que amagui els nostres moviments reals, els anglesos hi cauran de quatre potes i no s'adonaran de la jugada fins que haguem començat a construir aquest canal —digué Dezaces, i acabà obrint els braços com si hagués pronunciat la més gran de les evidències.

—Ja t'he dit el que havia de dir. Jo resto al marge de tot, perquè si hi ha un sol error i l'honor de França queda malmès, hauré de fer rodar caps. El de Molé no em produirà cap daltabaix. Al contrari, ja fa temps que vull desempallegar-me d'ell. Però, no m'agradaria que tu seguissis el mateix camí.

—No t'amoïnis. Ho tinc tot molt ben calculat.

L'endemà a primera hora, el duc de Decazes va cridar Charles Duvalier al seu despatx per comunicar-li que ja podia començar a posar fil a l'agulla en l'afer Badia.

Charles Duvalier era un home gris que podia passar desapercebut en qualsevol lloc, detall que encara el feia més valuós als ulls del ministre Decazes, que li tenia absoluta confiança. De fet, era Duvalier qui havia alertat el ministre de policia de l'existència d'un estudi signat per un jove oficial anomenat Bellefonds, també havia suggerit que empressin Badia per amagar aquest fet i finalment a ell devien l'enginyós pla per enganyar els anglesos.

Allò seria un èxit de primer ordre i un cop mortal a l'economia de l'Imperi britànic, pensà Decazes ben satisfet, quan el subaltern abandonava el seu despatx. I, si alguna cosa fallava... Richelieu es menjaria Molé. Què hi farem!

*** ***

John Piech va trencar el segell i va obrir el sobre per extraure el llarg document procedent de París.

A mesura que els seus ulls avançaven en la lectura d'aquells fulls, els seus llavis es van anar allargant fins al punt que mostraren un gran somriure. Brenton no havia parat de repetir, fins al dia que es va retirar, que no havien de subestimar Domènec Badia. I era ben cert! Sort que quan van rebre l'informe de Cobbett en el que deia que el cas Badia estava mort, se li va ocórrer parlar amb Young i fer-li veure que podia existir un engany.

Es va aixecar i es dirigí cap al despatx del seu superior, però en arribar li van dir que no hi era i que no hi seria en tot el dia. Ai! Young, des que Badia no oferia cap perill, es prenia massa llibertats i allò volia dir que fins dilluns no podria parlar amb ell. Es va gratar el cap. Les notícies eren prou importants i no podia esperar fins dilluns amb una bomba com aquella damunt la taula. A més, si algú s'havia d'apuntar l'èxit, era ell, i no pas Young. Així doncs, el millor era pujar un graó i anar a veure el director de gabinet. Va sortir, travessà tot el llarg passadís, pujà al pis superior i es dirigí cap a la taula del secretari de Jeremy Barrow.

—Hauria de parlar amb el senyor Barrow —va dir.

—No teniu hora —replicà el secretari.

—Ja ho sé, però és molt urgent. Acabo de rebre informació de París que crec que el senyor Barrow ha de conèixer immediatament.

—Per què no parleu amb el senyor Young? —s'estranyà el secretari.

—No hi és i no hi serà fins dilluns.

—Doncs, haureu d'esperar fins dilluns —el secretari abaixà la mirada i se centrà en el seu treball.

—He dit que és urgent. Si no aviseu el senyor Barrow, me'n vaig a buscar Lord Parry i després ja carregareu vós amb la responsabilitat —digué John, i recolzà els punys damunt la taula.

El secretari aixecà els ulls i el mirà. John no es va moure ni un pèl. Finalment el secretari va perdre la seva seguretat i va decidir que no volia jugar-se-la. Tot i així, es va aixecar lentament, amb esforç i amb un sospir, tot deixant caure les parpelles. Quedava clar que li feia un favor.

John va esperar un xic neguitós que el secretari tornés a aparèixer. Potser havia anat massa lluny i estava donant una passa equivocada.

La porta situada darrere la taula del secretari, per on havia desaparegut, es va obrir de nou. Li indicava que podia entrar. John va creuar el llindar encongit.

—Què és això tan interessant que heu rebut de París? —demanà Barrow sense aixecar la mirada dels documents que examinava.

—L'Institut de França ha aprovat un pla de Domènec Badia per travessar l'Àfrica —digué, i diposità damunt la taula el feix de papers.

Barrow apartà la mirada dels documents que estava llegint i la fixà en John.

—El senyor Young m'havia comentat que Badia tenia certs problemes amb Richelieu —va fer Barrow, estranyat.

—I és cert, senyor. Però sembla que el nostre home ha estat capaç de trobar camins alternatius. Com ja vaig apuntar, la seva entrada dins la francmaçoneria ha estat decisiva. Molé i Decazes recolzen el seu pla, que també ha estat avalat pel rei. Davant d'aquest fet, Richelieu ha hagut de callar.

—Com és que em veniu a veure directament? —Barrow encara feia cara d'estranyat.

—El senyor Young no hi serà fins dilluns —explicà John en to de disculpa.

—Darrerament el senyor Young té moltes ocupacions fora del seu despatx —assentí Barrow—. Bé, parleu-me del pla de Badia.

—L'Institut de França ha aprovat un pla basat en tres punts. El primer és emprendre una travessa del continent africà d'est a oest entre els paral·lels deu i quinze, just a l'altura del Senegal, pel damunt de Nigèria. El segon punt és que el viatge durarà tres anys i que inclou, en el seu primer tram, la peregrinació a La Meca.

—Un altre cop?

—M'imagino que aquesta peregrinació persegueix tapar l'objectiu secret i enganyar-nos a tots plegats.

—I és clar! —va fer Barrow apuntant John amb el dit—. Té sentit —assentí amb el cap—. I el tercer punt?

—El tercer punt és que Domènec Badia farà donació al govern francès de tots els papers, mapes, dibuixos i anotacions que faci durant el viatge.

—I Richelieu no hi diu res? —demanà Barrow.

—Ha manifestat públicament el seu rebuig, però sembla que no hi té res a pelar, perquè ja us he dit que el mateix rei recolza la iniciativa.

—Hi ha un punt que no acabo d'entendre —va fer Barrow, tot gratant-se el cap— Una travessa d'un continent finançada per la marina? No seria més lògic que hi participés l'exèrcit? —demanà amb un posat d'incrèdul.

—Cobbett ha fet una bona tasca. Dins del document que ens ha enviat, es menciona un mar interior que constituiria les fonts del Nil —explicà John, mentre buscava paràgrafs concrets—. Aquí, en aquesta pàgina, parla del desaparegut continent de l'Atlàntida i diu que l'Atlas podria ser la part final d'aquesta terra mítica. De fet el nom de la serralada i el del llegendari continent semblen tenir alguna cosa a veure. Badia, en el seu informe, fa referència a un mar, possiblement de dimensions similars al Mediterrani, completament tancat, que amagaria riqueses incalculables. Si la seva teoria, avalada pels textos antics i per converses que diu que va tenir amb gent d'aquelles terres durant la seva estada al Marroc, resulta certa, bé podria existir una ruta, tot remuntant el Nil, arribant a aquest mar interior i baixant per un altre riu que connectés el mar Mediterrani amb l'oceà Índic. Això representaria no haver de navegar fins al Cap de Bona Esperança i podríem escurçar considerablement el viatge fins atrapar l'Índia, tal com jo havia previst en el meu informe quan el senyor Mansfeld em va ordenar tancar l'afer Badia —John aprofitava qualsevulla ocasió per trepitjar una mica més al seu antic superior.

—Quan està previst que marxi? —Barrow cada cop estava més interessat en aquell tema.

—Encara no ho sabem, però jo diria que segurament esperarà que passi l'hivern i que arribi la primavera.

—Sí, sembla assenyat. Això vol dir que disposem de prou temps per preparar-nos nosaltres —Barrow s'aixecà, agafà els documents que John tenia a les mans i en llegí el contingut—. Tot i així, no ens podem adormir.

—No, senyor —va fer John, ben cofoi.

6.- QUINA ÉS LA VERITAT?

Aquell matí Domènec havia anat a visitar la universitat reinaxentista de Milà. Li agradava aquella ciutat italiana de llarga tradició, fundada pels celtes i convertida en Mediolanum pels romans, ben situada per comerciar amb els germànics i que els huns del gran Àtila van saquejar i van destruir fins a l'extrem que entrà en un llarg període obscur del qual no va sortir fins que hi arribà Carlemany. Des d'aleshores havia passat per moltes mans, però conservant sempre l'esperit comercial i treballador, detall que influí en la decisió de Napoleó de convertir-la en la capital de la república Cisalpina, més tard de la república Italiana i després del regne d'Itàlia. Ara ho era del regne Llombardo-Vèneto.

Domènec havia quedat profundament sorprès per la vitalitat d'aquella ciutat que li recordava la Barcelona que ell havia conegut de petit, abans de marxar cap al sud, cap a Andalusia. Curiosament, durant el segle XVIII Milà també havia trobat un nou alè en la indústria manufacturera que ara, en un no menys curiós paral·lelisme entre ambdues ciutats, esdevenia el punt de partida de la naixent industrialització.

A primera hora de la tarda, després de dinar, abandonà les habitacions que tenia llogades per anar a veure al doctor Piero Benigni, tal com havien quedat cinc dies abans, quan van haver de portar-lo a una clínica perquè semblava que l'estómac li anava a rebentar, i el van tenir quaranta-vuit hores ingressat, remenant-lo i duent-lo amunt i avall.

—D'aquí tres dies us podré comunicar quin és el diagnòstic —havia fet el metge—. Vull estar-ne ben segur.

—És greu? —havia demanat ell.

—Us donaré l'adreça del meu consultori particular. Allà podrem parlar amb més tranquil·litat —li havia contestat el metge —. El que sí us pregaré és que feu bondat durant aquest tres dies. Res de greixos ni vins ni licors.

—Puc caminar?

—Moderadament i sense cansar-vos gaire.

Havia d'anar-hi? Sí. Aquell dolor havia estat massa intens per ignorar-lo. A més, s'havia informat i sabia que el doctor Benigni era un dels millors d'Itàlia, indiscutiblement. Havia tingut molta sort de caure a les seves mans, li havien dit. Ara pensava que hauria d'haver tornat a aquell metge de París, abans de marxar. Si més no, per veure el resultat de les anàlisis, però tot s'havia precipitat i la veritat era que no tenia ganes de rebre una notícia que li impedís emprendre aquella missió. Com hauria quedat davant de tothom?

Prengué un cotxe per dirigir-se a l'adreça que tenia escrita en un paper. Es tractava d'un carrer del casc antic, amb un aire senyorívol i la façana molt treballada. El consultori es trobava al primer pis, damunt del principal. Una infermera amb una bata que semblava que acabaven de planxar en aquell precís instant va obrir la porta i el va conduir fins a una sala amb butaques de cuiro marró fosc. No hi havia ningú més. Uns minuts després, una altra infermera el va venir a buscar i l'acompanyà fins a un despatx elegant, tot de fusta noble amb luxosos mobles, li va pregar que s'assegués i el va informar que el metge vindria de seguida.

Una estona després s'obria la porta i apareixia el doctor Benigni acompanyat d'un altre home. Ambdós aparentaven uns cinquanta anys. El doctor Benigni era un xic gras, amb ulleres, de pell morena i mig calb. L'altre home era un pèl més alt, una mica més gras, més blanc de pell, però amb menys cabell.

—Senyor Badia, li presento el meu col·lega, el doctor Ponte. Li he demanat que m'acompanyi, perquè ell és professor a la universitat i necessitava una altra opinió —explicà el doctor Benigni.

Domènec va mirar el doctor Ponte. Malament quan es necessiten dos metges, va pensar.

Una hora després abandonava la consulta del doctor Benigni, aturava un cotxe i li ordenava que el conduís a casa. Ja ho havia dit ell: malament quan es necessiten dos metges!

Va arribar a les habitacions que havia llogat. Se sentia cansat i el ventre seguia fent-li mal. Prengué paper i ploma i es disposà a escriure a Maria Lluïsa.

Feia quinze dies que havia abandonat París. Els darrers mesos havien resultat nefasts amb notícies que... Que què?

Sospirà i es fregà la cara buscant que aquell acte li permetés netejar el cap de cabòries, malgrat que no podia deixar de pensar en el que acabava d'escoltar feia poc més d'una hora i mitja. Ho va aconseguir, però llavors la seva memòria li portà el record del darrer dia de Nadal. El més trist de tota la seva vida. El seu fill Pere, tot i que ell li havia escrit una carta i li havia pregat que tornés a casa, no va venir per passar les festes a París i Maria Lluïsa, evidentment, l'havia fet responsable d'aquella situació. En fi, que l'entrada del nou any l'havia agafat en tots els aspectes amb el pas canviat i la veritat era que el seu ànim estava fet miques. Sí, aquesta era l'expressió que més s'ajustava a la realitat. Es fregà de nou el rostre i va notar que els ulls se li humitejaven.

Es gratà la barba que havia començat a deixar-se cap a finals de l'estiu. Necessitava un canvi important, trobar al mirall un rostre diferent i sentir-se viu. Una bona pensada, gairebé una intuïció, havia exclamat quan es va assabentar que l'Institut de França havia emès un dictamen favorable sobre el seu projecte. Ara la barba ja tenia un aspecte respectable. Només que aquest cop s'havia endut una sorpresa en descobrir que hi tenia força pèl blanc. El temps passa!, havia fet. I llavors va ser conscient que també havien aparegut més arrugues i de retruc es va adonar que el seu cos ja no tenia la mateixa agilitat que abans. Possiblement perquè feia anys que no viatjava i havia perdut el costum, va pensar. Tanmateix, hi havia un altre detall que... L'estómac, el fetge i els ronyons. Sí, sí, sí. Ja feia mesos que no païa bé i que, malgrat que ara feia bondat i que s'havia aplicat tots els remeis, els budells no anaven prou fins. I és clar que la inactivitat se li havia enganxat al cos, havia conclòs quan Chabon li va comunicar que Molé posava com a condició que el viatger fos Alí Bei.

Sospirà, sucà la ploma al tinter i escriví: Milà, 18 de gener de 1818. Mare de Déu! Tres divuits. Massa divuits! Tres acabaments. Massa acabaments! I el mes de gener és un u. Sí, després dels acabaments, s'enceta una cosa nova. I aquell dia s'iniciava la recta final després d'un llarg camí ple de giravolts. Tal vegada, la recta de la sinceritat?

No sabia com començar. Llençà una ullada a la maleta que reposava damunt d'una cadira, s'aixecà, l'obrí i prengué els dos documents que guardava en una de les butxaques laterals. Va tornar a seure davant de la taula, en va triar un, deixà l'altre a un costat, i el llegí, un cop més. Quantes vegades l'havia llegit? Millor dit: quants cops els havia llegit tots dos? Potser deu des que havia sortit de París. I prou que n'havia entès el contingut. El problema radicava en el fet que no se sentia amb forces per seguir endavant i complir amb tot el que hi deia, al primer dels documents.

Encara no havia llegit cinc línies que es fregà els ulls i el depositò damunt la taula. La vista tampoc no era la mateixa d'abans i s'hauria de fer unes ulleres noves. Tant se val!, exclamà, i va apartar el document. Prou que sabia que es tractava de l'acord al qual havien arribat el ministre Molé i ell. Allà s'especificaven els objectius de l'expedició i el material que havia de menester: un cercle reflectant, un telescopi acromàtic de tres peus, un sextant amb horitzó artificial, un altre telescopi de dos peus i un d'un peu, un cronòmetre de butxaca, dos rellotges que mesuressin segons i una brúixola. Gairebé, fil per randa, la mateixa petició que havia fet a Godoy i que havia obtingut molts anys enrere, quan havia de fer el viatge al Marroc. Ho havia planificat tot d'idèntica manera, repetint totes les passes, però hi mancava una cosa. Per primer cop en tota la seva vida anava a encetar una nova aventura en la qual no hi creia, i aquest petit detall ho capgirava tot.

Es fregà la cara amb la mà, de dalt a baix, i després premé els lacrimals amb els dits mig i polze. Potser la llum del sol era massa forta o, tal vegada, una llàgrima amenaçava d'escapar-se-li. El fet era que Maria Lluïsa, aquell dia de Cap d'Any, fatídic dia, li havia escopit que ja no podia creure cap de les seves paraules, perquè tota la seva vida havia estat una gran mentida. I ho havia dit sense aixecar la veu, amb els llavis ben premuts i la ràbia continguda de qui ja ha arribat al capdamunt. Verge Santa!, havia exclamat ell, enfadat i grandiloqüent, en un nou intent per redreçar un camí ple de tortes. Però ella, al contrari que en altres ocasions, ni se'l va escoltar i va sortir donant-li l'esquena, sense mirar-lo, igual que havia fet el dia de Nadal. Asun i Josep havien sortit abans. Per anar a jugar, s'havia excusat Josep. I Asun l'havia acompanyat. El dinar havia estat silenciós. Josep havia tingut tota l'estona les ninetes clavades damunt del plat i només gosava llençar furtives mirades, de cua d'ull; Asun tampoc havia badat boca, com no fos per menjar; Maria Lluïsa només havia parlat per ordenar la serventa; i Domènec tampoc no havia tingut esma de dir res. I els hauria pogut dir tantes i tantes coses! Ara, si més no, n'era conscient.

Quan es va quedar sol, al menjador, jugant amb la copa de vi, es va adonar que només hi havia una solució. Sí. Només una i prou. Marxaria com més aviat millor. El temps i la distància ho arregla tot. O, si més no, ho fan oblidar tot.

El van deixar sol, allà, al menjador. Aquesta constituïa una constant al llarg de la seva vida: tothom l'abandonava. Tothom acabava traint-lo.

Abans de prendre de nou la ploma i seguir escrivint.... bé, millor dit: començar a escriure... perquè només hi havia posat la data, va respirar fondo. Necessitava prendre forces perquè volia dir-li... volia explicar-li... volia... Què volia? Ai! Sospirà. Ni ell mateix ho sabia. En el fons únicament volia el que sempre havia volgut: ser feliç. Que tothom fos feliç! Era, potser, demanar massa? Per què no podia cadascú fer el que creia que havia de fer? Per què l'aventurer havia de trobar entrebancs pertot arreu? Ben mirat, ell no demanava res material. Era feliç viatjant, parlant amb la gent, descobrint nous horitzons, noves cultures, nous costums, nous... Nous o vells, segons es mirés. Nous per a ell, vells per a la història. En tot cas, només demanava que se li reconeguessin els mèrits. Tan sols això!

Prengué la ploma i la sucà a la tinta.

Havia inventat mil històries. Cert! Però, ho havia fet per tal d'aconseguir que li permetessin viatjar. No ho havia pas fet sense més ni més, sense motius. Ho havia fet obligat, evidentment! Que no ho veien, que les havia d'inventar, totes aquelles històries? I tant que sí! A tots plegats ens agrada deixar volar la imaginació. Això no és mentir. Maria Lluïsa no havia entès que la mentida és una altra cosa: mentir és fer mal. Ella mateixa ho havia dit, i ell no volia fer mal a ningú. Al contrari: volia que tothom fos feliç.

—Entesos —va fer en veu alta, tornant a sucar la ploma a la tinta—. Si vols la veritat, la tindràs.

Atansà la ploma al paper i va escriure: estimada Mariquita. I aquí s'aturà de nou.

Però, quina és la veritat?, es demanà.

Una pregunta ben simple de formular, però no tan fàcil de respondre. Maria Lluïsa l'havia acusat de dir sempre mentides i li havia dit que ja començava a ser hora de posar al descobert la veritat. Quina veritat?, es repetia ell, mentre la seva mà restava aturada i la ploma no acaronava el paper. Perquè la veritat a seques, qui la coneix? I on és la frontera entre la veritat i la mentida?

Fins on hauria de remuntar-se per trobar l'inici de la mentida?

Quan era un infant, a Barcelona, havia escoltat parlar el seu pare amb la seva mare. Ell jugava en un racó de la sala i semblava que no hi fos, però un infant sempre té l'esperit a punt per xuclar qualsevol detall i convertir-lo en ensenyament, malgrat que sembli que no hi sigui. En aquell racó, en silenci, prou que entenia de les paraules del seu pare que un secretari d'algú important, i ell ho era del comte d'Ofàlia aleshores governador general de Barcelona, de tant en tant havia de mentir per aixoplugar l'honor del seu senyor. I d'això, a la seva curta edat, va aprendre que mentir permet salvaguardar honors i aconseguir objectius. Ho deia el pare, i el nen Domènec era molt despert; massa per la seva edat. I el seus pares no n'eren conscients i es permetien el luxe de parlar davant d'ell.

Més tard, a l'escola de la Junta de Comerç, on va estudiar fins als tretze anys, va aprendre que una cosa és allò que un mestre et vol ensenyar i una altra, de ben diferent, és la realitat. Domènec havia arribat a la conclusió que alguns dels seus preceptors tenien menys cervell que un mosquit i miraven de dissimular-lo tant com podien, amb mentides i invencions sobre estudis que no havien fet i que possiblement ni existien. No li hauria resultat difícil desemmascarar-los. De fet, en alguna ocasió els havia deixat gairebé en ridícul, perquè ell no es limitava a escoltar les lliçons, sinó que llegia, reflexionava i treia conclusions. Tanmateix, de seguida va descobrir que manaven, mentre que ell era un marrec prim i dèbil que no aixecava dos pams del terra. I manar estableix la diferència entre poder fer coses o haver de conformar-se a observar, creure i callar.

No calia ser molt espavilat per adonar-se que autoritat i mentida sovint fan una bona parella. Va ser per aquella època que el mossèn de la parròquia li ensenyava que en tocant a la caritat havia de vigilar que la mà esquerra no sabés el que feia la dreta. Tanmateix, al carrer la gent tenia prou clar que la caritat ben entesa comença per un mateix. Això també ho havia sentit dir sovint i, despert com era, de seguida es va adonar que allà podia haver una contradicció i va aplegar ambdues màximes, la saviesa espiritual i la pràctica, i va arribar a la conclusió que la caritat comença per un mateix, però que ningú no ho ha de saber. És a dir: la sinceritat és aquella virtut que sempre ha de restar amagada per tal d'evitar la vergonya que tothom sàpiga el que fas per a tu mateix. I quina millor manera hi ha d'amagar les coses, que la dissimulació, l'engany i la mentida? Per tant era evident que, començant pel pare, tots els que pretenien educar-lo en el fons li estaven explicant, sense ser gaire explícits, la manera de mentir constantment per salvar la pell i aconseguir els seus propòsits.

En ben poc temps es convertí en un expert en la matèria. Ho feia tan i tan bé, això de mentir i posar cara d'àngel, que el seu pare, ja traslladat a Còrdova, pensà en ell com el seu successor en el càrrec de Comptador del Partit de Vera. Posades així les coses, encara amb més raó la mentida esdevenia virtut.

I Maria Lluïsa parlava de mentides i de veritats?

—Quants cops no vas mentir per cridar la meva atenció, just quan ens vam conèixer? —havia fet Domènec, a París, aquell maleït dia de Nadal.

—No barregis les coses —li havia contestat ella, seriosa i amb un posat digne—. Aquestes són altres mentides

—Quines són les mentides acceptades i les no acceptades? On és la línia divisòria? —havia demanat Domènec amb expressió de no entendre res.

—La diferència està en fer mal. Aquelles que fan mal no són bones.

Les que fan mal... Ho veus? Només les que fan mal. Les altres no es poden considerar mentides. I és clar que sempre queda la pregunta: quines són les que fan mal i les que no en fan? Com es diferencien?

«Ens farem rics», recordava haver vaticinat a Còrdova, quan pretenia enlairar el globus. «Aconseguiré una comanda de l'exèrcit per fabricar-ne molts i muntarem un gran taller», s'havia entusiasmat quan li explicava a Maria Lluïsa els seus somnis i els seus plans. Ella, en aquells dies, creia en ell i l'escoltava embadalida.

Ho va intentar. I tant que sí! Però... En fi, que els vents no li van ser favorables i menys encara el seu pare, que a Madrid va remoure cel i terra per aturar el segon intent, tot argumentant que hi deixaria la pell i els diners.

I ara que pensava en el pare... De fet, el seu pare mai no havia cregut en ell. No, mai! De ben petit ja deia que no farien gran cosa amb aquell nen escanyolit que queia malalt amb la primera bufada de vent.

—És com tu —repetia el pare constantment a la mare quan s'enfadaven—. Dèbil! —feia amb veu forta.

Potser sí. Bé, en el terreny físic li havia de donar la raó, perquè les proves eren evidents i ningú no ho podia de negar. Quan anava a l'escola i hi havia baralla, ja sabia qui rebria primer; no tenia els braços forts; es refredava de seguida; les indisposicions que per a altres eren normals, per a ell eren vertaders drames; i després, quan ja va ser gran, la malaltia es convertí en una constant que el perseguia pertot arreu. A Madrid, a Còrdova, a Granada, a Tànger, a Marràqueix, al Caire, a... Ni els canvis d'aires ni les herbes ni les medecines ni les purgues... Res no aconseguia allunyar definitivament el perill de caure malalt. Fins i tot a Marràqueix va ser a punt de morir. I és clar que també hauria de confessar que n'havia fet un gra massa. Barrejar drogues, alcohol i dones en orgies interminables, per a un fetge tan delicat com el seu va ser una temeritat.

Però la debilitat física no significa que la ment també ho sigui o que la voluntat no existeixi. Això el pare no ho va acabar d'entendre mai. Domènec tenia una voluntat de ferro. Durant la seva infantesa i adolescència va aprendre a fer el cor fort i a amagar totes les debilitats, perquè el pare no continués dient que era un infant desvalgut. Quan tornava de l'escola, després d'haver rebut de valent en una baralla, dissimulava els cops; encara que li costés aixecar-se al matí perquè el seu front cremava, era capaç d'aplicar-se panys freds per fer baixar la febre i anava a escola; i va aprendre a suportar el dolor i a mentir per tal d'evitar les mirades i les paraules de retret del seu pare. Sí, malalt, tot i amb febre, era capaç de seguir llegint, estudiant i prenent notes i, més tard, quan ja va ser gran, res ni ningú li impedí viatjar. Prou que ho havia demostrat al Marroc. Ni el vent ni la pluja l'havien aturat.

Per què ho havia fet tot? Per ell? No! Per servir els altres, naturalment. Que no havien servit les seves mesures per corregir errors als mapes? No era allò l'exemple més evident que volia servir els altres?

Que el teu cos sigui petit i sense la força d'un lleó, no vol dir res, havia constatat més d'una vegada. La tècnica pot suplir moltes mancances. Sempre ho havia dit: ell demostraria que, dèbil i escanyolit, era capaç d'assolir el que altres ni tan sols somiaven. I va intentar volar. N'estava més que convençut que ho podia aconseguir. Segur! I tothom va veure que aquella cistella s'aixecava del terra. Només un metre, però ho havia fet! Els germans Montgolfier ho havien aconseguit a París. Per tant, era possible. I ell tenia clar que ho aconseguiria, malgrat tots els entrebancs i malgrat haver perdut un globus. En construiria un altre i ningú no l'aturaria, va decidir.

Tanmateix, va arribar la contraordre del ministeri. No es podia repetir l'experiment. Però què deien aquells desgraciats? Déu meu! Què no ho veien! Si aconseguia construir un segon globus, amb tota l'experiència acumulada, se'n sortiria, havia cridat. Però ningú no se'l va escoltar. El seu pare havia bellugat fils ben poderosos i la resposta va ser que no. Sempre l'omnipresent figura paterna, amb aquells ulls que el miraven i el feien sentir culpable. Culpable de què? Doncs, culpable d'haver-lo decebut, de no ser un home fort del qual ell se sentís orgullós, d'imaginar somnis de foll i de tot plegat. Culpable! I Domènec només demanava que el seu pare el mirés i el tractés com un fill. Res més que com un fill.

Va tornar a Madrid fet un dimoni i va reclamar els diners que li havien promès, però no existia cap document signat i les paraules se les enduu el vent: el mateix vent que havia fet caure el seu globus.

Aquells desgraciats, polítics i funcionaris de merda, l'havien deixat a l'escapça i cada cop que reclamava l'embolcallaven amb intrigues, somriures hipòcrites, mitges veritats i fum que tapava els tripijocs que els proporcionaven diners fàcils. Algú havia cobrat la indemnització pactada. D'això no en tenia cap dubte, però ara ningú no en volia saber res, d'ell; ningú no el rebia; ningú no recordava res del que havien parlat. Sí, les paraules se les enduu el vent i a ell l'havien deixat sense diners, sense permís per prosseguir, sense cap esperança, llençat en un racó com una deixalla. Perquè, per si encara fos poc, també havia perdut el seu lloc de treball. I és clar! Havia dedicat tant de temps i esforços al globus que havia descuidat el seu treball fins al punt que l'havien hagut de substituir. Quina gran lliçó!

Durant un any va haver de passejar-se per tots els ministeris gairebé implorant caritat. Ni el mateix Godoy el volia rebre, sinó que posava pel mig la frontera infranquejable d'un secretari que recollia els seus escrits i li feia saber que ja rebria resposta. Mentida! També mentida! Mai no va rebre cap resposta. Era la mateixa història de sempre, que es repetiria al llarg dels anys. Richelieu n'era l'última prova. Un altre polític que també emprava les mateixes paraules: ja rebreu resposta.

Déu meu! Els deutes derivats d'aquella aventura, que algú comparava amb els molins de vent del Quixot, en clara i burleta referència a l'aerostàtica, eren tants i tants que no va tenir més remei que acceptar un treball a la biblioteca del príncep de Castelfranco. Per a Domènec, acostumat a ocupar llocs a l'administració, va significar una veritable ofensa. Però, d'alguna cosa havia de viure. Tanmateix, com resa la dita: no hi ha mal que per bé no vingui. Allà, enterrat entre papers i més papers, se li va ocórrer la idea que per fi el trauria de l'anonimat i li obriria de nou la porta del despatx de Godoy. I tant que sí! Entre aquella muntanya de llibres i de mapes, va tenir la gran inspiració, el moment màgic que ho pot canviar tot.

Ho acabava de descobrir com si fos una revelació. Ho havia tingut davant dels ulls tot el temps, però no se n'havia adonat. La gent, tots plegats, volem que ens menteixin, que ens facin viure un món de fantasia, perquè la realitat és crua, dura i difícil. No obstant això, no volem viure una mentida qualsevulla, sinó que necessitem creure fermament en ella i aconseguir que ens faci sentir-nos importants. Per tant, ha de ser una gran, grandíssima, immensa, immensíssima i genial mentida.

Àfrica!, va fer amb els ulls clavats en aquell mapa. Àfrica! El continent inexplorat que ofereix la possibilitat de viure aventures, d'escalfar la imaginació de tothom i de crear la gran mentida.

De sobte, sense gairebé proposar-s'ho, els somnis d'infant retornaven i es veia vestit com un príncep musulmà, cavalcant per les planures desèrtiques que havia vist en algun dibuix i arribant a l'oasi on ja l'esperava el seu palau ple de servents.

Allò que havia començat com una petita inspiració, de mica en mica, dins la seva ment, esdevingué factible. Només li va caler fer alguna petita prova, tot explicant a amics i coneguts històries que havia imaginat, però que ell feia passar per aventures reals d'altres exploradors. La gent l'escoltava embadalida. A partir d'aquí, pàgines i més pàgines escrites al llarg de dies i dies, pensant els detalls, solucionant els problemes, creant la gran... Anava a dir mentida, però era fals. No era la gran mentida, sinó la gran aventura!

Finalment, va enviar un informe a Godoy. Tenia el pressentiment que aquest cop l'havia encertada. I així va ser.

Verge Santa! Quin èxit!

—Me'n vaig a París i a Londres —anuncià a Maria Lluïsa, a Còrdova, quan va tornar de Madrid per fer l'equipatge—. Una missió molt delicada que m'ha encomanat el mateix Godoy.

—Quant de temps seràs fora?

—Un mes, a tot estirar —contestà ell.

Evidentment va amagar que era per preparar un altre viatge molt més llarg. Havia mentit? Home... depèn de com es mirés. Ja li comunicaria la resta quan tornés. Les dones sempre fan drames sobre el més petit detall.

—I quant de temps seràs fora, aquest cop? —li demanà Maria Lluïsa, quan va tornar i li va anunciar que havia de marxar de seguida cap al Marroc.

—Uns quants mesos —mentí per segon cop—. Amb això haurem pagat tots els deutes i podrem començar de nou.

Maria Lluïsa tampoc no s'hi havia d'amoïnar. Li deixava una renda per tal que pogués mantenir-se ella i mantenir els fills. Res no li havia de faltar.

També havia mentit aleshores? Pel que feia a pagar els deutes, no havia mentit ni una paraula. Només amb la durada no havia estat prou precís. Perquè ell sabia que el projecte era ben bé per tres anys. Fins i tot podia ser per més temps. Tanmateix, tres anys són, en realitat, uns quants mesos. On era, doncs, la mentida?

—És perillós? —havia estat la següent pregunta.

—No. Gens ni mica —Domènec havia somrigut—. És un viatge científic, per estudiar les plantes i els minerals.

Havia mentit en això? Home... Com podia saber si seria perillós o no? De fet només coneixia el que havia pogut llegir als llibres i, per ser franc, no se'n refiava. Encara menys després d'haver descobert que el seu amic Rojas Marcos li havia mentit fins al punt de fer-li creure que parlava àrab. Oh, quin daltabaix! Sort que no es va acoquinar! I allà va néixer una mentida més gran que l'anterior. L'objectiu del viatge era militar. Militar? Però si a ell li importava ben poc tota aquella història de conquerir el Marroc! Tanmateix a Godoy l'omplia de satisfacció. Quedava ben clar que la descoberta que havia fet a la biblioteca del príncep de Castelfranco era la més gran de les veritats. Les mentides petites no van enlloc i queda demostrat que tothom està disposat a empassar-se una mentida, sempre que sigui prou gran. Deu ser veritat allò que diuen: que els extrems es toquen.

I la seva estada al Marroc? Allò va ser... va ser... increïble! Viure durant aquells anys instal·lat en la mentida, al Marroc, confortablement assegut en el tron de la fantasia, havia resultat una experiència impagable. La gent el saludava, el reverenciava, i ell repartia els diners que haurien d'haver servit per pagar els rebels. Allà li oferien tot el que a Madrid li negaven: honors, respecte, simpatia, amors, plaers, servei... Qui no hauria fet el mateix? Qui no s'hauria sentit bé? Algun dels funcionaris estúpids o dels maleïts polítics de torn? Hipòcrites! Ells encara ho haurien fet pitjor!

Allà va tenir un pensament prou interessant. I si resultava que els orientals tenien raó i vivim més d'una vida? Si existeix la reencarnació, significa que en altres vides hem sigut altres persones. ¿I si, tal com diuen els orientals, duem dins nostre, encara que amagat, el record d'aquestes altres vides i algú les pot arribar a veure?... ¿No podria ser que en una altra vida ell hagués estat un príncep musulmà? Això explicaria la seva pell morena i el seu cabell negre. També explicaria que aquella gent, sense ser-ne conscients, el prenguessin per un vertader musulmà, perquè ell duia dintre seu una altra vida passada. I, amb més raó, explicaria el seu desig de viatjar, la seva inspiració a la biblioteca del príncep de Castelfranco, que Godoy se l'escoltés, que... Tot era producte del destí. Per tant, allò no era un engany, sinó la necessitat de retrobar vides passades. I tant que sí! Els mateixos musulmans quan viatgen poden prendre el nom d'un fill seu. És un costum que ell havia presenciat per aquelles terres. Aquella gent tenia una sensibilitat especial, tal com ell havia pogut comprovar, i segurament veien dintre de la seva ànima el germen d'un dels seus.

De manera que va seguir mentint a tothom, als marroquins i a Godoy, però de bona fe. Volia estar entre els seus, perquè aquella gent el tractava bé, com a un igual, com a un amic i com a un germà. No com el seu pare o com els idiotes dels ministeris, que no li professaven cap respecte. I Godoy...? Era un interessat que només mirava per ell mateix i que somiava tornar a bastir un imperi on mai es posés el sol. I ell, naturalment, en seria l'emperador. Què havia de fer amb aquell babau afamat de poder i de glòria? Doncs... mantenir-lo content i treure-li tots els diners que pogués per poder-los repartir entre els seus germans musulmans. Perquè havia descobert que eren els seus germans de debò i que eren agraïts. Per tant, ells s'ho mereixien.

Al·là és gran! I Al·là el protegia. Quan escrivia una carta a Godoy, a cada mentida afegia un nou detall, que també era mentida. Una mentida feta de mentides que creixia gràcies a les noves mentides amb què alimentava el gran monstre. Però el més curiós de tot era que quan més gran resultava la mentida, més se l'empassaven. Llavors va arribar allò que per a ell esdevenia una gran evidència: si tothom s'empassa una mentida, significa que no és mentida, sinó veritat, perquè és impossible que tothom estigui equivocat. Aquest era un dels arguments que el mossèn de la parròquia, a Barcelona, havia esgrimit per demostrar l'existència de Déu. Deia: «com que resulta impossible que tothom s'equivoqui i tothom sempre ha cregut en l'existència de Déu, Déu ha d'existir». Un argument irrebatible. De manera que a partir de l'instant que tothom creia la seva història, el que havia començat com una mentida es convertia en la seva gran veritat.

Només hi va haver un moment que va dubtar, just abans que el fessin fora del Marroc. Va ser horrorós. Ja es veia mort. Tanmateix, ara estava convençut que només la seva sang freda l'havia salvat. Prou que li hauria agradat que el seu pare l'hagués vist. Mai més no hauria dit que era un noi dèbil! Mai més! Va ser capaç de mirar la mort cara a cara. Ho havia fet algun cop el seu pare? Mai!

D'aquella aventura en va treure una altra lliçó: que quan més gran és el perill, amb més vehemència s'han de negar totes les evidències, encara que semblin irrefutables. Sí, s'ha de fer amb tanta força que als ulls de tothom deixin de ser evidents i encetin el camí del dubte. Aquest era el segon gran secret. Negar, negar sempre i no deixar de fer-ho per més que els altres cridin. Una altra màxima que havia après a Barcelona: si tens raó crida, i si no en tens crida encara més. Perquè la mentida és la negació de la veritat i ambdues caminen agafades de la mà. Allà, a Larraix, va haver dies que ja es veia mort, però de sobte, inexplicablement, el sultà li perdonà la vida i l'expulsà. Mai no havia sabut què va fer canviar Sulaiman, però estava convençut que alguna cosa hi havia tingut a veure la seva fermesa de voluntat.

Llàstima! Havia estat tan feliç en aquelles terres! Si ell hagués pogut, s'hi hauria quedat, perquè al final s'estimava aquella gent. El bo de Hasim, que no entenia moltes coses. Quin tendre record tenia per a ell!

Oh, Mohanna! Divina criatura que l'havia fet feliç. Com li hauria agradat conèixer el seu fill! En va tenir notícies del seu naixement quan era a Egipte, gràcies a un viatger que el va reconèixer. Si hagués pogut, s'hauria endut Maria Lluïsa al Marroc. Estava segur que elles s'haurien entès i haurien esdevingut bones amigues. No podia ser d'altra manera, perquè aquelles dues dones eren pastades. Quan va tornar a Espanya, la seva Mariquita havia estat capaç de fer-li tot el que li feia Mohanna i havia entès que un home necessita noves experiències. Oh, Déu! Oh, Al·là! Dos cossos com aquells dins del seu llit. Què més podria demanar? Dues dones al seu servei, tothora. Quan la natura impedís gaudir d'una d'elles, l'altra la supliria. I la seva presència masculina i principesca, les faria felices. Perquè ell no voldria tenir tantes esposes, tantes concubines i tantes esclaves com Sulaiman ni com el seu germà Abd-as-Salam. Només amb dues en tindria prou. Una de cada religió i una de cada continent. D'aquesta manera podria abraçar el seu passat i el seu futur a través del seu present, les seves creences heretades i les adquirides, perquè, després de tot el que havia passat, de la seva extraordinària experiència en ficar els peus a La Meca i després d'haver trepitjat el Sant Sepulcre, alguna cosa havia canviat dintre seu. Hi ha més gran mentida que creure's en possessió de la veritat? No eren tots plegats una colla de mentiders? Cristians, jueus, musulmans... Tot mentida!

Després va tornar a Europa. Els diners se li havien acabat i ja no en rebia més. En arribar va trobar que tot havia canviat. Els reis ja no eren reis, sinó ciutadans; Espanya ja no era Espanya, sinó un apèndix de França; ell ja no era un príncep, sinó que tornava a ser un pobre funcionari a la recerca d'un destí; els liberals guanyaven la partida als monàrquics, però havien de continuar sent monàrquics perquè Napoleó els imposava un nou rei; molts espanyols esdevenien afrancesats per poder sobreviure; altres per enriquir-se; Europa ja no era Europa i el món deixava de ser el món que ell havia conegut. Però el més divertit de tot era escoltar parlar tothora de pàtria, d'ideals, de llibertat, de fraternitat i de lleialtat.

N'hi havia per llogar-hi cadires!

Algú tenia clar, entre tanta disbauxa, el concepte de patriotisme? Algú s'empassava totes aquelles... bajanades?, havia fet ell, després d'entrevistar-se amb Carles IV a Baiona, després d'haver vist que aquell rei titella signava tots els documents que els francesos li posaven al davant, després d'haver presenciat les estúpides discussions entre Carles IV i Ferran VII, entre pare i fill, ambdós abdicats i destronats, mentre Espanya canviava de mans.

Després de l'experiència del Marroc, amb un Godoy ambiciós que només desitjava conquerir un territori que no hi tenia res a veure amb ell, Domènec li havia de donar la raó a Abu Ashi, el nòmada que va conèixer al desert, prop del mar Roig, en un campament perdut on havia anat a petar tot escapant-se d'una infernal tempesta de sorra, sota la disfressa d'Alí Bei. Aquell patriarca li va oferir aixopluc, menjar i un lloc per dormir.

Quina nit més llarga! Romangueren desperts gairebé fins la matinada, perquè la companyia era agradable i la conversa interessant. Oh, gran Senyor! Allà no existia ni el temps ni la distància.

—No som nosaltres, que fem les guerres —li havia dit aquell nòmada de rostre arrugat i mirada fosca—. Per mi la casa, els fills, els néts i les meves esposes són més importants que un drap de colors que identifica un país o un senyor.

—Un drap de colors? —s'esparverà Domènec en aquella ocasió.

—Tinc prou clar que haig de seguir vivint i haig d'aplegar-me a vosaltres, els meus germans, i recolzar-vos en tot el que pugui, perquè vosaltres viviu al meu costat. Practico la caritat i ajudo a qui em necessita. Però no em demanis que m'empassi totes aquestes històries de territoris i de conquestes —va fer Abu Ashi.

Domènec el mirava esmaperdut, incrèdul. Històries de territoris i conquestes. Això havia dit Abu Ashi! Però, però... què s'empatollava aquell nòmada ignorant de la realitat? Ara mateix li respondria que ell i molts altres estaven lluitant per la seguretat del món i li explicaria que...

Anava a pronunciar la primera paraula, però Abu Ashi, sense apartar la mirada del foc, va seguir parlant com si no hi hagués ningú més i ell fes reflexions en veu alta.

—Ens passem el dia rumiant quina de nova en farem i oblidem viure l'autèntica realitat —Abu Ashi va encertar el seu discurs tot remenant el foc amb un bastó—. Som nosaltres els que hem de fer créixer els nostres fills. El meu territori és el que ocupa aquesta tenda. Avui aquí i demà allà. El cel és el mateix per a tothom. I la meva única conquesta és veure que els meus fills creixen i es fan dones i homes. Poc m'importa on visc avui, sempre que puguem viure en pau, perquè la pau és l'única condició que demano. En una guerra tothom pateix, els soldats marxen al front per lluitar i les dones resten a casa, però tothom pateix —va aturar un instant el moviment del bastó—: No obstant això, per alguns sembla més aviat un joc —respirà fondo, sospirà i seguí remenant.

—Els homes s'apleguen i formen pobles i ciutats —digué Domènec—. El món àrab i el món cristià basteixen països.

—Turquia, Egipte, Aràbia, Anglaterra, Espanya, França, el Marroc, Portugal, Bèlgica... no són més que paraules que no diuen res —respongué Abu Ashi amb un somriure—. Casa meva és casa meva i jo t'hauria ofert aixopluc encara que fossis francès i cristià.

—Llavors, per tu, la pàtria...

—Pàtria? —va fer Abu Ashi, com si Alí Bei acabés de pronunciar un mot desconegut—. He viatjat molt, he servit diversos senyors, he lluitat en algunes guerres i, al final, he tornat aquí, he comprat una tenda, m'he casat i he fundat una família. Que no ho veus, que l'única pàtria que conec és la pau? Fora d'aquí, tot són draps de colors. Coneixes algun patriota de debò? Tu ets un príncep i també has viatjat molt, has parlat amb molta gent i t'has entrevistat amb alts dirigents. Què busquen ells, aquests grans homes que manen sobre els altres i decideixen la guerra? L'única cosa que persegueixen és la seva satisfacció personal. Tria'n un i observa'l. Si enlloc d'haver nascut aquí, hagués nascut a l'altra punta del món, però tingués poder, seguiria enviant gent a la mort —va fer amb força, prement els punys—: Qui pensa en nosaltres i en tots els que volem la pau? Ningú. No interessem ningú, perquè no som ningú. Per contra, ells són els que decideixen destruir les nostres tendes, cremar els oasis i matar els nostres animals, perquè ells s'imaginen que són algú. Tanmateix, sols tampoc no són ningú. Només són algú quan algú els recolza i llavors creen el caos i sembren la mort.

—Per aquesta mateixa raó els homes ens apleguem i algú ha de manar per poder posar-hi ordre i defensar la nostra terra —intervingué Alí Bei.

—La terra no és de ningú. Nosaltres no la posseïm. Ella ens deixa viure-hi al damunt. Si els homes no tinguéssim tanta ambició, ningú no hauria de defensar res. Els homes del desert viatgem constantment. Quan arribem a un lloc desconegut, de seguida busquem fer amistat amb els veïns, de seguida preguntem i obtenim respostes. Tu has arribat aquí amb fam i jo he compartit amb tu el que tinc. No mirem ningú amb recança. Els homes de ciutat tenen una casa fixa i aquelles parets els atrapen i els converteixen en esclaus. Han de defensar un territori que han aconseguit després de lluitar per conquerir un tros de terra. Jo cada nit tinc una casa diferent.

—Mai no hauria imaginat que es pogués viure amb aquestes idees tan simples... —va fer Alí Bei.

—Sí, ja veig que t'has quedat bocabadat —digué Abu Ashi, que no parava de somriure—. I no n'hi ha per tant. Parla'm de coses senzilles i t'entendré. Parla'm de com educar i criar els fills, parla'm de verdures, de fruites, del sol, dels jocs, de la vida, de l'amor, del treball, dels animals i de coses quotidianes i seré feliç, perquè aquestes són coses que jo puc sentir. Si vols pots explicar-me totes les raons que condueixen a la guerra, i jo t'escoltaré amb respecte, perquè tu hi creus, però prou que saps, igual que jo i encara que ho vulguis amagar, que la guerra és el desastre, el fracàs dels homes i la nostra ruïna. Quan callen les paraules, parlen les armes. Però el seu llenguatge és molt minso. Només coneixen tres paraules: destrucció, dolor i mort. La resta no saben ni que existeixen. Per això és bo parlar i parlar. Fins i tot quan no es pronuncien paraules, que és el que passa quan dos homes en silenci comparteixen el mateix sostre i el mateix foc.

Parlar, parlar i parlar. Aquest era el secret d'Abu Ashi. Aquest i la seva honestedat. Aquell home sempre deia el que duia dins del cor. Tal vegada ell, ara, hauria de fer el mateix i abocar tot el que guardava dintre seu.

La seva mà va començar a escriure.

«L'única veritat és que tot ho fet per tu, tot ho he fet per vosaltres, per tots aquells que estimo i que...».

De nou es va aturar. Què havia passat feia pocs mesos? Sí, l'última de les mentides. Seguint les indicacions de Cuvier, havia anat a veure Chabon. Oh, quina sorpresa! De sobte aquell home que gairebé el menyspreava havia decidit oferir-li consells i ajudar-lo. I fins i tot va venir un dia a casa seva. Quin canvi!

Després van arribar altres sorpreses. Molé estava encantat amb el seu pla, sempre que ell en fos l'executor, i l'omplia d'afalacs. Van discutir les condicions. Més que discutir, el ministre les hi va imposar. De regals per als musulmans, no en volia sentir ni parlar. Domènec havia intentat fer-li veure que els regals, en aquelles terres, eren molt importants, però Molé es negà. Massa despeses inútils, deia. Domènec va callar i va acceptar totes les condicions. Necessitava diners i necessitava recuperar el respecte dels seus. Ningú no l'aturaria. Ni tan sols el metge que acabava de veure feia poques hores.

—Un home com vós, que ha sofert molts atacs de disenteria, que ha estat exposat a les vostres vicissituds al llarg dels viatges, que ha patit del fetge i que ha gaudit de la taula com vós heu fet, no és d'estranyar que tingui les parets dels budells tan tocades que puguin amagar un tumor. En dites circumstàncies resulta normal que patiu de diarrea crònica i d'aquestes flatulències que amenacen de rebentar-vos els budells —li havia explicat el doctor Benigni—. Necessitaríem fer més proves per saber fins a quin punt està afectat tot el sistema digestiu, però em temo... —llavors havia mirat el seu col·lega, que havia assentit—. En fi, que no us amagaré que el fet que estigueu perdent pes no contribueix precisament a l'optimisme.

—Tant greu és? —havia preguntat Domènec.

El metge havia aixecat les celles i havia inclinat lleugerament el cap a un costat, mentre premia els llavis. Ja n'hi havia prou per donar una resposta i ja feia força estona que parlaven.

—Què es pot fer? —havia demanat Domènec.

—D'entrada repòs absolut, una dieta estricta i...

Deien que era un dels millors metges d'Itàlia. Domènec l'havia contemplat. Havia de ser un dels millors, perquè la seva mirada ho deia tot, sense paraules: hauria d'haver vingut abans, aquestes coses no es poden deixar passar...

—Què passaria si hagués de fer un viatge, que no és pot ajornar? —havia preguntat Domènec.

—Llarg? —havia demanat el metge.

Domènec havia fet que sí amb el cap i el metge havia negat lentament, també amb el cap.

—El meu consell és que torneu a París, a casa vostra, i que reposeu al costat de la vostra família. Si el viatge ha de ser per terres on hi ha possibilitat de patir diarrees, el meu consell és que no hi aneu. Les conseqüències són imprevisibles.

Durant el trajecte de retorn a la pensió, havia estat calculant les seves possibilitats. Al Marroc ja havia estat a una passa de la mort i se n'havia sortit tot sol, havia pensat. Tanmateix, aquell metge semblava molt convençut del que deia i havia de ser cert, perquè després de travessar França, un tros d'Itàlia i anar camí de Venècia, havia tingut aquell dolor tan agut que semblava que anava a perdre el món de vista. Per altra banda, l'estómac li recordava massa sovint la seva presència i cada matí els seus budells es descarregaven sense cap mena d'esforç. Això és l'aigua, no havia deixat de repetir-se des que havia sortit de París. I és clar que, per altra banda, el meu ànim tampoc és el millor del món, també havia reflexionat. Potser una circumstància va de la mà de l'altra, s'havia enganyat. Els metges no en saben res i sempre imaginen el pitjor de tot!, havia dit tres dies abans, quan va copsar aquella expressió al rostre del doctor Benigni.

Tornar a París? I què hi faria? Potser explicaria a tothom que la vida se li escapava de les mans i...? I qui el creuria? Maria Lluïsa? Potser Molé? ¿O tal vegada Decazes, que li havia ofert un sopar el dia 3 de gener, just abans de marxar? Havia estat un sopar memorable. El ministre de policia havia alçat la copa tres cops per brindar per l'èxit del projecte.

—Per un germà! —havia fet. Ambdós eren membres de la francmaçoneria.

Potser aconseguiria que el ministre de marina el condecorés, França li concediria una pensió vitalícia i ell seria un heroi.

No! Impossible! No podia renunciar a aquell viatge de cap de les maneres! Seria tant com acceptar la seva derrota i perdre l'última oportunitat de refer la seva economia i de recuperar el respecte de la seva família, perquè Richelieu es faria un fart de riure.

Dues hores després d'haver-la encetat va acabar la carta, la introduí dins del sobre i va escriure-hi l'adreça. Quan la seva esposa rebés aquell escrit, ell ja seria camí de l'Orient. I que fos el que Déu volgués.

Després va escriure la segona carta. Aquesta era per al notari Guy Montfort amb una petició, i li adjuntava el segon document signat amb el comte Molé, el que feia referència a les condicions per acceptar el viatge.

*** ***

La donzella, en veure qui acabava d'arribar, va pujar cuita-corrents les escales per avisar Maria Lluïsa, que va deixar immediatament tot el que estava fent i va baixar tan ràpid com va poder.

Déu meu! Era ell. De debò! Pere estava allà, al vestíbul, dempeus, amb els braços oberts, esperant-la. I s'hi va llençar amb llàgrimes als ulls, mentre el besava i el besava sense parar, a una galta, a l'altra, al front... i l'estrenyia fins gairebé no deixar-lo respirar.

—Pere! —es va escoltar que feia la veu d'Asun.

Maria Lluïsa s'apartà un xic i Asun també s'afegí a l'abraçada, mentre sumava les llàgrimes a les de la seva mare.

—Anem a seure. Claire, porta alguna cosa per menjar —ordenà Maria Lluïsa—. Estàs més prim i fas cara de cansat. Segur que arribes afamat —va dir amb certa esgarrifança—. Claire, espavila! —cridà.

—No us amoïneu, mare, estic fort —somrigué Pere.

—Com és que has tornat? —demanà Asun, quan es dirigien cap a la sala.

Caminaven els tres abraçats. Pere al centre i amb una dona penjada de cada braç.

—Fa dies vaig rebre una carta del Ministeri de Marina francès. En ella em comunicaven que estan buscant gent amb experiència per a la marina i s'havien assabentat que jo serveixo en un vaixell mercant, però que sóc tinent d'artilleria. Avui hi he anat i m'han ofert entrar a la marina amb el mateix grau i arma que tenia a Espanya. No cal ni que passi per l'acadèmia. Ja sóc tinent d'artilleria de l'exèrcit francès i demà haig de presentar-me a intendència del Ministeri de Marina per rebre l'uniforme i la destinació.

—Segur que el teu pare, abans de marxar, ha fet alguna gestió... —a Maria Lluïsa se li il·luminà el rostre.

—No, mare —la tallà Pere—. És la primera cosa que he demanat quan m'he presentat al capità. Si m'arriben a dir que el pare hi tenia alguna cosa a veure, ho hauria refusat.

—Bé, l'important és que ets aquí, a casa, amb nosaltres —Maria Lluïsa abraçà el seu fill.

Quina llàstima! Per un moment havia cregut que Domènec...

L'endemà Pere va anar al Ministeri de Marina i rebé el nomenament, l'uniforme i l'ordre d'incorporar-se a la seva destinació dijous de la setmana vinent. Només seria a casa un cap de setmana.

—M'envien a Calais —anuncià en tornar a casa.

—On és això? —s'interessà Josep.

—Al nord de França, al canal de La Mànega, al costat de Bèlgica.

—No serà perillós? —s'espantà Maria Lluïsa.

—No, mare —rigué ell—. Estem en pau amb Anglaterra i amb Bèlgica.

—I així hem de continuar —sentencià ella.

Va ser un cap de setmana que va passar en un tres i no res, però Maria Lluïsa el recordaria per sempre més. Havia estat una estada curta, encara que infinitament intensa.

Pere va marxar dilluns. El viatge era llarg. Josep el va abraçar amb força. Tenia un pare general i un germà tinent, no parava de repetir, orgullós i cofoi. Asun també l'abraçà, amb llàgrimes als ulls, i Maria Lluïsa li va donar les darreres instruccions.

—Procura menjar i abriga't. Tingues present que al nord sempre fa fred. Vigila de no mullar-te la roba, i si et mulles canvia't, que la humitat no és bona per al cos...

—Sí, mare —digué Pere, i l'abraçà.

—I mira de no posar-te en perill —va fer ella, just quan ell ja pujava a la diligència.

—No t'amoïnis, mare.

La diligència arrencà i les llàgrimes ompliren els ulls de les dues dones, mentre Josep agitava amb força la mà i no deixava de fer-ho fins que el carruatge desapareixia engolit pels carrers de París. Llavors van decidir que havien de tornar cap a casa.

Van arribar just en el moment que el carter deixava un sobre que anava dirigit a Maria Lluïsa. Ella l'agafà i Josep va pujar tot corrent les escales per anar a jugar amb el vaixell que Pere li havia regalat dissabte i que havia esdevingut la seva joguina més estimada. Quan fos gran, ell també seria tinent de marina.

—És una carta del pare, des de Milà —va fer Maria Lluïsa, mentre trencava el segell i obria el sobre.

Asun es va treure el barret i es va quedar al seu costat. No és que tingués gaire interès per rebre notícies del pare, perquè encara no havia transcorregut prou temps i els records dels dies de Nadal i de Cap d'Any romanien vius i presents.

Maria Lluïsa començà a llegir. En aquelles línies Domènec s'expressava amb una gran tristor: «Escrivint en aquest paper, que m'ha costat algunes llàgrimes i un notable esforç, em sembla que us tinc davant dels ulls, que us veuen per darrer cop». En fi, els mateixos arguments, les mateixes paraules i el mateix to que havia emprat quan van tenir la discussió de Nadal. Després seguia explicant coses de Milà i de com ho estava preparant tot per marxar cap a l'Orient i acabava dient: «Tot ho he fet per vosaltres».

Sí, tot ho havia fet per ells: casar Asun un cop, mirar de casar-la per segon cop, fer fugir Pere, enganyar-la a ella amb totes les dones que se li havien posat per davant, dilapidar tota una fortuna, robar, falsificar, estafar... Tot per ells.

Semblava mentida que després de totes les llàgrimes que havia vessat per la marxa del seu fill, feia poca estona, encara li quedés tot aquell devessall, però és que l'havia estimat tant! Sí, a aquell home que enganyava, estafava i, si calia, robava. Aquell home havia estat capaç de transportar-la amb paraules als confins de l'univers i posar als seus peus una catifa d'estrelles. I tant que se l'havia estimat! Tant com ara l'odiava! I aquell canvi no era altra cosa que la seva imatge, la gran contradicció: el dia i la nit, la llum i la penombra, el sol i la lluna, la veritat i la mentida... Domènec era totes les contradiccions, excepte una: mai no havia estat fred. Sempre es bellugava amb el foc de la passió. Passió en tot el que feia, en tot el que pensava, en tot el que sentia, en tot el que comunicava... Al seu costat qualsevulla dona que acceptés l'engany, mai no se sentiria abandonada, malgrat que ell desaparegués durant anys, perquè en tornar l'embolcallaria de paraules perfectament destriades i la faria sentir-se única. La seva habilitat per esdevenir el centre de totes les reunions, de les discussions, de les celebracions i de qualsevol acte no tenia igual. Mai no restava sol ni apartat. La seva sola presència aportava un caliu que cap altre era capaç d'encendre. Però, un cop quedava al descobert la seva veritat, l'única veritat!, apareixia la gran mentida: l'home de les dues cares. No! Dels mil rostres! Un per a cada ocasió, un per a cada circumstància, un per a cada moment, un per a cada dona, un per a cada amic, un per a cada... El més gran mentider de tots els temps! Com no podia odiar-lo, si l'havia estimat amb bogeria?

Asun va veure la seva mare asseguda a la cadira del rebedor, amb la carta a les mans i els ulls inundats.

—Passa alguna cosa, mare? —demanà un xic espantada.

—No —negà Maria Lluïsa—. Tant de bo passés alguna cosa que ho canviés tot.

I s'aixecà lentament, mentre deixava la carta damunt la cadira i es dirigia cap al menjador. Era l'hora de dinar i la vida continua. Ha de continuar!

7.- DE NOU CAP A L'ORIENT

El duc de Decazes abaixà la carta procedent de Venècia i signada per Domènec Badia que li acabava d'enviar el comte Molé fins a recolzar-la a la falda, es va treure les ulleres i es quedà pensarós.

Aquest home és increïble!, va fer el ministre de policia amb un posat perplex.

El contingut de la carta no tenia dita. Domènec Badia, després d'agrair, amb una molt ben acurada retòrica, que el ministre de marina hagués obtingut per a ell el recolzament del rei de França, detall que li permetia trencar (o millor dit: anul·lar) la resistència que Richelieu oferia al seu projecte, feia esment una i altra vegada de la importància de les seves idees polítiques respecte el continent africà, tot reclamant l'atenció del govern de Lluís XVIII sobre que allò constituïa un afer de primer ordre per a l'Estat que repercutiria de forma decisiva en l'economia de França. És a dir: tornava a insistir sobre la possibilitat de fer del continent africà una colònia francesa. I això després que se li expliqués clarament que l'única cosa que es volia d'ell era que travessés

Àfrica d'est a oest i trobés el mar interior. Increïble!, repetí Decazes.

Però el millor de tot, sens dubte, era el paràgraf que manifestava que «no és el meu interès que em dicta sobre aquesta qüestió. Si la meva ànima fos capaç d'una acció tan baixa, ja fa onze anys que estaria al front del govern d'Àfrica Septentrional, o si més no, fent cas dels desigs de Carles IV, ja fa tretze anys que seria a Europa immensament ric». I acabava recordant que França era la pàtria dels seus avantpassats.

Patètic! Descazes negà amb el cap. I la gent de l'Institut de França segueix creient en aquest home!, va fer. Quan més gran és una mentida, més gent arriba a empassar-se-la. Increïble!, va fer per tercer cop. I és clar que també és cert que el mentider professional és molt més convincent amb la mentida que no pas amb la veritat. Tot i així, ¿com era possible que tota una colla de científics, alguns dels quals havien viatjat, que coneixien a bastament les limitacions de l'ésser humà, no s'haguessin adonat que Badia era un home de cinquanta anys, cansat, amb pinta de malalt i sense cap possibilitat d'èxit en una missió com aquella? Decazes se'n feia creus. Per a ell tot resultava tan evident! Com a bon ministre de policia, havia cercat informació acurada sobre Badia i la llista de detalls era aclaparadora. Aquell home ja havia tingut problemes amb la justícia espanyola; havia fugit del país veí amb les butxaques ben plenes; havia perdut pràcticament tots els diners que va endur-se de Madrid amb una fatxenderia que feia feredat; havia casat la seva filla de dinou anys amb un vell decrèpit, que l'havia deixat viuda; havia intentat vendre la col·lecció de llibres del seu gendre; havia exagerat les seves aventures al nord d'Àfrica fins a extrems impensables; havia enganyat mig París amb històries que farien empal·lidir d'enveja tots i cadascun dels contes de *Les mil i una nits*; s'havia inventat uns avantpassats francesos; havia mirat de fer entrar el seu fill a l'exèrcit; havia... Déu meu! No tenia ni límit ni control!

Sí. Badia no tenia ni límit ni control i, per altra banda, era més que sorprenent. Va haver un cert moment que Molé decidí rebaixar substanciosament les peticions del viatger, que més semblaven les d'una reina capriciosa que les d'un viatger científic. No hi hauria tots els regals que Badia demanava per als diferents personatges que visitaria. Allò era excessiu, determinà Molé sense consultar amb ningú, i va escriure una carta al viatger. Quan Decazes se n'assabentà, va imaginar que Badia es faria l'ofès i que plantejaria la seva renúncia a realitzar l'expedició. Hauria estat el més normal en una persona amb el tarannà d'aquell personatge, tan grandiloqüent i teatral. No obstant això, davant la sorpresa de tothom, Badia va acceptar les condicions de Molé.

—És tan gran el desig de tornar a aquelles terres i viure com un príncep, que ha acceptat anar-hi sense dur cap regal —havia dit Molé amb un deix de burla—. És un home sorprenent.

—Jo diria que això és més aviat un signe de desesperació. La seva economia estava tan malmesa que ni tan sols ha protestat —havia fet Decazes, i s'havia quedat pensarós.

Un home desesperat pot resultar molt perillós. ¿I si Badia els estava enganyant a tots plegats i resultava que treballava per als anglesos o per als espanyols?, fins i tot havia arribat a imaginar. Massa embolicat, havia conclòs després de rumiar-s'ho una estona. I és clar que, per altra banda, d'aquell mentider es podia esperar qualsevulla cosa! Llavors havia ordenat Duvalier que considerés aquella possibilitat.

—Impossible, senyor ministre —li va dir Duvalier una setmana més tard—. Estic plenament convençut que Domènec Badia és sincer. No disposa de recursos econòmics, els seus deutes cada cop són més importants, les relacions familiars, amb la seva esposa i la seva filla gran, estan força malmeses i el seu fill gran ha fugit de casa i no vol ni sentir parlar d'ell.

Bé, el tema era que tot seguia endavant i que els anglesos, segons els seus informes, ja s'havien posat en moviment. No podia ser de cap altra manera, perquè, tal com deia Duvalier, Badia era l'esquer ideal: fatxenda, amb desig de fer-se veure i dotat d'una imaginació que podia arrossegar mig món darrere les seves passes. Decazes, només d'imaginar la cara que posarien els britànics quan

Badia visités de nou la Meca i després s'endinsés a l'Àfrica, ja reia. I és que n'hi hauria per llogar-hi cadires! Tothom correria darrere seu i, mentrestant, altres farien la feina que calia fer i ningú no pararia atenció en un jove oficial francès que havia estat ofert pel baró Portal a Muhammad Alí. Linant de Bellefonds era d'una altra pasta i d'ell sí que es podien esperar bons resultats.

La veritat era que darrerament els britànics no estaven gaire encertats en matèria de política exterior, i calia aprofitar l'avinentesa. L'any 1803 Muhammad Alí havia estat reconegut paixà del Caire pel sultà Selim III i dos anys després havia esdevingut virrei d'Egipte, gairebé just abans que Selim III fos destronat per la revolta dels geníssers. Ara Muhammad Alí era l'home fort de tot aquell territori, el governant que havia endegat la modernització del país, havia plantat cara als turcs i amenaçava el Sudan, Síria i Creta. I aquí es produïa una situació a totes llums absurda: els anglesos lluitaven al costat dels turcs i no acabaven d'acceptar la primacia del virrei. Sortosament França havia après a tractar amb el nou dirigent i tenia prou clar on era Suez.

Decazes deixà la carta damunt la taula, a un costat, respirà fondo i cridà Duvalier. No hi ha res millor per convèncer els anglesos que un bon bescanvi de correspondència que pugui ser interceptada convenientment.

—Preneu nota d'unes cartes que han de seguir el conducte habitual. Ja m'enteneu —va dir, mentre tancava les parpelles i meditava cada paraula—: «Estimat comte Molé... no dubteu que...» No, no —negà amb el cap—. Esborreu això i comenceu tot dient: «l'inestimable servei que el nostre home pot fer a França...»

A partir d'aquí tot van ser elogis per al viatger i per a qui, teòricament, havia pres totes les decisions: el comte Molé.

Un cop acabada, va encetar una altra. Aquest cop dirigida al baró Portal.

—Estimat baró Portal... el nostre home ja és en camí i heu de començar a preparar...

Quan les cartes van estar enllestides, Duvalier es va aixecar, somrigué divertit, assentí amb el cap i sortí.

—Els serveis britànics quedaran ben servits —murmurà Decazes.

*** ***

—Us adoneu del desastre? Badia ja ens porta una considerable davantera. Ja som al mes de març i, segons les darreres notícies, el dia 23 de gener va passar per Venècia, malgrat que vós, quan vau parlar amb el senyor Barrow vau dir que el més probable era que esperés l'arribada de la primavera per posar-se en camí. Enlloc de prendre la iniciativa d'anar a parlar amb el senyor Barrow, hauríeu d'haver esperat dilluns i haver parlat primer amb mi.

Young, dempeus davant la taula de John Piech, va deixar anar tot aquell discurs sense una sola pausa. Quan va acabar el seu rostre havia enrogit i va haver de respirar fondo, moment que John va aprofitar per encabir-hi alguna paraula.

—Per al primer viatge, el que va fer al Marroc, va triar el mes de juny —es defensà John—. De manera que el més lògic era pensar que tornaria a triar la primavera. A més...

—Sempre us he dit que hem de deduir i no pas especular. Per algú com vós, que no ha viatjat mai, potser sí, que el més lògic seria marxar el mes de juny, però per algú amb l'experiència d'Alí Bei, que coneix tot el Mediterrani i tot el nord d'Àfrica, no —el va tallar Young—. És evident que ha començat a caminar d'hora per poder atrapar l'Aràbia a començaments de primavera. Així quan s'enceta la calor de l'estiu el seu cos ja hi està habituat. Compreneu?

—Sí, i és clar... —afirmà John amb el cap. Després negà, però—. No obstant això, a començaments de la primavera apareix el Hansim, el vent calent del desert que aixeca tempestes de sorra...

—No sabia que fóssiu un expert en viatges —el tallà Young amb burla.

—Ho diuen els llibres —s'excusà Piech.

L'única cosa que a John li resultava evident era que Barrow havia escalfat de valent les orelles de Young i ara es produïa l'efecte cascada. El problema era que per sota seu ja no hi havia ningú més i, per tant, ell s'ho havia de menjar i pair-ho tot. Hauria d'haver esperat al dilluns enlloc de parlar amb Barrow, acabà acceptant. A Young no li havia fet el pes i ara li feia pagar.

—Hem de recuperar el temps perdut. Aneu a l'ala est, parleu amb el senyor Crown i que busqui la manera de seguir les passes de Badia i no perdre'l de vista. Si us posa algun impediment, digueu-li que són instruccions directes de Lord Parry. He parlat prou clar? —acabà Young, i abandonà el despatx sense esperar que John respongués que sí, que havia parlat prou clar i que ell ho havia entès perfectament.

Uf! Va fer John, i es quedà assegut i esmaperdut. Respirà fondo i deixà anar tot l'aire dels pulmons. Per més que Young digués que Badia actuava en funció de l'experiència, ell seguia pensant que la decisió d'encetar el viatge a l'hivern era absurda. Tots els llibres ho deien ben clar: arribaria a terres d'Aràbia a la primavera, just quan s'aixeca el vent del desert i comencen les tempestes de sorra i faria tot el viatge durant l'estiu, quan la calor és més forta. El més lògic, no parava de repetir-se, era haver esperat fins la primavera, arribar a l'estiu i encetar la travessa del desert a la tardor, quan la temperatura comença a baixar i no hi fa vent. És que no hi havia color!

No obstant això, havia de donar la raó a Young en un punt: la realitat era que el viatger ja estava en camí i que tots els raonaments ja no servien per a res. Les últimes notícies el situaven a Venècia, però d'això ja feia un mes ben llarg. Quina era la seva destinació? Teòricament... I va buscar el mapa. El Caire...? Bé! Parlaria amb la gent de l'ala est, que era com anomenaven els que s'ocupaven de l'Orient Mitjà, i establirien un pla. Com deia Lord Parry: si no disposem de ningú amb prou experiència i coneixements per explorar aquelles terres i trobar el camí, el millor és seguir Alí Bei i després avançar-nos.

MALEÏT CRISTIÀ!

*** ***

Era el dia 19 de març, Sant Josep, i la ciutat de Constantinoble s'havia despertat radiant, tot anunciant una primavera que podia resultar rica i agradable. L'hivern havia estat un pèl cru durant el mes de gener, però la resta del temps havia estat suau.

Molt abans de l'entrada del port els navegants ja albiraven la silueta inconfusible de Santa Sofia, la basílica que l'any 1453, amb la conquesta per part de Muhammad II, havia esdevingut mesquita.

L'ambaixada francesa es trobava situada al bell mig del barri de la Pera, al costat asiàtic, lloc benestant de la que havia estat durant mil anys la capital de l'imperi bizantí, i que duia el nom del gran emperador Constantí, el darrer dels més grans, que li va proporcionar tot l'esplendor. Des de la terrassa de l'edifici de l'ambaixada es distingia clarament el corrent d'aigua que baixa des de la mar Negra fins a la mar de Màrmara i que fins i tot forma remolins i impedeix que les petites barques puguin remuntar-lo sense l'ajut de les sirgues de les que tiben els homes des de terra.

Arístides, el secretari particular del marquès de la Rivière, ambaixador francès, va entrar dins de la sala i va anunciar l'arribada del viatger Hadj Alí Abu Othman. L'ambaixador va dipositar amb estudiada lentitud la tassa de cafè damunt la tauleta i va assentir amb el cap per donar a entendre que el rebria allà mateix.

El secretari sortí i va tornar poc després acompanyat de Domènec Badia que lluïa una ben poblada barba i un turbant, tot i que la resta dels vestits eren de tall occidental. L'ambaixador es dirigí cap a ell i allargà la mà per rebre l'encaixada del viatger.

—Encantat, senyor Abu Othman. El ministre Molé ja m'ha anunciat per carta la vostra arribada i m'ha donat instruccions precises sobre el que us haig de proporcionar —va dir el marquès de la Rivière.

—És un plaer conèixer-vos, senyor marquès —respongué Badia—. Si el comte Molé ja us ha escrit, significa que us ha explicat el motiu del meu viatge.

—Evidentment, senyor Abu Othman —l'ambaixador assentí amb el cap i indicà amb la mà que seria més confortable seure—. Estava prenent cafè. Us ve de gust una tassa? El cafè turc és molt aromàtic i agradable.

—Sempre que no l'apurem i acabem prenent els pòsits — respongué Abu Othman.

—Veig que coneixeu Turquia —se sorprengué el marquès de la Rivière.

I tant que coneixia Turquia! Els dos homes s'assegueren i mentre un criat els servia una tassa de cafè, el viatger va fer un relat de la seva estada en aquella ciutat durant el seu viatge anterior. Havia passejat per tots els barris suburbials que convertien el canal en un carrer d'aigua i havia arribat fins a l'embocadura de la mar Negra, on s'alçaven els dos castell, un a cada banda, i la torre de Leandre, construïda damunt l'illot que hi ha enmig de l'estret i que permetien defensar-lo de qualsevol atac pel nord. Després havia baixat fins a les bateries de canons que tancaven l'entrada per la mar de Màrmara i que van presenciar el 1359 la terrible batalla entre Venècia, Catalunya i Aragó per un costat i Gènova per l'altre, de resultat incert, però que va permetre els genovesos signar un acord que tancava tots els ports bizantins a venecians, aragonesos i catalans. També estava al corrent que el port era un dels més grans i dels millors del món, amb un calat que permetia que un vaixell de tres ponts pogués tocar terra sense que la quilla rasqués el fons i va fer una descripció prou acurada de l'arsenal, on habitualment s'hi podien veure més d'una dotzena de bucs perfectament disposats per salpar.

—Hi vau estar gaire temps? —preguntà l'ambaixador, sorprès pels coneixements d'aquell home.

—No tot el que hauria desitjat, perquè aquesta és una ciutat que requereix una llarga estada per visitar-la i jo només hi vaig estar de passada.

Durant gairebé dues hores van estar parlant de tot i de res. El marquès de la Rivière estava fascinat per aquell home menut i prim que era un pou d'anècdotes i de coneixements sobre tot el que es referia a aquelles terres i al caràcter musulmà. Fins i tot li va relatar que ell havia establert una teoria, que havia deixat escrita, fent referència a què devia d'existir un corrent submarí que dugués aigua salada des de la mar de Màrmara cap a la mar Negra, fet que explicaria que, malgrat que l'aigua superficial, degut a la gran quantitat de rius que hi desemboquen, va des de la mar Negra cap a la mar de Màrmara, l'aigua continua sent salada.

L'ambaixador es va quedar bocabadat. Molé li havia demanat que li donés la seva opinió sobre les possibilitats que tenia el viatger que portar a bon fi una missió tan complexa, delicada i perillosa com era creuar Àfrica, perquè el cònsol francès a Milà li havia escrit que Domènec Badia havia arribat malalt, havia hagut de ser hospitalitzat un parell de dies i havia marxat malalt. Tanmateix, el marquès, després d'aquella llarga conversa havia canviat la seva opinió inicial, de quan va veure entrar per la porta un home que feia tota la fila d'estar cansat i ser dèbil. El viatger, a mesura que parlava, es transformava, els seus ulls s'encenien i desprenien una llum difícil de descriure, mentre que tot ell respirava una passió que contagiava tothom que se l'escoltés. Semblava talment un miracle.

Quan es van acomiadar, el marquès li va confessar que havia passat una de les millor vetllades de la seva vida i el va convidar a visitar-lo l'endemà mateix.

Durant els dies següents les converses es multiplicaren i l'ambaixador va descobrir que els coneixements d'aquell home superaven amb escreix tots els que ell havia arribat a acumular durant els anys d'estada en aquelles terres.

Per la seva banda, Domènec, va anar assumint la seva nova identitat de Hadj Alí Abu Othman, va comprar tota la roba que li calia, va començar a estudiar la ruta que faria per arribar a Alep, següent etapa del seu viatge, i va tornar a visitar la ciutat, aquest cop amb detall i prenent moltes més notes que en el viatge anterior. Per què ho feia?, es demanà un vespre. Per no pensar en res, per no recordar les paraules del metge i per no caure en la desesperació de qui descobreix que ja no disposa de cap més oportunitat. Ja s'havia torturat prou durant el viatge des de Venècia fins a Constantinoble. Cada hora del dia i de la nit, les havia dedicades a repassar la seva vida, a recordar totes les desgràcies i a queixar-se de tot i de tothom. Va haver un instant que va estar temptat de girar cua i tornar a París, perquè se sentia tan ensorrat que només mirar endavant el cansava. Com va aconseguir arribar a Constantinoble? Ni ell mateix podia respondre aquesta pregunta, perquè era prou conscient que ja no hi havia futur per a ell i que, mirés cap a on mirés, es dirigís cap a on es dirigís, només hi havia un final. El doctor Benigni havia estat molt clar. Millor dit: la seva mirada havia estat molt neta i molt clara. Massa per oblidar-la.

Sortosament, com si fos un petit miracle, l'estómac havia deixat de fer-li mal tot just arribar a Constantinoble i això li havia permès recuperar tota la seva capacitat per seduir qualsevol. La prova era que el marquès de la Rivière el veia com un gran explorador. Fins i tot, en una de les converses que va tenir amb l'ambaixador, en un cert moment, el marquès el va mirar fit a fit i li va demanar:

—No sou vós aquell que anomenen Alí Bei?

Domènec va somriure i no va contestar. Quina gran habilitat, la seva! El marquès va entendre de seguida que no havia de tornar a plantejar la pregunta i que bé podia suposar la resposta. Una missió especial. Aquest era el missatge. A partir d'aquell instant l'opinió que l'ambaixador tenia de viatger, que ja era alta, encara va augmentar més. Ell havia llegit les obres de l'intrèpid explorador i conèixer personalment l'autor de totes aquelles aventures l'omplia d'orgull i de joia. Tant que, uns dies després, el 26 de març, escrivia a Molé una carta tot dient que no havia de patir gens ni mica, perquè els coneixements i la intel·ligència del viatger suplien àmpliament totes les mancances físiques que pogués tenir.

—Quan teniu previst marxar? —li va demanar una tarda, ja entrat el mes d'abril.

—Cap a finals de mes. He contractat els serveis d'un guia que pot estar per mi d'aquí uns dies i conduir-me fins a Alep o, si ens posem d'acord, fins a Trípoli.

—Ho teniu tot? Heu de menester alguna cosa més? —insistí el marquès de la Rivière. Havia rebut ordres de París de proporcionar al viatger tot el que figurava dins la llista, però estava disposat a ultrapassar les instruccions i curullar tots els seus desigs.

—Heu estat molt amable i tinc prou diners per arribar fins a Sant Joan d'Acre, on ja em pagaran el vint mil francs convinguts amb el comte Molé —respongué Domènec.

El viatger va dedicar els dies següents a descansar i visitar la ciutat. Malgrat que era musulmana, en matèria de dones tenia uns costums més relaxats que no pas les ciutats més endinsades, tot i que calia fer la distinció entre les dones de famílies benestants, que no podien sortir soles al carrer ni passejar-se mostrant el rostre, i les de les capes més baixes de la societat que sortien a qualsevol moment del dia i fins i tot de la nit. Per a ell resultava evident que el fet que la ciutat tingués un port tan concorregut i que fos una cruïlla entre orient i occident constituïen dos motius prou importants per aconseguir que les línies divisòries es desdibuixessin quan arribaven a les capes més baixes de la societat. Ell ja ho havia comprovat durant la seva primera estada en aquella ciutat, quan retornava del seu llarg viatge per tot el nord d'Àfrica. Recordava amb cert plaer que allà ja s'havia recuperat de les seves nombroses indisposicions i que bé havia pogut gaudir de la companyia d'algunes de les dones que es barrejaven entre els homes sense gaire vergonya. Potser ho podria tornar a provar, pensà divertit, perquè si l'estómac havia deixat de molestar-lo, potser era que el doctor Benigni havia estat massa contundent amb el seu diagnòstic o que el règim estricte al qual s'havia sotmès, aplegat a les purgues i les lavatives que miraven de netejar els budells, havien obrat un prodigi. Somrigué amb un cert regust de plaer. Tenia ben present que les dones van significar una molt bona experiència durant la seva anterior estada. Només que ara les faria perfumar abans de ficar-se al llit, perquè la seva olor li recordava vagament la que feia la pell de Shara. Déu meu, quin tros de dona! Llàstima d'aquella flaire! Tanmateix, després de rumiar-s'ho una estona, convingué que no era una bona idea. El seu cos estava massa cansat i la seva passió empobrida. Poca cosa podria fer amb una dona, excepte tocar. Si a més li faltessin les dents, de les quals ja n'havia perdut un parell, gairebé semblaria Claude. No. Havia de ser realista i acceptar que tot allò constituïa més un pensament, un record i un desig que no pas una possibilitat real. De manera que va dedicar el temps a descansar i preparar-se per al viatge que l'esperava.

El dia 26 d'abril, tal com era previst, Domènec Badia, un cop assumida plenament la personalitat del viatger Hadj Alí Abu Othman, després d'haver deixat a l'ambaixada tots els vestits occidentals i totes les pertinences que el podien relacionar amb França o donar una petita idea de la seva vertadera missió i haver demanat al marquès de la Rivière que ho enviés tot a París, a casa seva, va creuar el Bòsfor per endinsar-se en el continent asiàtic.

L'ambaixador va anar a acomiadar-lo i el va abraçar. La gran aventura havia començat!

*** ***

Peter Solomon tenia trenta anys, la pell morena i el cabell negre, herència del seu pare que havia estat descendent de jueus, malgrat que els seus avantpassats s'havien establert a Londres feia un parell de segles i de mica en mica el seu passat jueu s'havia anat diluint fins a quedar-ne només el nom, després que les successives generacions s'anessin casant amb dones d'aquelles terres. La seva mare, sense anar més lluny, pertanyia a una família catòlica irlandesa i, en casar-se, havia deixat prou clar que no renunciaria a les seves creences i que educaria els seus fills en la religió dels seus pares. El matrimoni es va celebrar i ningú no s'hi va oposar. De manera que els seus fills, tres en total, havien estat batejats segons mana el ritu de la Santa Església Catòlica, Apostòlica i Romana. I Peter feia dos anys que s'havia casat amb Lisa, membre de l'Església Anglicana. Per tant, els seus fills encara tindrien la sang més diluïda.

Entre les poques coses que havia conservat del seu pare hi havia el coneixement de la llengua i costums del poble d'Israel i una bona educació. Dos elements que li havien permès entrar a treballar de funcionari al Ministeri d'Afers Exteriors poc abans que el seu pare morís. D'això feia alguns anys i havia aconseguit escalar llocs lentament fins a arribar al que tothom anomenava l'ala est. El seu bagatge jueu el feia ideal per tal d'ocupar-hi una taula i esperar la gran oportunitat de realitzar un servei digne de la seva vàlua. Perquè ell estava segur que encara ningú no s'havia adonat de qui era ni del seu talent.

—Ens han vingut a demanar ajuda a l'últim moment —li havia explicat Jeremy Crown, el responsable de l'ala est—. Conec Barrow i és molt perillós. Si ha convençut Lord Parry per fer-nos participar, significa que s'està cobrint les esquenes i que vol disposar d'un cap de turc per carregar-li el mort si alguna cosa falla. Enteneu el que vull dir?

—Hem de ser cautes, senyor —havia respost Peter Solomon.

—Hem de ser prou hàbils com per tornar-li la jugada.

Peter assentí i marxà. Havia entès perfectament el que volia dir el senyor Crown.

Aquell matí Peter va pujar a salts l'escala i va enfilar amb pas ràpid el passadís que conduïa a la porta de la sala de reunions del segon pis. Just en posar la mà damunt del pom, es va aturar un instant, va tancar els ulls, va respirar fondo, bufà amb força per eliminar el darrer vestigi de tensió, obrí de nou els ulls, va fer girar el pom i va empènyer la porta amb decisió. No tenia cap dubte que per fi li havia arribat la gran oportunitat que tant i tant havia desitjat i que tant i tant havia reclamat en silenci.

Dins la sala ja hi eren tots. Lord Parry estava assegut al cap de taula, Barrow ocupava la seva dreta, Young la seva esquerra, Jeremy Crown s'havia assegut al costat de Barrow i finalment John Piech s'asseia al costat de Young. I on s'havia de seure Peter? Lord Parry li indicà la cadira que hi havia a l'altra cap de taula.

—Quines notícies tenim? —demanà el seu cap Crown tan bon punt Peter prengué possessió de la seva cadira.

—Sembla que ha sorgit alguna petita dificultat —respongué. Calia fer-se l'interessant i deixar clar que la tasca encomanada no era tan senzilla com semblava a primer cop d'ull.

—En quin sentit? —Lord Parry obrí els ulls i fixà les seves ninetes en el jove.

—Hem perdut Alí Bei —Peter deixà anar aquella frase i va esperar per veure la reacció dels cinc homes presents. Ho tenia tot ben estudiat.

Lord Parry, amb cara de babau, parpellejava sense parar, incrèdul; Barrow feia uns ulls com taronges; Young s'havia quedat blanc com la cera i havia deixat de respirar; Piech mirava de mantenir les maneres i s'havia dut la mà a la boca per no esclafir de riure; i Crown el mirava amb interès i li llençava un missatge prou clar: compte amb les paraules, perquè ens hi juguem molt.

—Què vol dir que hem perdut Alí Bei? —demanà Lord Parry, i afegí—: I llavors, què passa amb Domènec Badia?

John Piech va haver de fer esforços per no petar-se de riure. Aquell Solomon era un babau, però Lord Parry no li anava gaire lluny, pensava. Si no fos perquè la situació tenia pinzellades de dramatisme, se n'hauria fet un bon fart. Resultava evident que si havien perdut Alí Bei, també havien perdut Domènec Badia. O, tal vegada, Lord Parry no sabia que eren la mateixa persona?

—De fet, no és que haguem perdut completament la pista, sinó que tenim un dubte —contestà Peter amb absoluta tranquil·litat—. No sabem si és al Caire o si va camí de l'Orient Mitjà, encara que jo m'inclinaria més per la segona opció.

—Seríeu tan amable d'explicar-nos la situació sense convertir-la en una història de misteri? —intervingué Barrow.

—Sí, senyor Barrow —va fer Peter, i va obrir la carpeta que havia dut amb ell—. La seva pista és clara fins a Venècia, però a partir d'aquí es perd. Cap viatger amb el nom de Domènec Badia va abandonar el port ni va sortir de viatge. I cap viatger amb el nom d'Alí Bei ha abandonat el port ni la ciutat per terra. Tanmateix, Domènec Badia va deixar l'hotel fa una bona colla de dies i ningú no sap on és.

—Se l'ha engolit la terra? —demanà Lord Parry gairebé bramant.

—És evident que ha canviat d'identitat —respongué Peter amb to d'evidència. Havia arribat el moment de fer una demostració dels seus dots, i afegí—: No pot viatjar a l'orient com un occidental i amb el seu nom vertader, i no pot tornar a aquelles terres amb el nom d'Alí Bei, si el que pretén és dur a terme una missió secreta. És massa conegut.

—Llavors? —va fer Young, que fins al present havia romàs callat, però que no se'n va poder estar, perquè el raonament era assenyat, Lord Parry havia assentit amb el cap i ell s'ensumava un perill imminent.

—He escrit a tots els nostres consolats i ambaixades per demanar-los si estan al cas d'algun viatger oriental que hagi sortit de Venècia per les dates en les quals ha desaparegut Badia —explicà Solomon, traient un plec de cartes i mostrant-les—. He rebut unes quantes respostes i n'hi ha dues que podrien referir-se al nostre home. Una parla d'un tal Muhammad ben Serrai, que va embarcar en un vaixell camí d'Egipte i que respon a la descripció d'Alí Bei, i una altra es refereix a Hadj Alí Abu Othman, que també respon a la descripció i que ha viatjat cap a Constantinoble i ara va camí d'Alep.

—Heu dit que vós us inclinaríeu més per la segona opció? —demanà Barrow.

—Si analitzem els noms, Hadj Alí Abu Othman conté dos que són força representatius. D'una banda Alí forma part d'Alí Bei i, per l'altra, Othman és el nom que van posar al seu fill, si fem cas del que ell va escriure a les seves memòries —seguí explicant

Solomon—. Els musulmans, quan viatgen, poden emprar el nom d'un fill seu, habitualment el primogènit. Ho fan per continuar tenint un fort lligam amb la seva llar. De manera que seria prou assenyat imaginar que Domènec Badia, també conegut com Alí Bei, ara es fa dir Hadj Alí Abu Othman. Més encara tenint en compte que Abu significa pare. Per tant, Abu Othman vol dir pare d'Othman. I aquest és el que ha sortit camí de Constantinoble, des d'on he rebut una carta del nostre ambaixador que diu que va camí d'Alep. De fet tot lliga, perquè des d'Alep pot baixar cap al sud i dirigir-se cap a Aràbia, tot passant per Jerusalem.

—Per què hauria de passar per Jerusalem? —demanà Young, que cada cop veia perillar més el seu prestigi.

—Si vol endinsar-se a l'Àfrica, lloc ple de perills, no és pas cap bajanada pensar que miri de visitar el Sant Sepulcre per demanar la intercessió divina.

—I la peregrinació a la Meca? —apuntà Barrow.

—No és difícil d'explicar —assentí Peter—. No podem oblidar que estarà en territori musulmà. Per tant, la visita a la Meca és per aconseguir que tothom l'ajudi com a un germà i la visita al Sant Sepulcre és per demanar la protecció de Déu. Ell, encara que sota una disfressa, continua sent cristià.

—Una explicació lògica —Lord Parry es posà dempeus i caminà cap a la finestra. Tothom el mirà. Arribà a la finestra, contemplà el carrer, es gratà la barbeta i demanà—: Vam enviar algú darrere d'ell?

—Vam enviar un agent nostre, que ara deu haver arribat al Caire, tal com ens va demanar el senyor Piech —explicà Peter.

—¿Haig de suposar que nosaltres hem enviat el nostre home al Caire i resulta que Alí Bei o Hadj... i no sé què més va camí d'Alep? —demanà Lord Parry, ensems es tombava cap a Peter Solomon, que assentia en silenci. Llavors, el secretari d'estat enrogí de ràbia i es tombà cap a John Piech—. I on collons està Alep? —cridà.

—A Síria, senyor —respongué Peter, i puntualitzà—: Damunt del paral·lel 36 i entre els meridians 37 i 38, just passada la frontera amb Turquia.

—M'importa ben poc entre quins paral·lels es troba Alep. El que vull saber és quina distància hi ha entre el Caire i Alep —va fer Lord Parry, i seguí mirant John Piech.

John, que fins aleshores s'havia mantingut fora de l'enrenou, però que ja feia estona que veia venir la tronada, es va adonar que podia acabar ben escalfat.

—Considerable —respongué John amb timidesa, mentre pensava quina sortida podia trobar davant del desastre que s'atansava.

—Fantàstic! —Lord Parry aplaudí i assentí amb el cap—. Sou vós que vau dir que el més segur era que es dirigís al Caire? —va demanar, tot mirant John amb uns ulls que semblaven punyals.

—L'única cosa que jo vaig assegurar és que visitarà la Meca i vaig dir que calia localitzar-lo i seguir-lo —va agafar la carpeta que tenia davant seu, l'obrí i va treure uns documents—. És el que hi ha escrit a l'informe, en la segona pàgina, tercer paràgraf. Ho podeu comprovar —assenyalà el punt concret de l'escrit—. Si algú ha pres la decisió d'avançar-se...

—I ara què fem? —Lord Parry es tombà cap a Crown, que va mirar Peter.

Peter Solomon va engolir saliva. Malparit! John havia estat molt hàbil, tot dient una cosa i escrivint-ne una altra al seu informe. Si no trobava una sortida, la patata calenta seria per a ell.

—M'he pres la llibertat d'escriure al nostre cònsol a Alexandria per tal que faci arribar el missatge al nostre ambaixador al Caire que quan arribi el nostre agent, el retingui.

—Fantàstic! —repetí Lord Parry per segon cop, i va fer picar les seves mans contra les cuixes del pantaló—. Hem escrit a Alexandria per tal que facin arribar al Caire el missatge que si arriba el nostre agent, se'l quedi. Potser com un record?

—Domènec Badia ha de passar pel Caire per força —replicà Peter.

—Segur? —va fer Lord Parry mirant Barrow i Crown.

—Si vol proveir-se i seguir camí cap al sud, és la darrera ciutat important abans d'iniciar la gran aventura —respongué Peter.

—I mentre, què farem?

—He escrit a totes les ambaixades i consolats de l'Orient Mitjà per tal que estiguin al cas de l'arribada del nostre home, que el segueixin i que ens n'informin per correu diplomàtic urgent.

Lord Parry es va quedar en silenci, meditant. Tothom el mirava i restava pendent d'ell.

—Màxima prioritat per aquest afer —digué, de sobte—. Senyor Crown, vós sereu el nou responsable. És el vostre territori i el senyor Solomon ha demostrat que és capaç de manegar aquest assumpte.

Una hora després, Peter entrava al despatx de Crown, que somreia.

—Excel·lent, senyor Solomon! Heu fet un bon treball i espero que el coroneu amb èxit.

Peter abandonà el despatx ben cofoi. Aquella era l'oportunitat que tant havia esperat. Sens dubte!

Per la seva banda, John també va abandonar el despatx de Young, però amb les orelles ben calentes.

—Hem quedat com idiotes! —havia fet el seu superior.

La mateixa frase que Young acabava d'escoltar de llavis de Barrow.

—Vull un informe perfectament acurat sobre tot el que fa referència a tota la feina que hem fet al llarg d'aquests darrers mesos i procureu que tot siguin encerts. En cas contrari, ja sabeu quina serà la vostra destinació. M'he explicat amb claredat?

Aquestes també havien estat, si fa no fa, les mateixes paraules de Barrow. Uf! La vida sota les ordres de Mansfeld era dura, però més tranquil·la, medità John. Solomon era un jueu i aquests no són de fiar. Si no es treia la son de les orelles, aquell desgraciat se'l menjaria de viu en viu. I això no ho podia permetre de cap de les maneres.

8.- CANVI DE RUMB

L'objectiu era Alep, però s'havia estimat més descansar a Adana, capital de regió del mateix nom, situada a Turquia, vora el riu Seyhan i que era el centre comercial de la plana de Cilícia.

Bé, la veritat no era que s'hagués estimat més descansar, sinó que el seu cos l'hi havia imposat. Havia abandonat Constantinoble amb l'optimisme de qui imagina que ha recuperat bona part de la salut, però travessar tota la península d'Anatòlia l'havia tornat a la realitat. Havia representat un esforç gens fàcil de pair per a un cos dèbil i malmès com el seu, malgrat que la temperatura a mitjan maig i en aquelles contrades encara era perfectament suportable. No obstant això, si tot seguia pel mateix camí, era evident que cada cop resultaria més difícil seguir avançant i que arribaria un instant en què s'hauria d'aturar i, fins i tot, fer marxa enrere. Només esperava poder arribar a Jerusalem. Allò ja justificaria el viatge i podria tornar a París i segurament Molé el condecoraria, tal com li havia promès. No deixava de ser curiós que sempre havia perseguit una condecoració i mai no l'havia aconseguida. I prou que se la mereixia! Va tornar a Espanya quan tot estava potes enlaire i tothom s'oblidà d'ell, va servir Josep I, va fer de Còrdova una ciutat diferent, però l'envejós de Goudinot, que veia com el prestigi s'escapava cap al prefecte, el va ensorrar. Però aquesta vegada ningú no li arrabassaria els honors i la condecoració seria seva. Llavors, Richelieu no s'oposaria a la concessió d'una pensió. A més, hauria passat per Sant Joan d'Acre i tindria vint mil francs. Amb allò pagaria els deutes pendents i recuperaria l'estima de la seva família.

No serà gens fàcil viatjar fins a Jerusalem, medità un vespre que, amb l'excusa de prendre dades i mesures de latituds i longituds, havia ordenat el guia aturar-se per descansar i fer nit. No podia deixar de banda que tenia dos factors en contra seva. Primer que anaven de cara a l'estiu i, per tant, la temperatura a partir d'aleshores s'enfilaria amb rapidesa. I segon que es dirigien cap al sud, amb la qual cosa l'increment de temperatura encara seria molt més acusat i vindria acompanyat de la sequera extrema del desert que contribuiria a la deshidratació, ja prou acusada per culpa del mal funcionament dels budells. Per tant, cada passa que fes havia de ser molt meditada per no perdre ni una sola oportunitat.

A Constantinoble havia llogat els serveis d'un tàrtar que responia al nom de Mustafà Agha. Era un bon home que s'havia empassat tota la història que ell li havia explicat sobre la seva procedència i viatjava convençut que era el guia d'un príncep marroquí, un home molt erudit, un vertader savi que volia peregrinar per segon cop a la Meca.

Abu Othman somreia cada cop que recordava alguns detalls divertits de les converses amb Mustafà. No havia resultat gaire complicat enganyar-lo, meditava. I tant que no! Sota la disfressa del gran senyor que provenia del Marroc, sabia com guanyar-se la gent, com enganyar tothom i com aconseguir que el rebessin amb tots els honors. Era la seva gran especialitat, practicada durant anys, gairebé des que va néixer. I les seves experiències entre aquella gent, els seus coneixements de l'àrab, limitats però dissimulats tot dient que formaven part d'un dialecte marroquí, i els records en matèria de costums i de religió li permetien passar per un germà procedent de l'extrem més occidental de l'Àfrica. Si a tot això sumava els instruments que duia amb ell i que sabia emprar adientment per deixar tothom bocabadat, no era gens d'estrany que el rebessin com un gran home i que Mustafà sentís un profund respecte per la seva personalitat fins al punt que havia esdevingut el seu principal ambaixador. Cal saber utilitzar la gent i conèixer les seves febleses, reflexionava Abu Othman amb un somriure divertit. Mustafà era un bon home, però li agradava fer-se veure entre els amics i coneguts i donar-se importància. De manera que, quan arribaven a una població, el guia s'avançava i parlava amb tothom per fer-los saber que conduïa un home savi i gran coneixedor de la religió que, a més, s'ocupava de les estrelles. I això mateix va fer tan bon punt arribaren a Adana.

Una tarda, dos dies després de trobar-se en aquella ciutat i havent estat rebut per les autoritats amb tots els honors que són deguts a un savi, Abu Othman es trobava descansant a la seva cambra. Cada cop li era més penós recuperar les forces, la seva respiració resultava més pesant i ja li havien sortit bosses sota els ulls que li proporcionaven una mesura del deteriorament dels seus ronyons, i que ell mirava de dissimular tant com podia. Si els ronyons fallen el cos perd les forces, recordava haver llegit. Aquell dia s'havia retirat després de dinar amb l'excusa que havia menjat massa i que volia fer una petita becaina. Tanmateix, ni era cert que hagués omplert massa l'estómac ni tampoc aconseguia agafar el son.

Si el seu cos no reaccionava i encetava una, encara que fos lleugera, recuperació, no arribaria ni a Damasc, no parava de pensar, i se sentia amb l'ànim tan decaigut que cada cop estava més convençut que tot plegat havia estat una bogeria: acceptar la proposta de Molé, el viatge, el projecte, no haver escoltat el consell del doctor Benigni i haver continuat el viatge... Sí, tal vegada sí, que s'havia equivocat, però és que, després de l'última conversa amb Maria Lluïsa, no hi veia altra solució. Richelieu no li volia concedir cap pensió, ja no li quedava ni un franc i mirar de recuperar el respecte de la seva família representava un somni de foll, si no aconseguia demostrar que els estimava de debò. Déu meu! Com podia negar que per la seva culpa Pere havia fugit de casa? Com podia seguir amagant que havia utilitzat la seva filla per refer l'economia familiar, tan malmesa també per culpa seva? «Sacrificar», havia dit Maria Lluïsa, i no pas «utilitzar». Tampoc no podia negar-li l'exactitud del verb. Allò havia estat un vertader sacrifici, i n'hi hauria hagut un segon sacrifici si no l'aturen. Déu del cel! Cada cop que mirava enrere només veia desastres.

Quan va escriure la darrera carta, des de Milà, havia estat reflexionant sobre la mentida i havia arribat a la conclusió que el món desitja creure's mentides, perquè la veritat no agrada ni és bonica ni té res d'especial. Què té de bonic saber que ja vas camí del final? Ara, s'adonava que, potser, l'error es troba no tant en explicar mentides sinó en arribar a creure-se-les. I tant que sí! De problemes n'havia tingut sempre: amb el globus, amb el pla per envair Portugal, amb els seus estudis per crear un banc, amb... Però mai no havia perdut el nord ni el rumb. Tanmateix, quan va ser al Marroc, va haver un cert temps que es va creure de debò un príncep musulmà i va oblidar tota la seva vida passada, la seva família i el seu món per substituir-los per un altre món. Hauria desitjat quedar-s'hi. Amb tota la força del seu cor! Ja disposava d'una nova família i anava a tenir un fill de Mohanna, a qui estimava amb bogeria. Era tan formosa, tan seductora i tan tendra! Ella li va fer oblidar bona part d'altres plaers, que no hauria tornat a tastar si no hagués estat per Abd-as-Salam, que li oferia una bona pipa d'haixix, un parell de gots de vi, un cos embolcallat per un vel transparent, unes mans que es passejaven per damunt la seva pell, una veu que li parlava a cau d'orella com la més encisadora de les serps, mentre uns altres llavis, més d'un parell, buscaven els seus o altres parts del seu cos i li excitaven tots els sentits. Qui podia resistir-se a entrar dins de l'univers desconegut que envoltava aquell exèrcit d'esclaves educades i entrenades per oferir plaers sense límit?

Llàstima que finalment va arribar el daltabaix i es va quedar sense res! Per què el van fer fora del Marroc, si ell no conspirava contra ningú? Ell enganyava Godoy i ho va seguir fent, fins que a Jerusalem es va quedar sense diners i amb l'aixeta ben tancada, i va haver de tornar a Espanya.

I Maria Lluïsa? Oh, ella era el seu altre univers! S'havia enamorat d'ella a Granada, quan la va conèixer. No podia oblidar aquells ulls foscos i aquella mata de cabell que brillava a la llum del sol, aquell coll esvelt, el mateix que lluïa Asun, el nas petit i eixerit, lleugerament cap amunt, i els llavis molsuts... I tant que se n'havia enamorat! I encara ho estava més quan es van casar. I quan va néixer Pere, el cor gairebé li esclatava sota les costelles. Hauria desitjat que el món s'aturés i quedar-se per sempre més al seu costat. Però la vida i l'esdevenidor prenen les seves decisions i ell tenia una missió per complir. Havia de deixar alguna cosa darrere seu, quan morís, i demostrar que el seu pare estava equivocat i que ell era... era... Déu meu! Què era? Doncs... En fi, que no tenia cap importància saber qui era o qui deixava de ser, sinó qui havia de ser! Perquè Domènec Badia, el pobre nen dèbil i malaltís, seria algú que el món recordaria eternament. I què faria per aconseguir-lo? El que calgués! Així ho va jurar una nit, a Granada, quan encara era un jove que buscava el seu lloc a la vida. Ho havia aconseguit?, es demanava ara, en la penombra d'aquella habitació. No, no havia assolit els seus objectius, malgrat que tothom arreu d'Europa ja parlava d'Alí Bei, del gran explorador que havia viatjat per tot el nord d'Àfrica, del primer occidental que havia entrat a la Meca, del príncep que hauria pogut regnar al Marroc, de l'home que...

De sobte van sonar uns cops a la porta i els seus pensaments s'esvaïren. Era Mustafà.

—Senyor, hi ha algú que et vol conèixer. Algú que és molt important —anuncià el guia.

Abu Othman es va remoure al llit. Li costava bellugar-se, els ronyons li recordaven la seva presència i l'estómac els feia la competència. Podia dir-li que no era el moment de molestar-lo, però el seu guia havia dit que era algú important. Es llevà lentament, es posà el turbant i obrí la porta.

—Perdona que et molesti, senyor, però he trobat el meu germà Gentch Alí, que acompanya un comte occidental que, quan ha sentit parlar de tu, ha dit que et volia conèixer de totes totes. Té un nom molt difícil de pronunciar i me l'ha donat escrit per a tu. És a baix, a la sala, i t'espera —explicà Mustafà amb grans moviments de mans.

Abu Othman va prendre la targeta i va llegir comte Henrik Rzewuski. No li sonava de res, però pel cognom havia de ser polonès.

—Què hi fa aquí, aquest home? —demanà.

—El meu germà m'ha explicat que l'acompanya per comprar cavalls —respongué Mustafà.

—El rebré —va dir Abu Othman, i tancà la porta per acabar de vestir-se i arreglar-se.

Potser li vindria bé una visita. Parlar amb la gent l'animava, perquè li semblava que el contacte amb els altres feia fluir una mena d'energia que el revifava. Aquesta sensació la va descobrir a casa del marquès de la Rivière. Parlar amb ell distreia el seu cap de cabòries absurdes i li permetia recuperar l'alè.

Henrik Rzewuski era un home alt, fort i moreno, amb uns ulls expressius i vius. Abu Othman li va fer uns trenta-cinc anys, aproximadament. El seu posat era elegant i la seva mirada directa i sincera. Abu Othman el va saludar amb una lleugera reverència i el va convidar a seure al sofà que hi havia al costat del finestral. Després va donar ordre als criats perquè preparessin cafè.

—Puc demanar-vos si vós sou el famós Alí Bei? —preguntà el comte en veu baixa, i en francès, un cop els criats s'havien allunyat.

Abu Othman es va sorprendre. No s'esperava aquella pregunta tan directa. Va fer un gest amb la mà per donar a entendre al seu guia que volia quedar-se a soles amb el seu convidat i Mustafà va fer una reverència i abandonà l'estada. El mateix va fer el comte Rzewuski amb Gentch Alí, que també va desaparèixer.

—Per què penseu que puc ser Alí Bei? —preguntà Abu Othman.

El comte Rzewuski li va explicar que havia llegit amb molt d'interès el llibre de viatges d'Alí Bei i va fer un gran elogi del personatge i de l'obra, que va qualificar d'única al món. Abu Othman va escoltar en silenci i amb atenció.

—Només per això ja m'atribuïu la seva identitat? —demanà Abu Othman, amb un somriure divertit.

—Hi ha un altre detall que m'ha fet pensar que Alí Bei podria viatjar aquests dies per aquestes terres camí d'Egipte —respongué el comte—. Perquè vós hi aneu, camí d'Egipte. No és cert?

—Sí, tinc intenció de passar-hi —Abu Othman assentí lentament, sense deixar de contemplar el seu visitant—. Quin és aquest detall, que us ha fet pensar en mi?

—Us haig d'explicar una petita història —respongué Rzewuski, tot atansant-se al viatger en una actitud confidencial—. Us ben asseguro que tot ha estat fruit de la casualitat. Fa unes setmanes em va visitar un gran amic. El seu nom és Philippe Ducrest i és membre de l'Institut de França. Potser n'heu sentit parlar?

—N'he sentit parlar. És geògraf, si la memòria no em falla —respongué Abu Othman.

—Exacte! —Rzewuski aixecà el dit índex i apuntà Abu Othman, com si li disparés un tret—. Philippe em va explicar que fa uns mesos uns enginyers i topògrafs van estudiar amb molta cura uns documents presentats per un tal Linant de Bellefonds, un jove oficial que sembla que ha arribat a la conclusió que és possible que els topògrafs de Napoleó s'equivoquessin en mesurar els nivells del mar Mediterrani i del mar Roig —Rzewuski va mirar significativament Abu Othman i va demanar—: N'heu sentit alguna cosa?

Domènec va negar amb el cap. No tant per dir-li que evidentment no n'estava al corrent d'aquell error, sinó per fer-li veure que no sabia ni de què li parlava, però va fer un gest amb la mà per indicar-li que continués amb el relat, que trobava força interessant.

—El que sí, que m'imagino que sabeu, és que fa uns anys els enginyers de Napoleó van determinar que no es podia fer un canal que unís el Mediterrani amb el mar Roig sense construir-hi rescloses —va fer el comte i aixecà les celles. Abu Othman va assentí amb el cap, i Rzewuski prosseguí—: Aquest jove oficial afirma que, en contra del que tothom ha cregut, es troben al mateix nivell. Si això fos cert, i segons em va dir Philippe sembla que tot apunta que ho és, voldria dir que és perfectament factible construir un canal des de Port Said fins a Suez que unís el Mediterrani amb el mar Roig, i tot plegat sense gaire despesa. Aquest projecte es porta amb gran secret perquè tothom creu en el que van dir els enginyers de Napoleó i per tant ningú no pensa construir aquest canal. M'enteneu per on vaig? —Rzewuski va mirar Abu Othman, que continuava impassible, i va interpretar que l'estava encertant. De manera que es va sentir animat a seguir el seu raonament—: Muhammad Alí, l'home que mana a Egipte, està enemistat amb els anglesos, que fan costat als turcs, mentre que França manté bones relacions amb ell. Qui obtingui el permís per construir aquest canal és qui el gestionarà. Per això seria tan important mantenir el secret i per això caldria enviar algú de la talla d'Alí Bei, que és qui va viatjar per aquestes terres, que les coneix perfectament i que va aconseguir que Napoleó fos ben rebut a Egipte. Vaig per bon camí?

—Sou un home terriblement perspicaç —va fer Abu Othman—. L'única cosa que us puc assegurar és que el meu nom és Hadj Alí Abu Othman i que em dirigeixo a la Meca —llavors va callar un instant, somrigué i afegí—: Després, és possible que em dirigeixi cap a Egipte i és possible que m'aturi a parlar amb Muhammad Alí. I no us puc dir res més.

—Amb el que m'heu dit, ja en tinc prou —digué el comte—. Conec el costum àrab de viatjar emprant el nom del fill primogènit. Fins i tot us haig de dir que en alguna ocasió m'he bellugat per aquestes terres disfressat de musulmà, seguint els ensenyaments d'Alí Bei, i he emprat el nom d'Abu Assad, que vol dir pare del lleó. El meu fill es diu Lleó. Per tant, puc imaginar, i no cal que em respongueu, que vós sou el pare d'Othman, que, curiosament i segons els escrits d'Alí Bei, és el nom del seu fill.

—No puc negar que tot encaixa, però potser només dins la vostra imaginació —replicà Abu Othman amb una riallada—. I no us puc dir res més —afegí.

—Us he entès perfectament. No us amoïneu, que no revelaré ni el vostre nom ni el motiu del vostre viatge.

Van seguir parlant una estona, però la ment de Domènec ja s'havia posat a treballar i la pregunta resultava més que evident: per què Molé feia veure que creia en el seu pla de buscar les fonts del Nil i el mar interior d'Àfrica per arribar a l'oceà Índic, si ja sabia que era possible fer un canal a Suez?

Una hora després, els dos homes s'acomiadaren amb una abraçada i el visitant va marxar en companyia de Gentch Alí.

—Què? És tan savi com diu el meu germà? —demanà Gentch Alí, quan creuaven la porta del carrer.

—Ho és —respongué el comte amb un bon cop de cap—. Fins i tot, més! —va fer—. I hem quedat que demà ens tornarem a veure. No saps fins a quin punt agraeixo que el destí m'hagi ofert l'oportunitat de conèixer un home com aquest.

Des de la finestra, Abu Othman va contemplar com s'allunyaven els dos homes i Mustafà se li atansà per l'esquena.

—Un gran home —va fer Abu Othman—. Demà, de seguida que arribi, m'avises. Haig de parlar moltes coses amb ell.

—A les teves ordres, príncep —respongué Mustafà satisfet pel servei que havia prestat al seu senyor.

Tanmateix, Mustafà encara estava més satisfet perquè havia quedat com un gran guia davant del seu germà i perquè, a partir d'aquell dia podria dir que ell havia conduït i servit Abu Othman i tothom voldria que ell fos el seu guia.

Sí, un gran home, pensà Abu Othman. Sincer, culte, amable, simpàtic, bon conversador, intrèpid, noble i portador d'una notícia que ho podia capgirar tot.

Dos dies després es van separar. La caravana del comte Rzewuski partia, mentre que Abu Othman encara s'hi estaria uns dies més.

—Ens veurem a Damasc? —preguntà Rzewuski.

—És possible —respongué Abu Othman.

S'abraçaren i el comte va marxar. Damasc, en principi, no queia dins la seva ruta, pensà Abu Othman, perquè ell s'havia de dirigir cap a Sant Joan d'Acre, situat a la costa, i el camí més adient i més curt era passar per Trípoli, Beirut i Nahariya, però en aquelles terres mai no se sap què pot arribar a succeir i què ens espera en el futur immediat. Per això, quan algú et demana si et veurà en un lloc determinat, la resposta sempre ha de ser: és possible.

*** ***

Maleït estómac!, va fer Abu Othman quan ja es distingien les muralles de Trípoli. Era el dia 9 de juny de 1818 i el viatge des d'Alep fins allà havia resultat esgotador, malgrat que ell havia fet el cor fort i havia dissimulat tant com havia pogut, però Mustafà semblava haver-se adonat i havia començat a fer preguntes sobre el seu estat de salut. Això no era bo, però tampoc se n'havia de preocupar gaire, perquè en arribar a Trípoli s'acomiadarien i ja no es tornarien a veure. Aquest era el tracte, Mustafà retornaria a Constantinoble i ell es quedaria uns dies a casa del seu bon amic Regnault, el cònsol francès, al que ja havia conegut en l'anterior viatge per aquelles terres. Abu Othman li havia escrit tot anunciant la seva arribada, la resposta va ser que l'esperava i ja tenia ben disposada una habitació per a ell.

La segona estada a Alep, ciutat que ja havia visitat durant el primer viatge, havia resultat calcada de la primera. No va poder veure pràcticament res perquè, a l'igual que deu anys abans, s'havia passat tot el temps malalt. Deien que era una ciutat tan coneguda que semblava europea. Això era degut a la gran quantitat d'occidentals que la visitaven per fer-hi tractes i comerciar. Quina llàstima!, pensava. Ell se la perdia per segon cop.

Per contra, el seu pas per Hamà i per Homs no li van recordar el viatge anterior. Els costums seguien sent els mateixos i tothom feia més vida fora que dins de les cases. Algunes dones fumaven en pipa i duien el rostre descobert, però ell poc les mirà i menys les tocà. Tot això ja pertanyia al passat. Un passat que es presentava en ordre invers, lentament, recuperant les imatges que havien quedat gravades a la seva memòria. Recordava haver escrit que en el seu viatge anterior, allà, a Hamà, va veure una noia jove, de divuit anys, amb una cara d'àngel. Sí, amb cara d'àngel, havien estat les paraules que havia escrit al seu llibre de viatges. Tanmateix, havia amagat que va poder veure aquell cos, també d'àngel, i que en va gaudir durant tota una tarda després que el seu guia convingués un preu que a ell li va semblar excessiu, però que va pagar perquè el desig era més gran que la capacitat de raonar, tot i que ja anava curt de diners.

Aquest cop, durant tot el viatge, no havia deixat de pensar en el que li havia explicat el comte Rzewuski i la veritat era que feia dies que estava confús i preocupat. Per què ningú no li havia dit res de la possibilitat de construir un canal a Suez? Per què Molé seguia insistint amb entusiasme en la possibilitat de trobar les fonts del Nil i el mar interior?, no deixava de demanar-se. Finalment, s'ho mirés com s'ho mirés, resultava evident que només hi havia una explicació lògica: el ministre de marina l'estava utilitzant per tapar el tema del canal de Suez. No podia existir cap més explicació, perquè tot lligava. Chabon havia passat, de la nit al dia, de ser el seu detractor a convertir-se en el seu gran defensor; Richelieu no s'hi havia oposat frontalment, sinó que havia dit que com que el rei ho volia...; Molé s'havia entusiasmat en un tres i no res amb una història basada en la mitologia grega, que no tenia cap fonament científic; els anglesos l'havien seguit a París; el govern francès li havia concedit tots els permisos i ningú no havia dit res en contra quan havia plantejat la possibilitat de canviar les dates i avançar la sortida, sense tenir en compte que eren al mes de desembre i ell parlava d'iniciar el viatge només encetar-se el nou any; fins i tot el duc de Decazes li havia ofert un magnífic sopar, digne d'un rei; havia arribat a Constantinoble i el marquès de la Rivière l'havia acollit amb gran desplegament de medis, com si volgués que tothom se n'assabentés del seu pas per la ciutat...

Però, llavors, si tot això era cert... Sants del cel!, va fer esgarrifat, perquè significava que França no tenia la més petita intenció d'agrair-li els seus serveis! Ni de condecorar-lo ni de pagar-li una pensió ni de res i la cerimònia, privada naturalment, en la qual el van nomenar mariscal no passava de ser una pantomima. Mariscal... Quin fart de riure que es devien d'haver fet! Només era un esquer! Si tornava a París, no li donarien res, no seria cap heroi, sinó un fracassat i la riota de tothom. Segurament, igual que havia succeït a Madrid, els documents del seu nomenament es perdrien i llavors, la seva família... Maria Lluïsa... tots plegats també el veurien com un idiota que ha caigut de quatre grapes a la galleda. Per tant, el seu pla de prosseguir fins a Jerusalem i tornar a París, resultava absurd perquè ho perdria tot.

Ara ho veia clar. I què podia fer? Seguir endavant? Fins a on? Si ja no li quedaven forces!

Oh, Senyor! El gran mentider havia estat enganyat. Aquesta era la trista realitat, va fer, i la memòria li va dur el record del seu primer viatge, quan era a Londres i va descobrir, també esgarrifat, que Rojas Marcos l'havia enganyat i que no entenia ni un borrall d'àrab. Allà va tenir una gran idea i va inventar Alí Bei. Però ara tot havia canviat. Ja no era jove, ningú no creia en ell i ja no tenia prou força mental per buscar una alternativa ni per crear un nou personatge ni per enganyar ningú més, com no fos un babau com Mustafà o un innocent com el comte Rzewuski. El doctor Benigni tenia més raó que un sant. Hauria d'haver girat cua i tornar a París per demanar perdó a tothom i morir, si més no, tranquil·lament, perquè la dignitat ja l'havia perdut tota.

N'havia estat molt, d'idiota!, va fer, furiós. ¿Com se li havia ocorregut pensar que tot plegat... el canvi d'actitud de Chabon, l'acceptació per part de Molé, l'informe favorable de l'Institut de França... que tot era el producte d'un miracle? Quin fart de riure, que es devien d'haver fet Decazes, Portal, Molé, Chabon, Richelieu...! No podia tornar i enfrontar-se a la burla de tothom. El món l'havia de recordar com el gran Alí Bei i no pas com un ensibonador, i la seva família li havia de retornar el respecte que li devia. Però allò no passava de ser un altre somni, com tots els que havia tingut, que ni el més gran dels miracles d'aquest món podria convertir en realitat.

L'home que va sortir a rebre'l a les portes de Trípoli era Regnault, sens dubte, però havia canviat considerablement. Havia perdut força cabell, s'havia engreixat i caminava recolzat en un bastó i amb alguna dificultat. No obstant això, el somriure seguia sent el mateix i movia les mans amb idèntica elegància que quan el va conèixer.

Es van abraçar amb energia i Regnault va ordenar els criats que carreguessin tot l'equipatge del seu visitant i amic. Amb molta cura!, va cridar quan un dels criats prenia una maleta amb un pèl de violència.

—Que no veieu que Abu Othman deu portar instruments delicats? —va dir, i es va tombar cap a Abu Othman per rebre la confirmació.

Evidentment, Regnault ja estava al corrent de la nova identitat del viatger.

—Us veig cansat, bon amic. Us trobeu bé? —demanà Regnault quan pujaven al carro.

—Estic una mica cansat, però mai no m'he sentit millor —respongué Abu Othman amb un somriure—. Tornar a viatjar per aquestes terres, parlar amb amics i recordar els vells temps em torna jove.

—Ai, sí! —Regnault va assentir diversos cops. Després va aixecar el bastó com si mostrés un trofeu, i digué—: Fa un parell d'anys vaig patir una ferida a aquesta cama i no he aconseguit recuperar-la completament. De manera que podem creure que rejovenim, però el temps passa inexorablement.

—No pas per a un esperit jove —sentencià Abu Othman—. Vaig sentir molt la mort de la vostra esposa —canvià de conversa.

—Gairebé trenta anys plegats. No ha estat gens senzill prescindir de la seva companyia. Us ho ben asseguro, que la trobo a faltar cada dia. No és el mateix tenir un majordom que es fa càrrec de tot, que comptar amb el toc tan personal de les seves delicades mans —respongué Regnault amb un deix de tristor—. Ella era qui millor m'entenia.

—És difícil acceptar que la gent que ens envolta pot desaparèixer. Jo he casat una filla i tinc un fill que serveix a la marina. De vegades crec que els he perdut i que ja no em pertanyen. No heu pensat a casar-vos un altre cop?

—No! —exclamà Regnault, obrint els ulls i aixecant les celles—. Si perdo el seu respecte, ho hauré perdut tot. Llavors, què valdrà la meva vida?

—Ella ja no està aquí, amb vós —replicà Abu Othman.

—I tant que sí! Cada nit somio amb ella —digué Regnault, va fer un curt silenci i bellugà la mà per davant dels seus ulls, com si espantés una mosca o tal vegada una imatge—. Però, deixem de parlar de coses tristes. M'heu d'explicar com va tot per París. Fa molts anys que no hi vaig. Segueix sent una ciutat tan alegre com sempre?

—La nit i el dia es confonen, perquè els carrers que vós ja sabeu s'omplen de joia quan les altres ciutats dormen —explicà Abu Othman amb un somriure de complicitat..

—I el teatre i l'òpera? —va fer Regnault amb interès.

—Sublims, bon amic! Durant aquests anys d'estada a la capital, he gaudit d'un balcó damunt l'escenari i us puc dir que les actrius i les cantants em mostraven la seva balconada amb tota la generositat que eren capaces —rigué Abu Othman.

—Haig d'anar-hi —digué Regnault amb una espurna d'enveja als ulls.

—I què dirà...? —Abu Othman va apuntar amb el dit índex cap al cel.

—Això no l'hi explicaré —respongué Regnault, va deixar escapar una riallada i afegí—: Quan era al meu costat, tampoc l'hi explicava tot.

En arribar a casa del cònsol, ja els esperava el servei per conduir Abu Othman a l'habitació que els criats havien netejat i preparat, on van dipositar l'equipatge del viatger. El cònsol el va deixar per tal que es rentés i es canviés. L'esperaria al menjador amb un bon sopar, li va dir.

Abu Othman va descansar una estona abans de dirigir-se cap al menjador. Necessitava ordenar les idees i recuperar la pau de l'esperit. Les paraules de Regnault l'havien fet reflexionar. «Si perdo el seu respecte, ho hauré perdut tot. Llavors, què valdrà la meva vida?». Domènec Badia ho havia perdut tot. Què valia, llavors la seva vida? Res, absolutament res. A menys que... I aquella imaginació prodigiosa es va posar en marxa de nou. Tornava a ser a la terra de les grans aventures i ell no era Domènec Badia, sinó Alí Bei! I el gran Alí Bei mai no havia tingut por de res i, a més, hauria estat capaç de sacrificar-ho tot per aconseguir la glòria!

Rzewuski!, gairebé va cridar dins la seva cambra. En un esclat de llum se li acabava d'ocórrer la gran idea que podia fer possible el miracle. Només havia de canviar de rumb i el curs de la història el seguiria. Regnault tenia raó: què val la vida sense el respecte dels teus? Res! Aquí es trobava la resposta que havia buscat durant tants dies.

—M'he posat en contacte amb Lady Stanhope, tal com em vau demanar, i estic esperant resposta. Us haig d'advertir que Yunin és un lloc inhòspit i difícilment accessible —explicà Regnault quan ja eren a taula.

—La caravana no sortirà cap a Damasc fins d'aquí uns dies —medità Abu Othman—. Si la resposta arribés aviat, podria desplaçar-me i visitar-la abans de seguir el meu camí.

—Però vós heu d'anar a Sant Joan d'Acre, i això està cap al sud i no pas cap a l'est —el corregí Regnault—. Si voleu anar a Damasc us heu d'afanyar en arribar a Sant Joan d'Acre, perquè després haureu de tornar cap aquí.

—Cert, i és un bon enrenou. A Damasc hi tinc grans amics que em poden ajudar en el meu viatge, però si haig d'anar a Sant Joan d'Acre, després no podré retrocedir i dirigir-me a Damasc. Perdria massa temps —va dir Abu Othman en to de queixa, com si aquella idea se li acabés d'ocórrer en aquell precís instant—. No obstant això, no tinc altre remei, si vull cobrar els vint mil francs i prosseguir el meu viatge. El pagaré és prou clar i només el faran efectiu allà —acabà el seu raonament, i es va quedar en silenci.

—Un moment —va fer Regnault—. Vós teniu un pagaré del govern francès, que s'ha de fer efectiu a Sant Joan d'Acre. Jo haig d'anar-hi d'aquí unes setmanes. Us podria avançar aquests diners, vós m'endosseu el pagaré i ja el faré efectiu quan hi vagi. Això us permetria dirigir-vos directament a Damasc i entrar en contacte amb els vostres amics. Què us sembla?

—Oh, seria magnífic! —exclamà Abu Othman—. I representaria un gran servei per a França.

—Doncs, ja podeu comptar amb els diners demà mateix. Estendré un pagaré perquè el pugueu fer efectiu aquí, a Trípoli, i us el canviaré pel vostre.

Abu Othman va agrair aquella deferència i seguiren parlant dels records i dels vells temps.

—És tal com diuen? —demanà Abu Othman, de sobte—. Lady Stanhope —aclarí.

—És una dona increïble. Us ho puc ben assegurar. Tots els habitants de la zona la respecten com si fos un rei. No una reina, sinó un rei! Vesteix com un home i cavalca millor que molts dels seus soldats. Disposa d'un petit exèrcit que donaria la vida per ella i la seva fama arriba fins a Trípoli, on les autoritats la respecten —explicà Regnault amb entusiasme.

—Ella ha aconseguit a petita escala el que jo vaig poder obtenir al Marroc, on hauria estat rei si Carles IV d'Espanya hagués pres les decisions adients en el moment oportú —es queixà Abu Othman.

—Potser hauríeu d'haver fet com ella i prendre vós mateix les decisions —va dir Regnault.

—Teniu raó. Les decisions les hem de prendre nosaltres mateixos, perquè esperar els altres és perdre el temps, la paciència i les millors oportunitats. Si ho hagués fet, ara no seria aquí, sinó al capdamunt del govern d'un país ric i poderós —Abu Othman assentí lentament amb el cap, i afegí—: Mai més no permetré que ningú prengui cap més decisió per mi. Però, com vós heu dit, deixem de banda tots els records tristos i brindem per alguna cosa de debò important.

—Pel futur! —va fer Regnault, i alçà la copa.

—Per la glòria! Que la mort ens l'atorgui i ens la respecti! —brindà Abu Othman.

Regnault es va quedar un xic sorprès per un brindis tan estrany, però el va acceptar.

Passada la mitjanit, després d'haver recordat mil i una anècdotes, es retiraren a descansar.

Oh, l'estómac! El molt malparit no podia quedar-se quiet ni un sol dia, va fer Abu Othman quan es quedà sol, a la seva cambra. Però, ara no era moment de pensar en aquella part del seu cos. Allargaria la seva estada a Trípoli per anar a visitar Lady

Stanhope, i en acabar es dirigia cap a Damasc, on havia de trobar el comte Rzewuski, si tot anava com estava previst. Després, ja no caldria que el destí hi intervingués, perquè ell, tal com havia dit, prendria les seves decisions.

La resposta de Lady Stanhope va arribar una setmana més tard, ja gairebé fregant el dia 20 de juny. Tindria un gran plaer de rebre el viatger, un home de qui havia sentit parlar molt. Regnault li havia escrit i li havia comunicat que qui desitjava conèixer-la era Alí Bei, només que ara viatjava amb un altre nom.

Quina llàstima! Abu Othman respongué la carta tot dient que haurien d'esperar una propera ocasió, perquè en ben pocs dies marxava cap a Damasc en una caravana de peregrins que no podia desviar-se del seu camí. Tot i així, li demanava que continuessin mantenint correspondència, perquè havia detectat que eren dues ànimes bessones.

El dia 29 de juny, just abans de marxar cap a Damasc, Abu Othman va escriure una carta al comte Molé per queixar-se del canvi que li havien aplicat els banquers de Trípoli, que l'havien estafat i li havien canviat els francs francesos tot aplicant un valor erroni. El problema, va consignar en aquella carta, era que ja no hi havia temps per presentar una reclamació i que hauria de renunciar a recuperar les tres mil piastres turques que constituïen la diferència.

I el 30 de juny Regnault i el viatger es van acomiadar i Abu Othman va sortir camí de Damasc.

9.- CAP A LA MECA

Cinc dies va durar el viatge de Trípoli fins a Damasc. Cinc dies infernals que van fer que Abu Othman arribés el dia 4 de juliol amb les forces exhaustes, febre, un mal d'estómac insuportable i una descomposició que amenaçava de deixar-lo en la pell i els ossos. El pitjor de tot era que havia començat a expulsar sang i mucositats. Indubtablement el doctor Benigni o era un gran metge o era un bruixot, perquè les seves prediccions s'anaven complint amb una precisió matemàtica.

Confiava que a Damasc trobaria el doctor Chaboceau, a qui ja coneixia del viatger anterior i a qui havia escrit des de Trípoli per anunciar la seva arribada, però es va endur una sorpresa desagradable. El metge no hi era a casa seva, feia dies que havia sortit i encara no havia tornat i el va atendre la seva esposa, una vella bruixa que seguia sent tan poc hospitalària com deu anys enrere.

—Com és possible? —va cridar Abu Othman—. Li vaig escriure! M'hauria d'haver buscat un habitatge digne de la meva persona!

Aquella mala bruixa el va fer fora de casa. Cansat i malalt, va haver de buscar alberg en una casa de peregrins que va resultar ser una mena de refugi per a gent de pocs recursos. Si s'hagués trobat bé hauria buscat una altra cosa, però el cap se li anava i necessitava imperiosament descansar i refer-se.

Durant una setmana es va afartar de menjar arròs i va prendre les medicines que s'havia endut amb ell des de Milà, les que li havia receptat el doctor Benigni per quan es trobés malament. Tot i així no millorava de cap de les maneres i les medicines s'esgotaven. Llavors va recordar que al Marroc s'utilitzava l'haixix per aixecar l'ànim, en va comprar i en va fumar. Si més no, l'eufòria el feia imaginar que el dolor disminuïa. Quan ja es va sentir més fort, va sortir i va fer indagacions a l'ambaixada francesa per saber què havia succeït amb el doctor Chaboceau i allà es va aclarir tot.

—Tenim notícies d'ell —li va explicar un funcionari—. El doctor Chaboceau és un home de setanta-nou anys, i la natura no fa miracles. El cas és que l'havien cridat per atendre un malalt que es troba a unes trenta llegües d'aquí. Va haver d'anar a cavall, perquè el terreny és accidentat, i quan iniciava el retorn es veu que la seva muntura va ensopegar i ell va caure damunt d'unes pedres. D'això fa gairebé un mes i, segons hem pogut saber, no li queda altre remei que fer repòs durant quaranta dies. Sento no poder ajudar-vos, però si us trobeu malament i necessiteu un metge, us en puc recomanar un de molt bo. És egipci i...

—No cal, gràcies —respongué Abu Othman, tot tallant aquell discurs.

—Segur que no? —insistí el funcionari—. No feu precisament cara de molta salut, si em permeteu l'observació.

—Em trobo bé, gràcies.

Mala sort!, va pensar Abu Othman. Comptava amb Chaboceau per poder aguantar, perquè el comte Rzewuski encara no havia arribat a Damasc. Bé, ja se'n sortiria ell tot sol. No confiava en cap metge d'aquelles terres. Eren bruts, ignorants i estúpids. El problema era que el funcionari de l'ambaixada seguramente informaria els seus superiors sobre el seu estat de salut, i aquests escriurien a Molé. Més valia avançar-se.

Aquella nit del 23 de juliol va escriure una llarga carta a Molé per informar dels progressos del seu viatge i va aprofitar per explicar la seva malaltia. «He pagat el tribut degut al brusc canvi de temperatura entre l'hivern de París i la calor d'aquestes contrades. Vaig patir diarrea i després una disenteria de proporcions alarmants, però sortosament me n'he sortit gràcies a les medecines que porto i sense l'ajut de ningú, perquè l'únic metge de Damasc en qui puc confiar és fora».

El dia 25 per fi va rebre una notícia important: Chaboceau havia arribat a Damasc, malgrat que havia hagut de viatjar en una llitera i encara hauria de fer llit uns quants dies més. El visitaria l'endemà, decidí.

No obstant això, l'endemà es va aixecar amb la sensació que se sentia morir. Perdia la visió, tot el seu cos cremava de febre i se li havia inflamat la llengua. Amb les poques forces que li quedaven i amb mà tremolosa va escriure una nota que va ordenar que fessin arribar de seguida al metge.

Quan el doctor va llegir la nota i va veure la lletra tremolosa, de seguida es va adonar del que podia ser l'estat d'aquell viatger i va decidir llevar-se i anar a veure'l.

—No et pots aixecar! —va fer la seva esposa—. Has de fer repòs.

—Saps qui és aquest home? —va contestar el doctor—. Un dels més grans exploradors que mai no he conegut. Deixa't d'històries i prepara'm la roba. Puc assegurar-te que em necessita de debò.

Encara va haver de lluitar de valent per tal d'aconseguir que el criat l'obeís i deixés de banda les protestes de la seva esposa. Amb notable esforç, es va llevar. El criat el vestí i l'ajudà a pujar al cotxe que l'esperava a la porta, mentre la seva esposa seguia cridant.

—Oh, Senyor! —exclamà en veure el lloc on s'estava Abu Othman—. Us havia buscat una casa digna de vós i ara mateix us hi portarem. Us demano excuses. No havia deixat instruccions perquè havia de ser a casa ben aviat, però l'accident del cavall...

—No us amoïneu —el tallà Abu Othman amb un somriure, que prou que li va costar—. L'important és que vós esteu bé i que heu vingut. Només de veure-us, ja em sento revifar.

Dit i fet, el criat va ajudar a carregar tot l'equipatge i a pujar a aquell pobre home que havia perdut el color i que tenia uns pòmuls marcats i els ulls enfonsats.

Des del dia 26 de juliol fins al dia 1 d'agost, malgrat sentir-se dèbil i ser un ancià, el doctor Chaboceau el va atendre i no es va quedar tranquil fins que no el va veure menjar i beure com Déu mana.

—No podeu continuar. Hauríeu de tornar a París —li va dir, quan ja el va veure amb prou forces.

—Impossible! No puc. Haig de complir una missió —li contestà Abu Othman.

—No acabo de veure clar que es tracti només de disenteria, perquè ni els medicaments ni les lavatives aconsegueixen eliminar-la completament, sinó que s'amaga i quan deixem de tractar-la persisteix —digué Chaboceau, negant amb el cap i mostrant preocupació—. En aquest estat no podeu complir cap missió i si seguiu endavant amb el vostre viatge, em temo que us hi podeu deixar la pell. No, no, no —negà amb força, amb el cap—. Aquesta no és una disenteria normal i us hauríeu de tractar adientment, en una clínica moderna i sota la guia de metges experts. Prou que em coneixeu i prou que sabeu que quan parlo de malalties no vaig amb embuts. Així que, us agradi o no, haig de dir-vos que no descarto l'existència d'un tumor que us dugui a la taula d'operacions. O a la tomba, si no us afanyeu. Porto molts anys exercint la medicina i n'he vist de tots colors.

—Us ho agraeixo molt i us prometo que, de seguida que acabi el que he vingut a fer, tornaré a París, seguiré els vostres consells i em posaré en mans dels vostres col·legues d'allà — respongué Abu Othman.

—No us endarreriu. Si podeu marxar d'aquí una setmana, no us n'hi estigueu tres —va fer el doctor amb el dit índex ben aixecat, amenaçant-lo.

Possiblement, canviar de residència i gaudir de majors comoditats havia contribuït a refer-lo, perquè l'endemà, diumenge dia 2 d'agost de 1818, ja en ple estiu, Abu Othman es va sentir amb ànims per sortir i visitar de nou la ciutat. Potser Chaboceau havia exagerat, pensà en veure que recuperava lentament les forces, i va ordenar un dels criats que l'acompanyés.

Damasc no havia canviat gens ni mica. Recordava que en arribar havia vist l'estesa de petites cúpules que coronaven les cases dels suburbis de la ciutat, just abans de les muralles i que servien per preservar-les de les abundants pluges de l'hivern. Quant als carrers, eren tal com els recordava: ben empedrats, amb voreres amples i flanquejades de cases de totxo de dues o tres plantes d'altura.

Va caminar lentament fins a arribar a la mesquita i hi va entrar per resar les oracions. Era dissabte. Prou que ho sabia, però ja li anava bé. Resaria en dissabte, que és la festa dels jueus, ho faria en una mesquita, que és el lloc sagrat dels àrabs i empraria oracions cristianes. Així ningú no quedaria exclòs i ningú no podria sentir-se ofès, va fer broma.

Tan bon punt hi va entrar va pensar que res no havia canviat. Era meravellós veure que el temps sembla aturar-se per a les grans construccions, mentre que per a nosaltres cada dia passa més ràpid, medità. Sí, tot seguia igual. Ho recordava de la mateixa manera. Va creuar el gran pati envoltat d'arcs que descansen sobre columnes de base quadrada i va contemplar la font que hi ha al bell mig. Allà s'hi va estar una estona, respirant l'aire càlid. Després va entrar dins d'una de les tres naus principals de quatre-cents peus d'allargada i va seguir caminant fins al centre, on va ordenar el criat que estengués la petita catifa. Deu anys enrere també havia desplegat una altra petita catifa, s'hi havia agenollat i havia tocat el terra amb el front. Ara potser li costaria una mica, però havia de fer l'esforç i plegar l'esquena. Què més dóna que sigui Déu o Al·là, qui t'escolti?, va fer, tot arronsant les espatlles.

Un cop acabades les oracions, va saludar els doctors de la llei i es va fer passar per un príncep marroquí que estava de passada i que un dia els convidaria a prendre un té i a parlar. Després, un cop ja era fora de la mesquita, respirà fondo. Si bé no se sentia completament recuperat, notava que l'estómac havia deixat de molestar-lo i que els budells, malgrat que continuaven descarregant abundoses mucositats, ja no sagnaven. Aquell era un bon dia per passejar i fer exercici, va pensar, i va decidir fer un tomb pel mercat, un dels més ben assortits de tot l'orient que bé podia ser l'enveja dels de Fes o del Caire. Segons explicaven, Damasc comptava amb més de quatre mil fabricants de teixits i hi podies trobar tota mena de teles, des de la seda al cotó, tot passant pel lli, que no és gaire usual.

Abu Othman es va passejar per les parades i va reviure sensacions del passat, ara tancades als seus llibres, tot respirant l'aire càlid del dia. Els habitants d'aquelles contrades combatien la insolació cobrint els carrers amb canyes i fulles. Per aquesta raó Damasc i moltes ciutats del món àrab no disposaven de carrers amples que poguessin comparar-se amb les avingudes de les ciutats europees ni comptaven amb places espaioses, perquè no permetien ser cobertes.

A mig matí es va notar cansat. Potser, per ser el primer dia que sortia, després de gairebé tota una setmana estirat al llit, n'havia fet un gra massa. El millor seria tornar a casa i descansar.

Just quan arribava, un criat va sortir a rebre'l per comunicar-li que tenia una visita.

—Un occidental, senyor —va fer el criat—. Amb un nom ben estrany —afegí.

Abu Othman somrigué. Només podia ser el comte Rzewuski, pensà de seguida. I no es va equivocar. Rzewuski l'esperava al rebedor de la casa.

Tan bon punt hi entrà, obrí els braços i avançà fins al comte per rebre'l com al millor dels seus amics.

—Quan heu arribat? —li demanà.

—Ahir —respongué Rzewuski, feliç per aquella rebuda.

—Desitjava tant poder gaudir d'una conversa intel·ligent, que he pensat en vós una bona colla de vegades. Quan de temps us hi quedareu?

—El dia 17 marxo cap al sud, cap a Jerusalem —respongué Rzewuski.

—Fantàstic! —va fer Abu Othman—. Marxarem plegats, perquè és quan tenia previst continuar el meu viatge. Qui serà el vostre guia?

—Ibrahim al-Bajal, el cap dels àrabs beduïns. Si voleu, parlo amb ell i li dic que us faci un lloc a la caravana...

—Prou que m'agradaria, però haig de marxar amb els peregrins d'occident, si vull arribar a la Meca —respongué Abu Othman—. Però, això serà d'aquí dues setmanes. Mentre, podem parlar i visitar la ciutat. Us espero a l'hora de sopar.

El comte s'acomiadà fins al vespre i Abu Othman l'acompanyà fins la porta. Un dia magnífic!, va fer quan tancava. El millor de tots, sens dubte. Havia aconseguit recuperar les forces i Rzewuski era a Damasc. Al·là és bondadós i magnànim.

Aquell dia van sopar plegats i Abu Othman va tornar a explicar un pou d'anècdotes al seu convidat.

—Veig que no mengeu gaire —va dir Rzewuski.

—No és res d'estrany en mi —respongué Abu Othman amb un ampli somriure—. Em passa sovint, que perdo la fam quan em trobo enmig d'un estudi important. Després, quan viatjo, el cos, que és molt intel·ligent, ja es preocupa de recordar-me que haig de menjar de valent.

El comte no va tornar a insistir sobre el tema, perquè la vetllada va resultar força entretinguda.

Quan es van acomiadar, Abu Othman es dirigí a la seva habitació i just en arribar, obrí la porta, entrà, la tancà i es plegà damunt del llit. No calia que ningú li digués que aquella recuperació havia estat temporal i il·lusòria. El dolor tornava a augmentar i aquella tarda havia sagnat. Això volia dir que

Chaboceau podia tenir raó, que el temps s'exhauria i que tindria que afanyar-se si volia executar el seu pla. El vell doctor també en sabia molt!

L'endemà Abu Othman va fumar haixix per refer l'ànim i va aprofitar el millor moment del dia, just quan els budells semblaven reposar, per assabentar-se de qui era el cap de la caravana de peregrins magrebins, negociar amb ell i pagar-li el preu del viatge. La primera part del seu pla ja estava enllestida.

El tercer dia, al matí, Abu Othman es dirigí a la mesquita i va tornar a parlar amb els doctors de la llei, tot convidant-los aquella mateixa tarda a prendre cafè a casa seva. Després envià una nota al comte Rzewuski i el convidà a dinar. La resta del temps va descansar el bo i millor que va poder, fumà haixix i es preparà pel que l'esperava.

El comte Rzewuski va arribar puntual i es van seure a taula a l'hora prevista. Van menjar i van parlar de tot una mica, fins que van acabar les postres.

—Ara us comunicaré una descoberta que he fet i que encara no sap ningú —digué Abu Othman, tot abaixant la veu, mentre un criat enretirava els plats—. He realitzat les meves observacions i he trobat que la mesquita de Damasc està desplaçada vint-i-tres graus de la direcció que assenyala cap a la Meca, cap a on els fidels haurien de mirar quan preguen.

—Mare de Déu! —exclamà Rzewuski—. Si això és cert, caldrà esfondrar-la, i amb ella bona part de les cases del voltant, i refer-la de nou, perquè la gent d'aquesta ciutat és molt fanàtica.

—També podria passar que la gent es revoltés contra els doctors de la llei, per haver comès un error tan greu, i que els matés —digué Abu Othman.

—Llavors, el millor és no dir res, perquè podríem assistir a un bany de sang —medità Rzewuski.

El criat va tornar i va demanar si podia servir el cafè. En aquell precís instant va entrar un altre criat i va anunciar l'arribada d'uns imams de la mesquita que venien per fer una visita de cortesia. Abu Othman ja ho havia previst tot. Havia encertat plenament l'hora a la qual es presentarien els seus convidats; sabia que dirien que venien per fer una visita de cortesia, perquè les normes d'educació impedien que diguessin que havien estat convidats; i Rzewuski, desconeixedor d'aquesta norma, s'ho prendria com una mostra de l'ascendència del senyor de la casa. Tot perfecte!

Arribaren dotze imams. Un nombre ideal, va pensar Abu Othman. Semblava l'Últim Sopar.

Un cop servit el cafè i després de les frases de cortesia tan habituals entre els musulmans, Abu Othman va creure que havia arribat el gran moment i va prendre la paraula, tot referint que feia poca estona havia explicat al seu convidat que les seves observacions determinaven que la mesquita de Damasc estava desviada vint-i-tres graus de la direcció de la Meca.

La reacció va ser espectacular. Els dotze doctors de la llei es miraren esgarrifats i el comte Rzewuski es quedà blanc com la neu.

—De fet la mesquita es va construir en la bona direcció —digué el comte, que havia estat capaç de reaccionar de seguida i ara adoptava un to conciliador—. El problema és que el pas dels segles amb els equinoccis ha produït una desviació, però estic més que convençut que els que la van construir ho van fer orientant-la escrupolosament. Més encara tenint en compte que Damasc, la pura i santa Damasc, va ser una de les ciutats més estimades pel Profeta, que tenia un peu dins dels seus murs i l'altre al cel. Crec que n'hi hauria prou si es determina la bona direcció actual i s'emplaça una columna del més formós dels marbres per tal d'orientar l'oració. Amb això Al·là se sentiria satisfet.

Davant d'un discurs d'aquelles proporcions, tothom restà bocabadat. Fins i tot Abu Othman, que no havia previst aquella reacció. Tots els presents, sense excepció, van lloar aquella iniciativa i Rzewuski va aprofitar per posar algunes preguntes sobre la religió musulmana i anar desviant l'atenció d'un tema tan delicat.

Finalment, quan els doctors de la llei es van acomiadar, el comte es quedà sol amb Abu Othman.

—No s'ho han empassat —digué Abu Othman amb un somriure divertit, i mirà el comte—. Que els equinoccis hagin produït una desviació de vint-i-tres graus —aclarí—. Heu estat molt agosarat.

—A mi m'ha semblat que sí, que han marxat convençuts —respongué Rzewuski.

—Us recomano que no els considereu ni ignorants ni idiotes. No hi ha ningú amb dos dits de seny que pugui creure's una explicació tan fantasiosa. Seria tant com acceptar que aquesta terra s'ha fracturat i que un tros ha girat cap a la dreta, l'altre cap a l'esquerra i després s'han tornat a ajuntar —Abu Othman rigué.

—Què volíeu que fes? Ja heu vist la cara que posaven tots plegats. Us miraven com si volguessin matar-vos.

—No dubteu que ho faran, si en tenen l'ocasió. Ara tenen un bon pastís entre les mans. Què han de fer? ¿Explicar-ho als seus fidels, amagar-ho o adoptar la solució de situar una columna en la bona direcció?

—Llavors, per què no heu callat? —va fer Rzewuski.

Resultava prou evident que allò era una perillosa indiscreció. Més encara quan no feia ni una hora que ell ja l'hi havia advertit.

—La veritat no pot restar sempre amagada. Cal que tothom la conegui i que actuï en conseqüència —respongué Abu Othman.

—Si tal com dieu, no s'ho han empassat i indaguen i troben que és cert, significarà que han d'enderrocar-la. Abans de fer això, evidentment us mataran per tal d'evitar que escampeu la notícia —de sobte es quedà callat, amb uns ulls com taronges—. I això m'inclou a mi! —va fer.

—D'aquí pocs dies marxarem. No cal preocupar-se'n.

—Entesos, però llavors us recomano amb molta energia que, fins que no hagueu abandonat Damasc, no accepteu menjar res ni prendre cap beguda a casa de ningú —va fer el comte—. Jo faré el mateix.

Abu Othman assentí amb un cop de cap i li donà les gràcies pels consells. No s'havia equivocat amb el comte. Era un home molt noble.

Una estona després s'acomiadaren, Rzewuski repetí les seves recomanacions i l'amo de la casa es quedà amb un bon somriure als llavis.

Tot havia sortit molt millor del que Abu Othman havia planejat i el comte era una persona tan bona que podria jugar amb ell com volgués. Gairebé quinze anys de diferència d'edat és molt de temps, com per no preveure les seves reaccions i saber emprar-les adientment. Ara només calia esperar l'ocasió propícia i concloure el pla.

Dos dies després, el misericordiós Al·là ho va disposar tot de la millor manera possible. Abu Othman havia anat a la mesquita per resar i quan va tornar a casa seva dos dels seus criats, Yasim i Ibrahim, l'esperaven a la porta.

—Senyor, t'hem de donar una mala notícia —va dir Ibrahim, tot avançant-se— Yaser, el criat que vas contractar fa un parell de dies, ha fugit i s'ha endut la bossa de diners que guardaves a la teva habitació.

Abu Othman va pujar les escales i entrà a la seva cambra. Maleït!, va fer en veure el cofre rebentat i obert. Allà hi tenia tres mil dues-centes piastres. Va sortir ple de ràbia. Aniria a denunciar el fet al cadí de la ciutat i després a casa del *molah*, el cap religiós.

Com tot, en aquelles terres, una denúncia també era un acte social. Més encara, si qui presentava la denúncia era una persona de rellevància. De manera que tant el cadí com el *molah* el van rebre amb grans mostres d'afecte, el van convidar a seure's i li van oferir cafè, mentre l'escoltaven amb molta atenció. A casa del cadí, Abu Othman va mirar la tassa de cafè i va recordar les paraules del comte: no beveu ni mengeu res del que us ofereixin. I va somriure.

—Al·là és bondadós i protegeix als que persegueixen la justícia —va fer, i se'n va prendre dues tasses.

I el mateix va fer a casa del *molah*. Si no havia rebutjat un, tampoc no podia rebutjar l'altre o s'ofendria de valent.

Un cop va tornar a casa, l'esperava el comte Rzewuski, que ja s'havia assabentat de la desgràcia.

—El buscaran de seguida i l'atraparan —va fer Abu Othman—. El *molah* m'ha tractat amb molta consideració i el mateix ha fet el cadí. Bé puc dir que avui ja he ultrapassat amb escreix la meva dosi de cafè.

—N'heu pres? A casa del cadí i del *molah*? —s'esgarrifà Rzewuski—. Però, no havíem quedat que no tastaríeu res del que us oferissin?

—M'hi podia haver negat, evidentment, però tothom sap que sóc bon bevedor de cafè. Si l'hagués rebutjat, s'ho haurien pres com un menyspreu.

—I si el cafè contenia un verí? És més important l'educació que la vida? —demanà Rzewuski—. Us trobeu bé?

—Sí, però aquesta nit estaré vigilant i, si noto alguna molèstia, avisaré al doctor Chaboceau, que coneix totes les herbes i tots els remeis d'aquestes terres —digué Abu Othman per tranquil·litzar el comte.

Van dinar, van conversar tota la tarda i Rzewuski no va apartar ni un instant la mirada del seu amfitrió, tot buscant algun senyal de malestar d'Abu Othman, que no es produí.

Arribat el vespre s'acomiadaren i el comte es retirà més assossegat. Abu Othman el va veure marxar i llavors respirà fondo. Suportar aquell dolor a l'estómac, durant tota la tarda, sense perdre el somriure i buscant cinquanta mil anècdotes per omplir tot el temps, no havia resultat gens senzill.

Es retirà a la seva habitació, però no s'allità de seguida, sinó que va prendre tinta, ploma i paper.

«Estimada Lady Stanhope...», encetà la carta.

Mitja hora després prengué un sobre de carta i dintre hi va ficar la carta que acabava de redactar i un parell dels sobres de ruibarbre torrefacte que havia rebut de mans del doctor Chaboceau. Ho va tancar tot i hi va escriure l'adreça.

Després va prendre un altre full.

«Estimat amic...», va escriure. Aquesta era per a Regnault, i també hi adjuntà un parell de sobres de ruibarbre.

L'endemà, a primera hora, va donar ordre a un criat per tal que enviés aquelles cartes. D'aquí pocs dies marxaria cap al sud, camí de Jerusalem i després cap a la Meca. L'escenari estava muntat i només calia representar-hi l'obra.

*** ***

El dia 17 d'agost de 1818, el doctor Chaboceau contemplava la plana a les portes de Damasc, que estava ocupada per la gran quantitat de peregrins que abandonaven la ciutat per dirigir-se cap al sud, cap a la Meca. Allà s'havien concentrat juntament amb tots els altres grups que tenien altres destinacions.

Chaboceau va negar lentament amb el cap mentre aixecava la mà per acomiadar Abu Othman que anava damunt d'un dels camells que formava part de la llarga filera de peregrins procedents del Magrib que ja s'havia posat en marxa i que semblava perdre's a l'horitzó. Les seves pertinences i tot el seu equipatge, així com la tenda, anaven damunt de dos camells més, mentre que els seus criats Yasim i Ibrahim el seguien a peu.

No li havia fet cas. Abu Othman, Alí Bei o Domènec Badia, que ell prou que coneixia les tres identitats del mateix personatge, no l'havia volgut escoltar.

—No us en sortireu —li havia dit—. No arribareu ni a Jerusalem. Feu-me cas i quedeu-vos. Estic ben convençut que no es tracta de disenteria. O, si es tracta, hi ha més coses. Cal que fem anàlisis i...

—Haig d'anar-hi —havia respost Abu Othman, tot tallant els planys del vell metge.

—Què és més important que la vida? On creieu que heu d'anar? —havia insistit Chaboceau.

—A la recerca del meu destí.

—I qui tindrà cura de vós durant el camí? Els vostres criats? Jo no us puc acompanyar.

—Per sort la caravana dels beduïns àrabs s'aplega a la nostra i allà hi viatja un bon amic —explicà Abu Othman amb una rialla—. El comte Rzewuski. Ell tindrà cura de mi.

Al llarg de tota la seva vida, Chaboceau no havia conegut ningú com aquell home petit, prim i amb cara de malalt. Per més que busqués dins la seva memòria, no en trobaria cap amb una voluntat com aquella, capaç d'enfrontar-se al desert i riure's dels perills.

Hauria pogut insistir, però hi havia alguna cosa que l'hi impedia. Era la mirada d'Alí Bei. Amb aquest nom l'havia conegut molts anys enrere i amb aquest nom el volia recordar, perquè ja no el tornaria a veure. I Alí Bei ho sabia. I tant que ho sabia! Aquest era el missatge que duia escrit als ulls. Chaboceau l'havia encertat de ple. Alí Bei sabia que allò no era una simple disenteria.

Cada home tria el seu destí. O, si més no, hauria de poder triar-lo, i Alí Bei havia pres una decisió i res ni ningú no l'aturaria.

De mica en mica, la figura del viatger es va fer més petita i els ulls de Chaboceau van deixar de distingir-lo, perquè ja es confonia amb la multitud que marxava cap al sud. Adéu, amic!, va fer el doctor per darrer cop, va abaixar la mà i va decidir que ja havia arribat el moment de tornar cap a casa.

Alí Bei no li havia fet cas, tornà a negar amb el cap. Potser havia triat acabar al desert. No era pas una mala pensada. Ell, als seus gairebé vuitanta anys, ja feia dies que meditava sobre quin seria el millor lloc per morir. Damasc, naturalment! Ell, igual que Alí Bei, també estimava aquella terra com si fos el bressol que el va veure néixer.

10.- L'OMBRA D'ALÍ BEI

Aviat arribaria la primavera i París s'ompliria de colors i de flors, va pensar Duvalier quan s'aixecava de la seva taula i recollia tots els fulls que constituïen l'informe que podia considerar definitiu, si és que no apareixia cap més novetat, que Déu no ho vulgués, perquè... Quins mesos!, va fer amb un assentiment i premé els llavis. Sí, quins mesos que havia viscut! Un temps ben embolicat i tempestuós que havia conclòs, pel moment, amb la substitució del comte Molé pel baró Portal en el càrrec de ministre de Marina. Bé, substituir era el verb més suau que podia trobar per donar una idea del que havia succeït, perquè Richelieu se l'havia menjat sencer durant un consell de ministres. Oh, Senyor! Quins crits que feia el primer ministre! Es podien sentir des de fora de la sala com si les portes fossin obertes. Després de carregar contra Domènec Badia i contra un pla que mai no havia rebut el seu vist i plau, que havia acabat en desastre i que amenaçava de deixar per terra l'honor de França i del rei, li havia dit de tot, l'havia insultat, l'havia deixat fet un nyap i li havia exigit la dimissió. Uf!

Duvalier va enfilar el passadís amb l'informe sota el braç.

—Vull saber què ha passat amb Alí Bei. Ho vull saber amb precisió i no vull veure-us la cara fins que vingueu amb una conclusió que s'aguanti dreta. Ho teniu clar? —havia fet el duc de Decazes, el dia després de la dimissió del comte Molé.

I tant que ho tenia clar! Tan clar com que Richelieu no havia demanat també el cap del ministre de policia perquè eren amics, però ho faria si el duc no li proporcionava una sortida que permetés salvaguardar l'honor de França i del rei.

A partir d'aquell dia, Duvalier va treballar dia i nit i es convertí en l'ombra d'Alí Bei. Millor dit: del fantasma d'Alí Bei, que, per les repercussions que estava tenint, bé podia dir que ell mateix, el fantasma, tenia una ombra molt llarga, mentre que ell, Duvalier, no dubtava gens ni mica que, abans no rodés el cap del ministre, en caurien d'altres, i el seu segurament seria el primer. De manera que durant gairebé dos mesos havia estudiat tots els documents, totes les cartes i totes les declaracions, havia escoltat un munt de testimonis, s'havia posat en contacte amb els consolats i les ambaixades de Milà, Venècia, Constantinoble, Trípoli i Damasc, hi va donar voltes i més voltes i no va quedar satisfet fins que cap pregunta no va quedar sense resposta. El problema era que havia arribat a una conclusió que era poc menys que increïble, però és que no n'hi havia cap més, tret que considerés fermament la possibilitat que Alí Bei s'hagués begut l'enteniment. Tanmateix, dir simplement que es tractava d'un boig seria massa fàcil i el duc no ho acceptaria de cap de les maneres. Ni el duc ni ningú!

Va trucar a la porta i esperà pacientment fins que va escoltar la veu del ministre que li donava permís per entrar-hi. Llavors, respirà fondo, tancà els ulls i bufà amb força per acabar entrant amb decisió. Que sigui el que Déu vulgui!

—Ja heu acabat la vostra investigació? —demanà, tan bon punt va veure el nas de Duvalier.

El subordinat assentí amb el cap, el ministre va fer un gest amb la mà per indicar-li que podia entrar, Duvalier avançà amb timidesa i deixà damunt la taula la carpeta, gairebé com si se li escapés de les mans, que va enretirar de seguida.

—Estalvieu-me'n la lectura i digueu-me la conclusió a la qual heu arribat, que no disposo de gaire temps per perdre. Qui el va assassinar? —va fer Decazes, i es quedà mirant el subordinat.

—Ningú no el va assassinar, senyor —respongué Duvalier, encongit i amb les mans plegades damunt del pit.

—Ah, no? —s'estranyà Decazes, i deixà escapar una forta riallada—. Ara no em sortireu amb la història que va morir de mort natural? Penseu que no estic per bromes.

—No, senyor. Es va suïcidar, senyor.

Si en aquell moment hagués caigut una ploma d'au al terra, el soroll hauria estat espantós, perquè s'acabava de produir un silenci sepulcral.

—Aquesta n'és la conclusió, de tota la vostra investigació? —preguntà Decazes, incrèdul, i es quedà bocabadat. Podia haver esperat qualsevulla altra explicació, però aquella...

—Sí, senyor. No n'hi ha d'altra —respongué Duvalier, i negà repetides vegades amb el cap.

—M'heu pres per idiota? —cridà Decazes, mentre clavava els punys damunt la taula.

—No, senyor ministre. Mai no gosaria fer-ho —Duvalier encara s'encongí més.

—Llavors? —va fer el duc, i va aixecar les celles tot convidant el seu interlocutor a parlar, però encara hi afegí un advertiment—: Aneu amb compte i penseu bé les paraules que pronuncieu.

—El que no soc capaç de dir amb exactitud és si ja va sortir de París amb un pla perfectament estudiat o si el va concebre quan ja era de camí del seu destí, tot i que tinc la meva teoria —digué Duvalier, i allargà lleugerament el dit índex, però sense separar les mans del seu pit—. Veureu: si obriu per la pàgina dos, trobareu assenyalades dues de les peticions que va fer abans d'acceptar la missió. Concretament, la que fa referència a que el seu fill Pere entrés al servei de la marina amb el grau de tinent d'artilleria i...

—Què té d'estrany aquesta petició?

—En ella mateixa, res. Però, si recordeu, va demanar expressament que el seu fill no sabés que era gràcies a ell que havia obtingut el lloc. Això només ho fa algú que sap del cert que, si qui ha d'obtenir el favor coneix la procedència, no l'acceptarà, i desitja de totes totes que l'accepti.

—Sí, però... —digué Decazes, amb una expressió que donava a entendre que allò no tenia més importància.

—Si teniu un xic de paciència i seguim endavant, trobarem una explicació a aquest fet —respongué Duvalier

—Entesos —acceptà Decazes—. I la segona petició?

—És la que diu que, en cas de produir-se la seva mort, la seva esposa rebrà una pensió anual de tres mil francs i que, a la mort de la seva esposa, la pensió passarà a ser pagada al seu fill Josep.

Decazes llegí aquest punt.

—Sí, però aquí també diu que durant el viatge, la seva esposa cobrarà aquests diners. És a dir: mentre ell fos fora, la seva esposa cobraria —va constatar Decazes— On voleu anar a petar?

—Cert, senyor ministre —Duvalier assentí, però immediatament negà amb el cap—. Tanmateix, us haig de fer notar que, si ell tornava, aquests pagaments anuals de tres mil francs s'acabarien. I recordeu que era un home sense recursos i amb un bon plec de deutes. Per altra banda, va negociar que se li avançarien deu mil francs abans de marxar en concepte del seu salari del primer any, que va emprar per eixugar una part de les seves obligacions, i com que el viatge duraria tres anys, s'ho va manegar per tal que se li paguessin els salaris dels dos anys següents en arribar a Sant Joan d'Acre. No obstant això, mai no va arribar a Sant Joan d'Acre, sinó que va convèncer el cònsol de Trípoli perquè els hi pagués, allà mateix.

—Per què volia dirigir-se a Damasc. A més, va canviar els francs per piastres. Hi ha la carta que va escriure a Molé tot queixant-se del canvi que li havien aplicat —digué Decazes.

—Sí, senyor. Hi deixo constància a la pàgina tres. Només que el senyor Regnault, cònsol de Trípoli i amic d'Alí Bei, va declarar al vescomte de Marcellus que el seu amic no va canviar tots els francs, sinó una part, i que la resta els va enviar cap a casa seva, aquí, a París. És el que va descobrir quan va anar a queixar-se als banquers.

—Això no ho sabia —digué Decazes, i es quedà pensarós.

—M'imagino que tampoc sabeu que Alí Bei va escriure una carta a la seva família, des de Milà, que, si la llegiu, sembla premonitòria —Duvalier tornà a aixecar el dit índex, també sense separar les mans del pit—. Pàgina quatre, al final. En ella diu que mai més no els tornarà a veure. Vaig aconseguir que la senyora Badia me la deixés llegir i n'he reproduït algun paràgraf.

—Això va fer aquell sonat?

—I moltes més coses —digué Duvalier, mentre assentia i feia un posat de certa admiració—. Va escriure diverses vegades a Lady Lucy Esther Stanhope i en una de les cartes li va explicar que la seva missió consistia en arribar a l'Índia i provocar una revolta del poble contra les tropes angleses. El vescomte de Marcellus la va poder llegir i ho consigna en el seu informe. Pàgina sis, si em permeteu.

—Què? —Decazes va fer un salt a la cadira, cercà la pàgina sis, la llegí i es va quedar esmaperdut—. Ara entenc el que voleu dir quan parleu de suïcidi. Escriure una cosa així a una dama anglesa, neboda de William Pitt, és tan com signar la teva sentència de mort. Per tant, seria lògic pensar que van ser els anglesos.

—No, senyor —exclamà Duvalier, tot negant amb força—. Quan dic que es va suïcidar, vull dir que només hi va intervenir ell, en la seva mort. La carta premonitòria, a la qual he fet referència, va ser escrita des de Milà. Això em va fer pensar que, tal vegada, havia passat alguna cosa en aquella ciutat. Em vaig posar en contacte amb l'agregat cultural de la nostra ambaixada i em va informar que Alí Bei va haver de ser ingressat en una clínica durant dos dies, força malalt. Allà va ser atès pel doctor Piero Benigni. Naturalment, el metge en qüestió es va negar a respondre les nostres preguntes emparat en el secret professional, però gràcies a una infermera sabem que el diagnòstic no li era gens favorable. Després tenim les declaracions del doctor Richard Chaboceau, de Damasc, que ens ha escrit tot explicant que ell no entenia com el govern francès havia confiat una missió tan dura a un home amb una salut tan fràgil. És més: afegeix que està convençut que, quan el va acomiadar a les portes de Damasc, Alí Bei ja sabia que no tornaria.

—Si fóssim davant d'un tribunal us diria que, si no sabem del cert si patia una malaltia greu, tot això no passen de ser simples conjectures —digué Decazes.

—Ho serien si no existís un altre element que... —replicà Duvalier, es quedà callat un instant, assenyalà amb el dit i prosseguí—: Al final de la pàgina set. Per què va canviar el seu itinerari i va triar dirigir-se a Damasc, quan anava camí de Jerusalem? Aquesta és una pregunta que m'ha fet reflexionar de valent i crec que n'he trobat la resposta. La resposta és que volia tornar a trobar-se amb algú que havia conegut feia ben poc. Veureu: curiosament, a Adana, el nostre home coneix el comte Henrik Rzewuski, que després tornarà a trobar a Damasc i amb el qual encetarà el darrer viatge. El mateix comte va explicar al marquès de la Rivière que, un cop la caravana ja havia abandonat Damasc i es dirigia cap al sud, en veure el deplorable estat del viatger, va mirar de convèncer-lo, sense èxit, perquè tornés enrere, però Alí Bei li explicà que ja era massa tard i que el verí que li havien ficat al cafè, a Damasc, per ordre dels anglesos, estava calculat per fer-lo morir enmig del desert, dues setmanes després d'haver-lo pres.

—Llavors, tot encaixa —va fer Decazes amb un to d'evidència—. Disposem d'un testimoni, existeix un motiu, que és la carta a Lady Stanhope, i bé podem dir que han estat els anglesos.

—Em temo que no resulta tan senzill, senyor —Duvalier seguia negant—. Estic convençut que aquesta és la historia que Alí Bei volia que s'empassés el comte Rzewuski: que havien estat el cadí i el *molah* que va visitar a Damasc per queixar-se d'un robatori, els que l'havien emmetzinat, i a més l'interessava que els anglesos fossin pel mig. Ho he consultat amb l'Acadèmia de Medicina i no tenen constància de l'existència de cap verí que sigui tan perfecte que permeti establir la dosi adient per produir l'efecte desitjat a data fixa. Fins i tot vaig escriure al doctor Richard Chaboceau, que ja fa molts anys que viu a Damasc, i vaig rebre la seva resposta fa dos dies. Considera aquesta idea absurda. D'altra banda, les anàlisis fetes de tots els sobres de ruibarbre, tant els que Alí Bei va enviar a Regnault com els que va fer arribar a Lady Stanhope, no han donat cap resultat positiu. Per tant, no hi va haver verí.

—Llavors, va morir de malaltia! —va exclamar Decazes.

—No, senyor —tornà a negar Duvalier—. Es va matar ell amb els sobre de ruibarbre.

—Però, que no acabeu de dir que no estaven emmetzinats? —el ministre començava a marejar-se i ja no hi entenia res.

—I no calia que ho estiguessin. El ruibarbre és una planta que té uns efectes molt laxants —Duvalier aixecà de nou el dit índex—. Pàgina nou. Ho he consultat amb diversos metges i m'han explicat que, si el vostre budell ja no pot retenir res i, a més, preneu un poderós laxant, doncs... ja us podeu imaginar la resta.

—Entesos. Suposem que el que dieu és cert. Queda per respondre la primera de totes les preguntes: per què Alí Bei s'havia de suïcidar?

—Com ja us he dit, el que m'amoïnava era saber quina raó havia conduït el nostre home a modificar la ruta del seu viatge i el mateix comte Rzewuski ens ha proporcionat la possible resposta a aquest enigma. En l'entrevista que va tenir amb el marquès de la Rivière, quan feia estada a Constantinoble, tot retornant del seu viatge, va explicar que ell, a Adana, va revelar a Alí Bei l'existència de Linant de Bellefonds i del projecte de construir un canal a Suez, notícies que havia obtingut d'un amic seu que és membre de l'Institut de França.

—Mare de Déu! En aquest maleït món, tot són boques i orelles! —va fer Decazes, tot convidant Duvalier a continuar.

—No és difícil imaginar que Alí Bei es va adonar de seguida que l'estàvem utilitzant com a cortina de fum per amagar l'autèntica missió. M'imagino que a partir d'aquí decideix tombar la truita i, com que ja sap que ha de morir, decideix deixar-ho tot ben lligat. Fa que Regnault li pagui els vint mil francs, que envia a la seva família, viatja a Damasc, enganya Rzewuski, el converteix en el testimoni perfecte i busca una mort que li permeti recuperar l'estima de la seva família i obtenir el reconeixement dels seus mèrits per part de França, perquè sembla evident que ell se sent un titella i pensa que França no complirà les seves promeses.

—Com podia pensar això, si el vam nomenar mariscal i jo mateix el vaig obsequiar amb un sopar de comiat?

—Detalls que, davant del fet de descobrir l'existència de Linant de Bellefonds, bé es poden prendre com part d'una farsa, si em permeteu que us ho faci notar.

—I per què ha d'embolicar-hi els anglesos?

—Aquest constitueix un detall força curiós. És una mena de revenja i de missatge. Evidentment, els serveis britànics poden fer el mateix camí que nosaltres i arribar a idèntiques conclusions, amb la qual cosa nosaltres quedem com idiotes. El missatge d'Alí Bei és clar: ni tan sols intenteu deixar-me com un babau, perquè vaig una passa per davant.

El duc medità uns moments les darreres paraules de Duvalier. Quin bon pastís que els havia deixat! I no podia queixar-se, perquè era ben cert que havien jugat amb ell. Ara es tractava de trobar una sortida. Es gratà la barbeta.

—Bé! —Decazes assentí lentament—. Gràcies per tot. Si necessito res més, ja us ho faré saber.

Duvalier va fer una lleugera reverència i abandonà el despatx. El duc es va quedar pensarós. Què podia fer amb aquella informació? Si el que deia Duvalier era cert, Domènec Badia havia jugat molt bé les seves cartes. Caldria molta imaginació per trobar una sortida honorable o un petit prodigi.

*** ***

Lord Parry va rebre Barrow al seu despatx i va donar ordre que no els molestessin sota cap excusa.

—I bé? —va fer un cop es quedaren sols.

—No hem pogut fer res. Segons els nostres informes, quan el nostre agent va arribar, Lady Stanhope ja havia lliurat els sobres i la carta al vescomte Marcellus, secretari de l'ambaixada francesa a Constantinoble, que havia viatjat amb ordres precises d'entrevistar-se amb ella —explicà Barrow.

—Oh, què curiós! Se'ns han tornat a avançar —va dir Lord Parry amb un somriure maliciós, que Barrow no acabava d'entendre.

—Em temo que sí, senyor —va haver d'acceptar el director —. Tanmateix, podem estar tranquils. El ruibarbre no contenia cap verí i ningú no ens pot acusar de res.

—També podria voler dir que Alí Bei no és mort —va fer Lord Parry, mig afirmació, mig pregunta.

Barrow cada cop se sentia més preocupat pel to burleta de la veu del secretari d'estat. Allà en passava alguna de grossa.

—No podem deixar de banda aquesta possibilitat —va dir, tot nerviós, sense deixar d'observar el rostre que tenia davant seu.

—Llavors, podria estar navegant Nil amunt? —Lord Parry va fer una ganyota, tot torçant els llavis, que encara va posar més nerviós el director.

—També és una possibilitat, però... cap dels nostres homes, ni al Caire ni al llarg de tot el Nil, no l'ha vist ni ha sentit parlar d'ell. Per tant, sembla ser que no ha arribat a Egipte —contestà Barrow.

—No? I si ha creuat el mar Roig i el desert i s'ha dirigit a Aswan? No oblideu que tenia intenció de visitar la Meca —Lord Parry seguia emprant el mateix to.

—Hi tenim dos homes, a Aswan, i tampoc ens han arribat notícies d'aquella part —replicà Barrow.

—Genial! Tenim dos homes a Aswan, un altre parell al Caire i cinc més repartits per Jerusalem i per tot el territori que va fins a Suez —digué Lord Parry amb desesperació—. Hi tenim tants homes darrere d'ell que no fem altra cosa que perseguir una ombra, l'ombra d'Alí Bei, mentre que el ministre ja comença a preguntar massa coses i els diaris es demanen què hi ha de cert de tots aquests rumors sobre una suposada operació que algú ha filtrat. I jo no sé què haig de respondre! —acabà cridant.

—Podeu explicar al senyor ministre que hem de confirmar la notícia —va dir Barrow amb l'afany de calmar Lord Parry—. Quant a la premsa...

—Sou idiota o només ho feu veure? —Lord Parry mirà Barrow amb uns ulls com taronges, mentre obria el calaix de l'escriptori i treia una carpeta. El seu to havia canviat radicalment i la seva veu mostrava el grau de vehemència que estava assolint.

—Si el que hi diu aquí és cert, significa que Alí Bei és un esquer i que França s'ha rigut de nosaltres —va fer Lord Parry, brandant el document—. Però el més greu de tot és que les nostres relacions són extremadament delicades i, per si fos poc, la major part dels països europeus, en aquest afer, estan del costat de França. Això podria ser l'inici d'un altre conflicte —i va llençar-li la carpeta.

Barrow la va entomar a l'aire i a punt va estar que no s'obrís i tots els fulls caiguessin per terra. La va recompondre, l'obrí i donà una ullada al contingut. A mesura que els seus ulls avançaven en la lectura, s'engrandien i la pell se li emblanquia fins que semblava més un cadàver que un ésser viu.

—Podem explicar que... —digué Barrow, sense gaire convenciment.

—El que hem de fer és negar-ho tot —el tallà Lord Parry—. El ministre mai no ha estat al corrent d'aquesta operació. M'enteneu? Mai no ha estat al cas de res. Compreneu? És més: aquesta operació ni tan sols no ha existit. Ni tan sols no hem tingut ni la intenció de vigilar Alí Bei. De manera que tot allò que hi té alguna relació no existeix. I ja podeu començar eliminant David Young, a qui li hem d'agrair tot aquest enrenou, perquè va ser ell qui us va venir a veure amb l'informe de Piech, que encara no sabem d'on el va treure, i després acabeu cremant tota la documentació. No n'ha de quedar res de res. I res vol dir res.

—Eliminar David Young? —Barrow engolí saliva—. Voleu dir eliminar-lo... físicament...? —demanà amb timidesa.

—Us heu begut l'enteniment? O és que estic envoltat d'una colla d'inútils? —exclamà Lord Parry amb ràbia—. Destineu-lo a l'Índia! I pel que fa a John Piech... que torni a treballar a les ordres de Mansfeld!

—De Mansfeld, senyor? —digué Barrow, que semblava que no sabia fer altra cosa que repetir les paraules del secretari d'estat.

—Sí, de Mansfeld, que és l'únic que ha demostrat tenir seny. De bon començament va dir que tota aquesta història d'Alí Bei era un engany i vós em vau convèncer del contrari. La gran operació d'espionatge que ens reportaria el més gran de tots els èxits! —va fer Lord Parry aixecant els braços ben amunt—. No és això el que vau dir?

—Sí, però jo no podia preveure que els enginyers de Napoleó s'equivoquessin i que Muhammad Alí...

—¿Que Muhammad Alí atorgués als francesos el permís per estudiar la possibilitat de construir un canal que uneixi el mar Mediterrani amb el mar Roig? ¿O que França es fes un fart de riure de nosaltres? Perquè, pel moment, l'única cosa que podeu assegurar és que no sabeu ni el terreny que trepitgeu —Lord Parry es quedà mirant Barrow, després somrigué amb cara de pocs amics i afegí—: Si no voleu perdre el coll, us recomano que feu desaparèixer tota la documentació del cas Badia. Mai no ha existit. M'he explicat amb claredat?

—Sí, senyor —digué Barrow i abandonà el despatx.

Quan Lord Parry es quedà sol tancà els ulls i bufà amb força. Dintre d'una estona havia de parlar amb el ministre i li oferiria el cap de Barrow. Amb el cap d'un director tothom s'acontentaria i l'afer s'hauria acabat. Si més no, així ho esperava, malgrat que quedava clar que l'ombra d'Alí Bei era ben llarga. I qui seria el nou director? Mansfeld, evidentment.

*** ***

Aquell matí Bertin va veure la figura petita i rodona del ministre de policia que arribava pel passadís i es dirigia directament al despatx del duc de Richelieu. En creuar-se, el duc de Decazes havia aixecat la mà, li havia somrigut i l'havia saludat. Era el primer cop que ho feia. Sempre l'havia ignorat.

—Bon dia, duc! Sembla que avui tenim grans notícies —es va sentir que feia la veu del duc, quan entrava al despatx de Richelieu.

A què es referia, el ministre de policia?, es demanà Bertin. Llàstima que no pogués escoltar la següent frase del duc, perquè va tancar la porta.

—Mansfeld ha estat nomenat director de gabinet —va fer Decazes.

—Això és el millor regal que ens podien fer!

—El nostre amic és molt hàbil. Va ser una gran pensada, per la seva banda, deixar l'informe fet per... —va buscar el nom a la memòria—: John Piech damunt la taula de... —i va tornar a buscar el nom a la memòria—: David Young. Aquest idiota va picar i va engrescar Barrow.

—Una operació perfecta. Gairebé hauríem de concedir una medalla a Domènec Badia. Mai, en tota la història, havíem aconseguit situar un dels nostres en un lloc de tanta rellevància.

*** ***

El dia 17 de març de 1819 va sonar la campaneta de la porta de l'Hôtel de Lorges. La criada va obrir i es va trobar amb un home elegantment vestit que demanava per la senyora Maria Lluïsa Burruezo. Claire va prendre la targeta, pregà el senyor que passés i se'n va anar a avisar la senyora.

—Un notari? —va fer Maria Lluïsa, en llegir el títol que hi havia escrit sota el nom de Guy Monfort.

—És a baix, amb una cartera sota el braç —informà Claire.

Maria Lluïsa va baixar les escales i va pregar el notari Monfort que l'acompanyés a la sala de visites. Un cop es van quedar sols, el notari obrí la cartera i li va lliurar un sobre tancat.

—Fa uns mesos vaig rebre una carta del vostre marit, en la qual em pregava que us lliurés aquest sobre avui mateix, si ell no em donava cap ordre en contra —va explicar Monfort.

Ella va agafar el sobre i el va obrir. Dintre hi havia un document oficial, amb el segell del ministeri de marina.

—No entenc gaire el francès escrit —va fer Maria Lluïsa—. Em podeu explicar de què es tracta, si us plau?

—Naturalment, senyora —respongué el notari, que va prendre el document i es cavalcà les ulleres damunt del nas i hi donà una ullada—. És tracta d'un contracte entre el ministeri de marina i el vostre marit —explicà, i seguí llegint com si resés—. En ell s'estableixen les condicions per acceptar una missió. Parla del seu salari, que serà de deu mil francs l'any. Després parla d'una assignació anual de tres mil francs que us han de pagar a vós, mentre ell sigui fora, cada dia 30 de juny, la primera de les quals us serà pagada l'any 1819. És a dir: d'aquí ben poc. També fa referència al seu fill Pere, que ha de ser admès a la marina francesa amb el grau de tinent d'artilleria...

—Segur? —va fer Maria Lluïsa, amb uns ulls com taronges.

—Sí, senyora. I també diu que, si a ell li passés alguna cosa, l'assignació de tres mil francs esdevindria una pensió vitalícia, que, en cas que falteu vós, serà pagada íntegrament al vostre fill Josep.

—Déu meu! —exclamà Maria Lluïsa, que havia perdut el color—. Això vol dir que és mort?

—No ho sé, senyora. Jo només he vingut a lliurar-vos aquest document i no en sé res més. Si us puc ajudar en alguna altra cosa? —va fer el notari.

Dos dies després, la campaneta de la porta tornà a sonar. Aquest cop es tractava d'un alt funcionari del ministeri de marina i la seva missió, ben dolorosa, consistia en assabentar-la de la mort del seu marit i que el govern francès, en virtut de l'acord signat amb el mariscal Domènec Badia, li concedia una pensió vitalícia de tres mil francs.

Aquella nit Maria Lluïsa es va quedar desperta asseguda al costat de la finestra, mirant les estrelles. Domènec sentia passió per elles, les estudiava, les mesurava, calculava distàncies, les comptava...

Al final resultava que era cert, que Domènec havia estat nomenat mariscal de l'exèrcit francès. Sants del cel!

Què havia de fer amb ell? Quin record havia de guardar? El millor de tots, naturalment: el seu somriure, la seva passió, la seva enorme voluntat capaç de moure muntanyes, la seva desbordant imaginació, la seva conversa, les seves formes teatrals i divertides, la capacitat d'omplir de color una vetllada, els seus dots d'improvisació, l'extraordinària generositat i... el seu immens amor per la vida!

Aquest era Domènec Badia, va fer Maria Lluïsa, mentre una llàgrima queia per la seva galta i brillava a la llum de les estrelles.

EPÍLEG

Domènec Badia i Leiblich, més conegut amb el nom d'Alí Bei, va ser trobat mort dins la seva llitera que duien dos camells, lloc on viatjava per causa del seu delicat estat de salut, la matinada del dia 1 de setembre de 1818, mentre la caravana viatjava de Zarqà cap a la regió de Balqà i va ser enterrat, segons el ritu musulmà, en un lloc anomenat Qala't al Balqà.

No deixa de ser curiosa la data de la seva mort. El mes de setembre és el mes número 9 de l'any. De manera que tornem a trobar tres nous i un u. Tres finals i un començament. I aquí és va iniciar la llegenda d'Alí Bei.

John Piech va tornar a ocupar la seva antiga taula de la sala on treballaven tres funcionaris més; David Young va ser destinat a Delhi; el senyor Barrow va tenir més sort i les seves relacions li permeteren obtenir un lloc en el Ministeri d'Economia; i l'any 1820 Lord Parry va haver de presentar la dimissió quan el senyor Mansfeld va fugir sobtadament d'Anglaterra en adonar-se que s'havia confiat massa i que havia caigut en un parany en passar una informació falsa, especialment preparada pels serveis d'intel·ligència britànics que ja feia dies que anaven darrere d'ell.

Inexplicablement, el projecte del canal de Suez va quedar oblidat i tancat en un calaix, tot i què Linant de Bellefonds havia determinat que era possible fer-ho sense rescloses, tot aprofitant els diversos llacs d'aigua salada. Linant va servir Muhammad Alí realitzant diverses expedicions i descobertes a Núbia i al Sudan i va mirar de trobar les fonts del Nil, cosa que li va ser impossible degut a l'hostilitat de les tribus. L'any 1831 la Societat Geogràfica francesa li va confiar una nova missió per intentar de nou trobar les fonts del Nil, però el govern egipci no va concedir la seva autorització.

L'any 1834 una epidèmia de pesta va assolar el Caire fins a l'extrem que ningú no gosava sortir al carrer. En aquells dies ocupava el lloc de cònsol francès un tal Ferdinand-Marie de Lesseps, un diplomàtic de carrera. Era un home agosarat i emprenedor, que es dedicà en cos i ànima a ajudar la població. Tan gran i tan lloable va ser el seu esforç que es guanyà el reconeixement de Muhammad Alí i l'eterna amistat del seu fill, i hereu, Saïd.

Lesseps, després d'ocupar el lloc de cònsol a Barcelona durant els anys 1842 al 1848, tornà al Caire, on l'any 1854, quan Saïd ja havia accedit a la dignitat de paixà d'Egipte, va aconseguir permís per construir el canal de Suez, seguint el projecte de l'enginyer Linant de Bellefonds, que havia concebut un canal que aprofitaria els llacs d'aigua salada i que estaria exempt de rescloses.

Arran d'aquests fets, Lesseps va fundar la Companyia Universal del Canal Marítim de Suez i va aconseguir fer-se amb un capital de 200 milions de francs per dur endavant tan ambiciós projecte. Saïd va atorgar a aquesta companyia una concessió d'explotació per 99 anys.

Les obres s'iniciaren a bon ritme, però el govern anglès va aconseguir aturar-les l'any 1863. Després de tres anys de discussions i negociacions, intervingué Napoleó III i es reprengueren els treballs l'any 1866. Fou inaugurat el 17 de novembre de 1869 i el món sencer es quedà meravellat davant d'una obra que tenia 161 quilòmetres de longitud i de 80 a 150 metres d'amplada, i que permetia navegar vaixells de més d'onze metres de calat.

L'any 1875 un grup d'empresaris anglesos van aconseguir fer-se amb la majoria del capital de la companyia.

La primera versió en llengua castellana de l'obra de Domènec Badia va aparèixer l'any 1836, divuit anys després de la seva mort, i no es va poder gaudir de la versió en llengua catalana fins l'any 1888, setanta anys després de la seva mort. Avui en dia Domènec Badia compta amb un carrer dedicat a Alí Bei, a l'Eixample de Barcelona.

Naturalment, el senyor Barrow va seguir escrupolosament les instruccions de Lord Parry i avui no queda cap constància, als arxius dels serveis d'intel·ligència britànics, sobre l'existència de cap document que faci referència a cap operació que pretengués seguir les passes d'un viatger anomenat Alí Bei. De fet, gairebé és com si no coneguessin aquest nom.

Tanmateix, homes tan notables com Jackson o Sir Richard Burton el nomenen en els seus escrits i, segons expliquen, un dels responsables dels arxius més antics dels serveis d'intel·ligència ha manifestat que hi ha nits que, quan tanca les portes, li sembla escoltar unes riallades que s'allunyen cap al fons de la sala. Llavors, diu que mira amb atenció i veu com s'esmuny una ombra que li recorda un musulmà amb turbant, mentre una altra ombra el persegueix tot cridant: «Pararàs quiet, maleït diable?»

ALTRES OBRES D'ALBERT SALVADÓ

Si heu gaudit amb la lectura, potser us interessi conèixer altres obres d'Albert Salvadó, totes disponibles en format de llibre electrònic.

L'ENIGMA DE CONSTANTÍ EL GRAN

L'emperador Constantí el Gran és una de les figures més impressionants i controvertides de la història universal.

Les seves decisions són un vertader enigma que aquesta obra desvela magistralment. La seva vida és una infinitat de lluites i conquestes, amistats i odis, amors i desamors, grandeses i misèries, nobleses i crims, enganys i traïcions. I ell, des de la humilitat de l'home que s'enfronta a la seva mort, fa balanç de tot.

Va ser l'últim dels grans emperadors. Fill bastard de Constanci Clor, va unificar l'Imperi romà per última vegada, va concedir la llibertat als cristians, va crear el primer exèrcit mòbil, va instituir la moneda única (el Solidus, vertader precursor de l'Euro), va fundar Constantinoble, va assassinar amb les seves pròpies mans... i va viure un gran amor amb Minervina, la seva primera esposa.

Submergir-se en la vida de Constantí és reviure una època increïble i descobrir el gran misteri de les seves decisions, aparentment absurdes i contradictòries i, malgrat tot, carregades d'una lògica sorprenent i implacable que Albert Salvadó ens dibuixa amb pols ferm i mà mestra. Una obra que mai s'oblida i que va merèixer ser finalista en el I Premi Néstor Luján de Novel·la Històrica.

ELS ULLS D'ANNÍBAL

Obra guanyadora del «PREMI CARLEMANY 2002»,

Si no coneixeu fins on pot arribar el poder d'una dona, val més que llegiu aquesta obra.

A la Roma dels primers temps la dona no tenia cap dret: era considerada una propietat i el matrimoni només era un contracte per tenir fills. Tot i així, en privat, la dona esdevingué el suport de l'home i el centre d'un poder silenciós i secret que va influir en les grans decisions.

Aquesta és la història d'Ariadna, una dona d'ulls foscos i misteriosos com la nit, i de Sinesi, el filòsof que era capaç de llegir als ulls dels altres i despullar les ànimes i que va descobrir que Ariadna guardava al seu interior tot un univers, ocult darrere del misteri de la seva mirada.

Una història en què l'amor amb majúscules s'uneix a les quatre derrotes consecutives, també amb majúscules, que Roma va patir a les mans del gran Anníbal. I tot per causa d'uns ulls.

També és la història de Publi Corneli Escipió, que esdevindrà el més gran dels generals romans, que va aprendre que els ulls són la porta que ens permet contemplar l'ànima i atrapar els sentiments de qualsevol.

El nom d'Anníbal ha passat a la història de la mà dels elefants, però un cop hagueu llegit aquesta obra, és possible que substituïu els paquiderms per alguna cosa molt més petita i infinitament més poderosa.

L'ANELL D'ÀTILA

Obra guanyadora del Premi Fiter i Rossell del Cercle de les Arts i les Lletres.

En ple segle V, Constantinoble i Roma contemplen amb preocupació com totes les terres entre el Rin, el Danuvi, el Volga i el mar Bàltic rendeixen homenatge al nou emperador dels huns, com es fa dir Àtila.

I la preocupació es converteix en pànic quan comença a circular la llegenda que parla d'un home que està per damunt dels altres mortals, perquè ha rebut de mans dels déus l'espasa de Mart.

Sever Antoni Brauli Teodosi, general, ambaixador i senador, viurà una vida sencera per descobrir que som els homes que aixequem els imperis i, també som nosaltres, els qui els esfondrem.

Mentre tot l'Imperi cau al seu voltant, ell, des de la seva vila de Tarraco, relata al seu amic Pau Orosi, que va escriure la història d'aquells dies, els seus records, els d'una època increïble, en la que l'aparició d'un home irrepetible, el gran Àtila, es va aplegar a una altra figura que va marcar el final absolut de l'Imperi Romà d'Occident: Gal·la Placídia. Néta, filla, germanastra, esposa i mare d'emperadors, es va asseure durant trenta anys a la cadira imperial.

El gran Sever, espectador privilegiat pels càrrecs que va ocupar, crida: «Mai, en tota la història, va haver-hi una dona tan predestinada!» I relata amb tots els detalls com Gal·la Placídia va enfrontar els millors generals de Roma entre si, va impulsar Àtila a atacar un Imperi debilitat i ofegat per la corrupció, la traïció, la cobdícia i el vici, i va deixar al tron al seu fill Valentinià, un vertader monstre.

El resultat no podia ser un altre, i la història ha fet justícia.

EL RELAT DE GÜNTER PSARRIS

Els que l'han llegit diuen que es tracta d'un relat dur, però que és, al mateix temps, el més tendre i humà que ha escrit Albert Salvadó.

En una cabanya en meitat dels Pirineus, tres homes troben el cadàver d'un pastor, la fotografia d'un oficial nazi i un manuscrit.

Aquesta és l'apassionant història de Günter Psarris, a qui el món va convertir en assassí, malgrat que ell mai va deixar de ser una gran persona. Va viure durant la Segona Guerra mundial, a l'Alemanya de la bogeria, va ser tancat al camp de Mauthausen i va sobreviure. No obstant això, el preu que va pagar per això va ser molt elevat.

Aquesta és també la història d'algú que va estimar amb bogeria, que va ser deportat i que el món, lluny de casa seva, el va tractar amb duresa i li va robar tot el que tenia. Fins i tot l'amor. I aquesta és una història plena d'esperança i de lliçons, d'un episodi recent de la humanitat que ha quedat marcat per la violència, la brutalitat, el salvatgisme i el menyspreu absolut per tot allò que és sagrat: la vida humana. No obstant això, Günter Psarris sap que la vida contínua i que l'amor és etern. I això ningú l'hi pot robar.

UNA VIDA EN JOC

Durant la Setmana de la Novel·la Negra de Barcelona 2009, "Una vida en joc" va ser qualificada com una novel·la Negra plena de colors. La raó és que en ella es donen cita elements que permeten classificar-la com a novel·la negra, de misteri, costumista, històrica i romàntica.

El protagonista és Víctor Pons, que treballa com a cap de seguretat del casino de la Rabassada, que es va inaugurar a Barcelona amb tota la pompa el 15 de juliol de 1911 i que tenia la pretensió de convertir-se en l'emblema de la ciutat. Això és un fet històric. I només va durar un any. Això és un altre fet històric.

Com a responsable de seguretat del casino, Víctor es veurà enfrontat en tota la seva cruesa a la cobdícia i la bogeria que generen les taules de joc, però també serà allí on trobarà l'amor de Carla Torres, una jove burgesa.

La mort en estranyes circumstàncies d'un client d'origen italià, provocarà que Víctor hagi de fer ús de tots els seus recursos per evitar un escàndol, per la qual cosa fa desaparèixer el cos. No obstant això, el que en principi semblava un suïcidi resultarà ser un assassinat i Víctor es veurà embolicat en una trama policíaca, complicada per l'amenaça mafiosa, que l'obligarà a tirar dels fils d'allò que s'ha succeït, sense adonar-se que hi ha una vida en joc: la seva.

EL RAPTE, EL MORT I EL MARSELLÈS

Obra guanyadora del "Primer Premi Sèrie Negra 2000" de Planeta.

Pot un bebè desaparèixer d'una clínica en menys de dos minuts? Possiblement. Però, davant dels ulls de tothom...? Sense que l'hagin perdut de vista ni un instant...? Això ja és molt més difícil.

Pot un home morir ofegat en la seva banyera amb l'estómac ple de somnífers? Possiblement. Però, sense que ningú l'hagi vist Arribar ni hagi sentit res, malgrat que hi havia gent a la casa...? I com hi va entrar? Ah!

Què hi té a veure un fet amb l'altre? Quin embolic!

Albert Salvadó

Aquestes i moltes altres preguntes són les que ha de respondre Àlex Samsó en una aventura que comença d'una forma casual i, a poc a poc, esdevé un misteri constant. Però la major sorpresa no és el misteri, sinó un altre personatge més que curiós: el Marsellès.

Les explicacions sempre existeixen, però per trobar-les cal una ment capaç de fer que dos i dos sumin quatre, malgrat que de vegades sembla que les matemàtiques fallen i tothom acaba creient que dos i dos són cinc o tres.

Albert Salvadó, amb l'habilitat que el caracteritza, ens ofereix un nou misteri que ens manté subjectes i ens fa ballar el cap fins que apareix la solució.

El to, viu i encertat, el lleuger humor i la burla constant confereixen a la novel·la una fluïdesa agradable i el lector es deixa atrapar ràpidament per les intrigues que es va complicant a mesura que avança l'acció... (Blandine Longre, SITARTMAG, França)

UN VOT PER L'ESPERANÇA

Segons les profecies de Sant Malaquies, Benet XVI, el papa actual, és el penúltim. El pròxim serà l'últim.

«Un vot per l'esperança» comença just quan acaba de morir el pontífex, el conclave s'ha reunit per triar el successor i, de sobte, a la plaça de Sant Pere s'alcen veus que criden «Fumata blanca, fumata blanca!». Entre la multitud, Mario Darino, periodista que creu dominar els amagatalls del Vaticà, es queda petrificat en conèixer el nom que ha triat el nou papa: Pere II. En vint segles, cap altre papa s'havia atrevit a adoptar-lo.

A partir d'aquest instant Mario Darino viu una experiència increïble. La seva vida fa un gir de cent vuitanta graus i es veu immers en una perillosa trama d'interessos polítics i econòmics a la que no són alienes les intrigues que s'alimenten darrere dels mateixos murs del Vaticà, on sovint l'afany de poder s'amaga sota un mantell de religiositat.

La història està infestada d'exemples, i tot es precipitarà quan comenci a prendre cos la profecia de sant Malaquies, que vaticina que l'últim papa tindrà per divisa Petrus Romanus, portarà per nom Pere II i durant el seu pontificat tindrà lloc el judici final.

www.ingramcontent.com/pod-product-compliance
Lightning Source LLC
Chambersburg PA
CBHW060544260626
47161CB00003B/1045